3/10

MAYRA SANTOS-FEBRES

Sirena Selena
vestida de pena

punto de lectura

MAYRA SANTOS-FEBRES

Sirena Selena vestida de pena

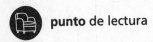

punto de lectura

Título: Sirena Selena vestida de pena
©2000, Mayra Santos-Febres
©De esta edición:
2009, Santillana USA Publishing Company
2023 NW 84th Ave
Doral, Fl 33122
www.puntodelectura.com

ISBN: 978-1-60396-859-1

Published in the United States of America

Edición: Lucía Fayad Sanz
Corrección: Patria B. Rivera Reyes
Modelo de fotografía de cubierta: Eggie Aguiar
Maquillista y fotógrafo: Brian Villarini
Diseño de cubierta: Departamento de Comunicaciones y Mercadeo
                    de Ediciones Santillana, Inc.

Índice

I

Cáscara de coco, contento de jirimilla azul, por los dioses di, azucarada selena, suculenta sirena de las playas alumbradas. Bajo un *spotlight*, confiésate, lunática. Tú conoces los deseos desatados por las noches urbanas. Tú eres el recuerdo de remotos orgasmos reducidos a ensayos de *recording*. Tú y tus siete moños desalmados como un ave selenita, como ave fotoconductora de electrodos insolentes. Eres quien eres, Sirena Selena... y sales de tu luna de papel a cantar canciones viejas de Lucy Favery, de Sylvia Rexach, de la Lupe sibarita, vestida y adorada por los seguidores de tu rastro...

II

En el avión, sentadito de chamaco con la Martha, que es toda una señora veterana de mil candilejas —El Cotorrito, Boccaccio's, Bachelors—. Hasta hizo *shows* en La Escuelita, calle 39, Nueva York. Hasta tuvo marido asiduo que le montó apartamento en El Condado.

—Así como tú ahora, niña, que estás en la punta de tu cenit. Yo era su decente mujercita cuando venía a Puerto Rico desde Honduras. Él era negociante, mi marido. Y como tengo sangre de empresaria, aprendí de él a llevar libros, más le saqué cuanto pude para montarme mi propio negocito. Ni pienses que iba a quedar abandonada cuando el marchante se cansara. Yo, en la calle de nuevo, jamás de los jamases, demasiadas *bosteaderas* me costaron ya los trasplantes y las hormonas que me hacen fabulosa. *Sorry*, nena. Me malacostumbré al buen vivir.

Martha, toda una señora, su guía, su mamá. La que nunca tuvo, la que lo sacó de la calle para ponerlo a cantar en El Danubio Azul. Era alta y rubia oxigenada, ya con sus arrugas, con su par portentoso de pechos de silicona, con piel increíblemente tersa por las hendiduras del escote. Bronceada y de piernas largas, siempre llevaba las uñas esmaltadas de rojo granate, todo un coágulo de sangre en la punta de cada uno de sus dedos, los de los pies, los de las manos. No exhibía ni un solo pelo que la delatara. Solo su altura y su voz y sus ademanes tan femeninos, demasiado femeninos, estudiadamente femeninos. Su dentadura era perfecta, sin una mancha de nicotina, aunque fumaba sin parar. Este hábito acaso explicara aquella voz granulenta, como si millones de partículas de arena se hubiesen aposentado en la garganta, en el cuello largo y bien humectado, arrugado un poco ya, pero elegante, espigado en una curva sigilosa que terminaba, hacia arriba, en cabellera con permanente; hacia abajo, en espalda un tanto ancha, pero espalda fina de mujer entrada en años, que había vivido ya muchas vidas.

—*Vampiresa en tu novela, la gran tirana...* —Ensayaba en el avión la Sirena camino a la República Dominicana.

Iban de negocios, él y Martha. Primer avión que coge, primera vez que brinca el charco. La segunda será a Nueva York, lo presiente. Allá, a probar suerte como quien es.

Y no era que antes de Martha, Sirena siempre hubiese sido un deambulante. Techo, tuvo alguna vez la Selena, pero cuando se le murió la Abuela de tanto limpiar casas de ricos, no había nadie que velara por él. Tíos muertos, emigrados al extranjero. Madre en paradero desconocido. Servicios Sociales se lo quería llevar a un hogar. Pero bien sabía la Sirena que para él no había gran diferencia entre un hogar de crianza y un círculo en el infierno. Allí abusarían de él los más fuertes, le darían palizas, lo violarían a la fuerza para, luego, dejarlo tirado, ensangrentado y casi muerto en el piso sucio de un almacén. Así que Selena prefirió hacer de la calle su hogar. Antes, con Valentina. Después, con Martha, su nueva mamá.

Ahora iban juntas a la República Dominicana en plan de negocios. Martha le había enseñado a ahorrar. Martha le había enseñado a dónde ir por bases y pelucas bien baratas. Martha le había quitado el vicio de coca que le tenía los tabiques perforados y sangrantes. «Loca, que por ahí no se cae señorita», y le había dado otra opción que la de tirarse viejos en carros europeos. Le sacó el asco del semblante, le devolvió la dulzura a su voz.

—Tú cantas como los ángeles del cielo —le había dicho un día, emocionada, la Martha; un día que Selena recogía latas por los alrededores del Danubio y, casi sin darse cuenta, tarareaba un bolero de los de su Abuela.

Lo cantó a viva voz, lo cantó como si se fuera a morir cuando terminara de cantarlo, lo cantó para percatarse ella misma de su agonía, como un perro agonizante lo cantó, como un perro de raza, pero leproso, muriendo bajo una goma de carro recién desmantelado.

Las dragas que oyeron el bolero quedaron boquiabiertas. Estaban trabajando en la calle, negociando con clientes. Pero, de repente, empezaron a oír un murmullo de pena, una agonía desangrada que se les metía por las carnes y no las dejaba estar lo suficientemente alertas como para negociar precios de agarradas o de virazones de maridos escapados de su hogar. No podían sino recordar cosas que las hacían llorar y que les despegaban las pestañas postizas de los párpados. Tuvieron que girar tacones y alisarse las pelucas para oír mejor. Así, lelas, lograron llamar a su mánager, Miss Martha Divine, para que oyera a aquel portento de bugarroncito con voz de ángel dominical.

Fue Lizzy Star quien logró avisar a Martha, a grito puro. Estaba más cerca de la puerta del Danubio Azul, barcito de travestis descarrilados del cual era propietaria la divina, la esplendorosa Martha Divine. Fue cuestión de halar el mango, meter la cabeza unos segundos y gritar:

—Martha, corre, mira esto.

Martha salió ajorada del Danubio, preparándose para lo peor. Pensaba que iba a tener que pelear con algún policía que, buscando propinas extras, pateaba a las muchachas o le caía a macanazos a algún cliente. Pero no, eso no era.

Tan pronto la puerta se cerró a sus espaldas, pudo oír una melodía sutil que mantenía a toda la calle en animación suspendida. Con la vista, Martha buscó el origen de aquella voz. Lo encontró. Venía de la garganta de un muchachito, que, endrogado más allá de la inconsciencia, cantaba y buscaba latas. Martha se quedó como todas las otras dragas, como todos los otros clientes, como todos los otros carros que paseaban calle abajo. Cuando reaccionó, la sangre de empresaria burbujeó en sus venas. Caminó hasta donde estaba el muchachito, lo invitó al bar, a tomarse una Coca-Cola. Le ordenó comida, se lo llevó a su apartamento, lo ayudó a romper vicio, lo vistió de bolerosa. Poco a poco, lo ayudó a convertirse en quien en verdad era. Y ahora se lo llevaba a la República Dominicana porque nunca la Selena se había montado en un avión. Iban de negocios, a ver si vendían su *show* en algún hotel. Sangre de empresarias.

De jovencito, Selena iba nervioso, tal vez, por la emoción del viaje, la premonición de una vida nueva a partir de ese plan de presentarse en otro país, aunque fuera en la isla de al lado. Ya había hecho su *showcito* en la Crasholetta, ya les había cantado en privado a las locas más lujosas del ambiente. Pero era muy nena todavía como para ganarse contratos en los hoteles de la zona turística.

—Ni mintiendo te lo dan, mi amor, que las leyes federales prohiben el *child labour*. ¿Tú no sabías eso? Así que mejor —le dijo su mamá—, mejor nos vamos a la República Dominicana que allí no se tragan esos cuentos.

Y ahora, gracias a las leyes federales, Sirena Selena estaba a punto de convertirse en la diva del Caribe. Despertaría ansias en todo un público nuevo, con la ilusión de su canto. Se convertiría en la estrella de un *show* para hoteles de cuatro estrellas. Tendría un vestidor y luces y vestuarios confeccionados con las mejores telas que se prestaran para el simulacro. Allí, podría hacer, al fin, entera gala de su voz. Ay su voz, que no le fallara ahora su voz, virgen santa, que no le fuera a cambiar el timbre, que se le quedara así, dulce y cristalina. Sus compañeras de trabajo del Danubio no se cansaban de decirle que del centro del pecho le sale un gorgojeo de pena percudida, pero siempre fresca, tan antigua y tan fresca como el mismísimo mal de amores sobre la faz de la Tierra. Millones de personas le han dicho millones de cosas acerca de su voz.

—Huele a miel tu voz, tu boca es una fruta —le había susurrado un día un admirador que intentó besarla.

Ella acababa de cantar. Estaba exhausta de tanta puesta en escena. Así que se dejó besar. Dejó que la lengua de aquel hombre le recorriera el hueco de sus dientes, le sorbiera la saliva densa de una noche de cabaré. Permitió que enredara la lengua con su lengua agotada, que le hiciera caricias, para ver si así la aliviaba un poco. Pero, a mitad del beso, Sirena notó que aquella boca buscaba algo más de lo que normalmente se busca en los besos. Aquella boca quería tragarse una melodía. Era un beso que buscaba devorarle la voz.

Cuando el admirador terminó de besarla, la miró victorioso. Sirena asumió de nuevo su papel de mujer misteriosa y se alejó, sin más, hacia la trastienda que le servía de camerino a todas las dragas del Danubio. Ondeó su menuda caderita, aguantó saliva ajena en la boca, sin tragársela, sospechando sabotaje. Cuando llegó a su camerino, se enjuagó la boca con agua de grifo y con Listerine. Después, al llegar al apartamento de la Martha, hizo gárgaras de pétalos de rosa y magnolia con ajo, para espantar cualquier bacteria de envidia que se le hubiese quedado rondando por la boca.

Así se sentía ahora, con ganas de hacer gárgaras y, luego, ponerse un paño con hojas de yerbabruja alrededor del cuello, de tomarse un trago de *brandy* con miel, agua de azahar y canela, tragarse una yema de huevo cruda, rezarle oraciones a San Judas Tadeo. Quería protegerse la voz. Bien que lo sabe la Sirena, lo único que tiene es su voz para lograrse otra más lejos.

Pero en el avión, ni la Martha le notó el nerviosismo. Veía musitando a la Serena, pero jamás la pensó rezándole a Santa Clara, ni a la Virgen de la Caridad del Cobre. La creyó repasando los boleros escogidos para su *demo-show*. Le daba gracia la estampa familiar que formaban, ella de madre con su hijito quinceañero, que parecía, pero no era, exactamente, un chamaquito más; que en las uñas demasiado cuidadas, en las cejas arqueadísimas, en el ademán de la cintura, perfilaba otra cosa. Y ella que era, pero no, la madre celosa, la doña entrada en años que no se dejaba vencer por la maternidad, que había sido madre joven, confidente amistosa y apoyo de la familia. La Martha Divine, un poquitín demasiado alta, un poquitín demasiado fuerte en las líneas de la barbilla, un poquitín demasiado llena de tersuras y redondeces fuera de sitio en la piel... Pero, aun así, cualquiera podría pensar, un poco distraídamente, que esa señora y su nene constituían una familia vacacionando en la República Dominicana. Miró con cariño a su hijito, le tocó la cabeza y la Selena respondió con la sonrisa de siempre, lejana y casi imperceptible, sin dejar de musitar aquel montón de palabras, de rezos y de canciones que se le agolpaban en la conciencia.

III

Tú, María Piedra de Imán encantadora y mineral que con las siete Samaritanas anduviste, hermosura y nombre les diste, suerte y fortuna me traerás para cantar, Piedra Imán. Fuiste imán: serás para mí resguardo, conmigo estarás. Te pido que la voz me salga preñada de agujitas, densa, que la voz se meta por los pechos de quienes me escuchan y les retuerza la melancolía y los aplausos. Te pido oro para mi tesoro, plata para mi casa y, como foco de lumbrera que fuiste de la Santísima Virgen María, quiero que seas centinela de mi hogar y de mi personalidad. Pues tú sabes, Santísima Piedra Imán, que tomar claras de huevo ayuda, hacer gárgaras de agua de mar con Listerine ayuda, practicar los ejercicios de vocalización de las lecciones grabadas del maestro Charles Monnigan que Martha me compró por cable y que pongo en el *videocassette* de su *apartment* ayudan, pero no aseguran. Tu protección es lo que pido para asegurar...

Por eso quiero que tú hagas que mi casa sea próspera y feliz, y que la buena estrella me guíe y alumbre mi camino. Préstame tu magia bienhechora, quiero que me prestes tu talismán, quiero tener poder y dominio para vencer a mis enemigos, quiero que tú me guíes, Piedra Imán, por el camino opuesto, opuestísimo a cuando hacía las calles. Poder cantar como si no hubiese pasado nada, como cuando era chiquito y tenía casa y familia. Había miseria, a veces, teníamos que comer, noche tras noche, *Chef*

Boyardees fríos y pan. Pero éramos felices. No había que endiablarse, desesperarse, cantar para sobrevivir. Atacuñar toda la rabia en una canción, como diera lugar. Y ya no quiero, Piedra Imán, cantar así. Quiero cantar desde la boca nueva, como si naciera justo cuando me alumbre el reflector; libre de recuerdos.

En recompensa de lo que me des, yo te daré la cuenta de ámbar, la cuenta de azabache, unos granitos de coral, para que me libres de la envidia y de todo mal. Te daré limadura de acero, para que todo me sobre y aumente mi rico sendero; te daré trigo, para vencer a mis enemigos; incienso y mirra, por el aguinaldo que le dieron los tres Reyes a Jesús amado, y daré a las tres potencias, por la virtud de la Piedra Imán, tres credos por primera y, por segunda, siete salves y, por tercera, cinco padrenuestros y cinco avemarías, alabando al Señor en este santo día y diciendo gloria a Dios en las alturas y en la Tierra, paz a todos los seres de buena voluntad, pan bendito de Dios sagrado que satisface mi alma y limpia mis pecados.

Limpia mis pecados, Santísima Piedra Imán; los de este fiel bugarroncito, el quinceañero más sobeteado de todo el barrio. Y no por tíos, por padrastros ni por vecinos enamorados de su mirada de gato, sino por gente que llegaba y se iba y no volvía más, por hombrotes grandes que de lejos, quién sabe cómo, se daban cuenta de algo que tan solo yo intuía. Ellos llegaban y me abrían la puerta de sus carros sabiendo de antemano que yo iba a entrar, iba a quedármeles mirando de reojo, que yo iba a dejar la mano temblorosa acercarse a donde se acercaba, que iba a pasar lo de siempre: esa hinchazón debajo del pantalón, ese susto deleitoso, esas ganas de llorar, esa quemazón de saliva, esa lágrima a medias en el ojo, esas ganas de morirse ahí mismito. Sabían que yo iba a permitir el montón de líquidos corriendo en el interior del carro, mojando, manchando de olores las alfombras, los viniles y hasta el guía. Luego, venía el endurecimiento de la cara del tipo, después de que descubría, pero no decía, lo que había descubierto. Veinte pesos me pagaba, Piedra Imán, veinte pesos estrujados y metidos por mano propia en el bolsillo del pantalón sudoroso, como si aquel fuera el precio del secreto mío, de eso que se lleva enredado en la piel. El precio de mis pecados y de mi gracia.

Pero si pequé, ellos fueron los más grandes pecadores. Si hice daño, ellos fueron los más grandes enemigos. Yo nunca más veía a esos hombres, María Piedra de Imán encantadora. Al principio, no los veía más que una sola vez. Desaparecían luego, como tragados por la mismísima tierra. Tú, que los pusiste en mi sendero, de mi sendero los apartarás; tú, que les diste nombre y hermosura a las siete Samaritanas, a este que se postra ante tus pies, dale el nombre que lo nombra, protégele la voz que lo lleva a orarte, a pedirte protección. Esa voz misma la ofrece como su mayor prenda si lo guías y le alumbras el camino. Carbón bendito, luz de mi hogar. Esto le doy a la Piedra Imán.

IV

Martha aferra sus manos al mango del asiento. Siente que, si la dejan, lo arranca de raíz. Faltan unos minutos para aterrizar. Por alguna misteriosa razón, los aterrizajes y despegues siempre la ponen nerviosa. Volar no, estar allá trepada en el cielo no le incomodaba en lo más mínimo. Allá arriba, va como en pasarela, viviéndose la película del viaje, pidiéndole servicio a las camareras, tan esbeltas y elegantes. Incluso, recuerda ocasiones en que encontró aeromozos que la reconocían del ambiente, que la recordaban de sus tiempos de cabaré, cuando imitaba a la Barbara Streisand o a Bette Midler, y hasta autógrafos le habían pedido. Pero los aterrizajes y los despegues siempre le revuelcan el ansia. Y no hay ansia en este mundo que no le provocara a Martha pensar en su cuerpo.

Oh sí, su cuerpo, el disfraz que era su cuerpo. Temblaba de tan solo pensar que alguien, en pleno *take-off*, la señalara con el dedo y gritara:

—Miren eso. Eso no es una mujer.

Que viraran el avión para bajarla a empujones por la puerta de abordaje, tirándole las maletas al piso. Las maletas, prestándose, las traidoras, como evidencia, se abrirían de repente, vomitando tacas, esparadrapos, fajas, cremas depiladoras y miles de afeites más. El capitán mismo la bajaría del avión para dejar claro que ella no tenía el derecho de disfrutar del confort, del lujo aéreo y de la ensoñación que es acercarse a otras costas. Ella no, por impostora.

Pero, con el dinero que consiga en este viaje, terminará de hacerse la operación, que es un cambio muy difícil. A ella no le importan los sacrificios. Operarse no es lo mismo que vestirse y eso solo en carne propia se sabe. Quitarse la ropa y verse, al fin, de la cintura para abajo, igual que de la cintura para arriba, con tetitas y totita. Total. Al fin, poder descansar en un solo cuerpo.

Ya habían aterrizado. Ahora, a pasar el trago amargo de ir a buscar las maletas, hacer la fila de aduana, pagar el impuesto de entrada, mostrar las actas (un tanto retocadas) de nacimiento y encontrar al taxista que las llevaría al hotel. Tan pronto llegara, se comunicaría con el gerente y la persona encargada de los espectáculos. Tenía la presentación preparada, la cantante ensayada y dispuesta a deslumbrar. Tenía, además, una fajita cómoda de billetes que le oprimía con suave presión la carterita que siempre llevaba bajo la blusa. Había tomado esta precaución por si acaso Contreras, el administrador hotelero que las había invitado, les fallaba. Él les había advertido que todos los gastos de hospedaje iban por cuenta del hotel. Pero hasta ver, no creer. Una semana estarán ella y la Sirena en Santo Domingo, y en una semana se gasta mucho dinero. Pero la experiencia le había enseñado a Martha que loca precavida vale por dos. Además, en ese tiempo, bien sea en el hotel de Contreras o en otros de menor categoría, iba a vender su *show*, de seguro. Entonces, llegaría la bonanza, el éxito, el fin de sus agonías. Correría el dinero, dinero para su solo cuerpo, dinero para su Ángel Luminoso y para el Danubio Azul, dos Danubios Azules, sucursales del Danubio Azul por todos los sectores maricones de este

Caribe de perdición, donde la gente fornica como si se fuera a acabar el mundo al día siguiente. Gracias a Dios.

Poco a poco, los pasajeros fueron formando fila para bajarse del avión. Miss Martha esperó a que Sirena sacara su neceser del compartimiento superior, cotejó que no se les quedara ningún bolso y buscó su lugar entre todos aquellos turistas, vendedores y familias que la acompañaban en la travesía. Empezó a sentir miradas sobre su cuerpo y el de su ahijada. «Ay, Jehovah, Dios de los ejércitos, dame valor. Esto es lo que más odio de los aterrizajes». Por más que trató de tranquilizarse, de nuevo, a Martha, el ansia se le volvió un tumor vivo en el estómago. Comenzaron de nuevo las dudas. ¿Y si le notaban algo raro por las esquinas del maquillaje? ¿Y se a ella le pasaba lo que a la Maxine, que la leyeron tan pronto se bajó del 747, y la hicieron pasar vergüenza tras vergüenza en las oficinas de aduana? Casi veinte horas la tuvieron detenida, los guardias burlándose de ella, revolcándole las maletas, rompiéndole los frascos de maquillaje contra el piso. Las cremas hidratantes carísimas, se las embadurnaban contra los modelos Alfaro, Hanna Sui, copiados de revistas y mandados a hacer a la medida.

—Una pesadilla —contó Maxine—. Lo que soy yo no vuelvo a montarme en un avión en lo que me queda de vida.

¿Y si le pasa lo mismo a ella?

La fila comenzó a moverse. Ya empezaban a bajarse del avión e iban camino a la aduana. Martha notó a su protegida igual de inquieta. Al Sirenito le sudaba la frente y estaba tan pálido que parecía que, en cualquier momento, se desmayaría. El tumulto de gente, la bullanguería del aeropuerto y el susto de primeriza la confundían sin compasión. En los altavoces, retumbaban mensajes:

—Se requiere el pago de impuesto de entrada, favor de pasar a la ventanilla de impuestos antes de hacer la fila de aduana.

A la vez, otro altoparlante gritaba:

—Cambio de divisas a mano derecha, por favor, pasar por ventanilla de cajero....

Y afuera, por sobre las barandillas, los taxistas gritaban:

—¿A dónde la llevo, señora, a dónde la llevo?

Cualquiera se mareaba. Su protegido no sabía hacía dónde mirar y se aferraba a las maletas como a dos tablas de salvación.

El instinto maternal se le activó a Martha. Entre las dos manos, tomó la cara del sirenito y le dijo con su voz más tierna:

—No te apures, mijito, que esto pasa pronto.

Le pasó la mano por la frente, secándole el sudor frío. Le arregló la camisa. Ella no iba a dejar que le ocurriera nada a su ahijado, a su amuleto de la suerte. Nada iba a interferir con los planes que venía cocinando para las dos. Ayudando a la Sirena, se ayudaba a ella; ayudando a esta joyita que le caía del cielo, iba, al fin, a reconciliarse con su propio cuerpo. Tenía que controlarse, no dejarle ver a la Sirena que a ella también le temblaban las canillas. Murmuró en su pensamiento: «Recuérdalo bien, Mamita, tú eres Miss Martha Divine. Querer es poder, y tú lo quieres todo. Así que fuerza, bendiciones y, pa' trás, ni pa coger impulso». Respiró profundo, alzó el pecho y con su cara más exacta de mujer elegante se dirigió en busca del equipaje.

Pagaron el impuesto de entrada, dieron los certificados de nacimiento, cambiaron unos cuantos dólares por dinero local. Nada que declarar. Por suerte, no les abrieron las maletas. Si no, ¿cómo explicar las tres combinaciones de camisetas y mahones para el nene y el maratón de trajes y pelucas de mujer que ni siquiera eran del tamaño de la señora? Gracias a Dios, no se las abrieron. Eso le comprobaba a Martha que alguien las estaba protegiendo. Definitivamente, alguna fuerza del más allá las cubría con su manto, el peso mismo del éxito que las esperaba justito al salir por la puerta de cristal, donde el calor, la prisa y el tajureo cotidiano le daban la bienvenida a esta otra isla del desmadre, que flota, como puede, en su amplio mar.

Afuera encontraron taxistas por montones y, sin mirar atrás, se montaron en el primer carro, raudas y veloces, rumbo al hotel. El Hotel Conquistador era lujo puro. Al frente, exhibía una fuente majestuosa, que botaba chorros de agua sobre una estatua de una mujer tocando una flauta en forma de caracol. Todo el paseo de la entrada estaba enladrillado. El vestíbulo mostraba obras de arte y un recibidor decorado en caoba oscura y lámparas de cristal cortado que ambientaban muy bien el lugar. Unas columnas gruesas de mármol sostenían un techo inmenso a más de veinte pies de alto que enmarcaba pisos encerados, plantas y pequeñas salitas de estar. Los sofás estaban tapizados de colores, con mesas en caoba labrada. A cada lado de las mesas, dos butacas Chippendale lucían estampados florales en combinación. A mano derecha, estaban las puertas del casino y, al fondo, se veía un patio de veredas verdes bien cuidadas y las vidrieras de dos restaurantes: uno de comida china y otro, de francesa, para todo paladar. Al lado de los elevadores, había otro mostrador donde los maleteros esperaban el timbre que los llamara para ponerse al servicio de los clientes. También hasta allá dirigió Martha sus miradas, cotejando la limpieza y elegancia del lugar. Era cierto lo que habló con Contreras por teléfono antes de decidirse a venir:

—Nuestro hotel es de cinco estrellas. La clientela es mayormente de turistas europeos en busca de aventuras y entretenimiento. Hasta ahora, nunca hemos ofrecido más que un *show* de pianista ocasional en el bar. Quizás una cantante captaría mejor la atención de los clientes.

«Ay, Contreras, que si la captaría. Ya verás lo que pasa cuando la clientela oiga cantar a Sirena Selena.»

Hicieron su *check-in*. Todo normal con las reservaciones que les había hecho Billy, la amiguita que trabajaba en una agencia de viajes de Hato Rey y que se había encargado de todos los preparativos. La Billy había sido protegida de Martha mucho tiempo atrás, pero ya no estaba tan metido en el ambiente. Lo que siempre había querido era ganar suficiente dinero para pagarse un curso corto en turismo y líneas aéreas, empezar a trabajar legal. La vida en la calle no le hacía mucha gracia. Martha lo notó y se tomó la molestia de aconsejarlo:

—Papito, fíjate, yo creo... —le dijo con mucho tacto para no hacerlo sentir mal— que esta vida no se hizo para ti. Tú eres un tipo bien *relax*, hasta tímido —continuó— y este agite te va a agriar la existencia, corazón.

—*You're right* —asintió Billy, mientras le agradecía muchísimo el consejo.

Martha le hizo el favor completo. Lo conectó para que le dieran un trabajito, le dio algo de dinero para que se comprara una camisa de hombre Yves St. Laurent que impresionara el día de la entrevista.

—Billy, recuerda siempre que todo está en la imagen. Si te ves como un profesional, eres un profesional. Lo demás es coreografía y actuación.

Así se ganó la lealtad incondicional de su antiguo protegido, aunque con las locas nunca se sabe. Pero bueno, en alguien se tiene que confiar. También en el ambiente hay necesidad de crear mafia propia, como en todas partes.

Piso 11, cuarto 5. Hasta allá las acompañó el maletero. Les abrió la puerta, esperó la propina, que Martha le dio, para deshacerse de él cuanto antes. La habitación era de morirse. Dos camas dobles con cabecera de caoba y mesita de noche en juego, edredones en tonos melocotón que combinaban con el decorado del cuarto entero. El suelo estaba arropado por alfombras de pared a pared. En una esquina, lucía un gabinete de cedro con televisión a todo dar, de veintiún pulgadas y *surround-sound*, junto al aire acondicionado central, que susurraba su airecito frío. El baño del cuarto estaba impecable. Sus paredes las cubrían losetas blancas y toallas bordadas con el emblema del hotel. Cuando Martha fue a abrir las cortinas, descubrió una vista que era casi tan fabulosa como la decoración del hotel. Desde allí arriba, se veía todo Santo Domingo, la catedral, las calles de la zona colonial, las callejuelas de viviendas, las habitaciones perdidas a lo lejos de otros hoteles colindantes.

Todo aquel lujo sacó a flote la niñez de la Sirena. Tan pronto se zafaron del maletero, Selena corrió a jugar con las cortinas, prendió y apagó el aire veinte veces, saltimbanqueó por todas partes. Estrenaba juguete nuevo.

—Nena, no brinques así en las camas, que no quiero problemas con la administración —gritó la Martha, severa, pero aguantando la risa por dentro al ver a su hijita tan feliz, tan risueña, tan despreocupada de la vida. Pocas veces la había visto así, soltando grititos de deslumbrada, jugando con los grifos del agua, las colchas, riéndose a carcajadas; dejándose ser el niño que era.

Martha caminó hacia la mesita del teléfono, verificó el tono y marcó el número del mostrador.

—Operadora, con el señor Contreras, en administración. —Le dijeron que esperara un momento.

—¿Señor Contreras? Sí... Martha Divine. Acabaditas de llegar, un poco cansadas. No, el viaje estuvo divino, ningún problema en aduana ni en el hotel. Pues nada, lo llamaba para que supiera que ya estábamos aquí, ensayadas y listas para aceptar ofertas. ¿El *demo-show*? Usted dirá la hora y allí estaremos. Somos muy puntuales. ¿Mañana a las seis...? Perfecto, señor Contreras, nos veremos mañana, entonces. A las seis... Chao...

Miss Martha Divine midió su tiempo para colocar el auricular de nuevo en su lugar. Calló por unos segundos, sintiendo cómo le bajaba la saliva por la garganta, humedeciéndosela, preparándosela para las palabras que le diría a su alumna y protegida. Sonrió para sí, casi lista a voltearse a mirar a la Sirena, a quien sabía pendiente de su más mínimo movimiento. Entonces, enigmática, caminó hacia la Sirena para decirle:

—Mañana a las seis, Selena. Mañana a las seis comienza la magia.

La Sirena soltó una carcajada. Le daba gracia el melodrama que preparaba su madrina para impresionarla. Aplaudió, juguetona, y se tiró a la cama soltando «bravos» y «vivas». Martha se molestó un poco al no recibir la reacción que esperaba de su ahijada. Caminó hasta donde había dejado su cartera. Buscó su cigarrera y su encendedor. Se sentó en una butaca, lista para fumar. Entonces, la Sirena, traviesa, encontró su momento para preguntarle:

—¿Y hoy lo tenemos libre?

—Sí, querida, con todos los gastos pagos por el hotel. Nosotras somos las invitadas especiales de su administración.

—Pues no hay tiempo que perder —respondió la Sirenita y, entonces, fue su turno para el melodrama.

Martha la vio caminar hasta la mesita del teléfono. Prendió su cigarrillo, mientras observaba a Sirena levantar el auricular con ademán de chica del *jet set*, marcar el número del mostrador y carraspear para que la voz le saliera serena. Entonces:

—¿Servicio? —la veterana oyó a Sirenita preguntar—. Sí, por favor. Quisiera ordenar dos filetes *mignon*, con papas asadas y ensalada fresca. —Eso ordenó Sirena—. Ah, y una botella de champán. ¿Tiene Veuve Clicquot? Perfecto, pues envíenos la más fría que tenga. —De repente, recordó otro antojito—: Y fresas, un servicio de fresas frescas, sin crema batida, por favor. Hay que mantener la figura, usted me entiende. —Risas—. A la habitación once cero cinco. Muchas gracias.

Sirena se quedó de espaldas a Martha, que, sentada, observaba la movida entera, con una ceja alzada.

Terminada la conversación telefónica, la cantante soltó su pose. El cuerpo se le relajó, los hombros le cayeron sobre el torso. Era como si, al soltar el auricular, un gran peso se le hubiese caído de encima a la Sirena. Se quedó callada, pensativa. Su protectora no quiso interrumpirla. Estaba esperando la reacción de la ahijada, pensando que Sirena buscaba la frase correcta para virarse a donde Miss Martha Divine; responderle con un papelón tan ridículo como el que ella había hecho momentos antes, al terminar de hablar con Contreras. Pero mientras Martha esperaba el chiste, el aire de la habitación se cargaba de otra fuerza. Por un segundo, que pareció un siglo, un silencio espeso ocupó la habitación. Tanto la ocupó, que se oía el rumor del aire acondicionado refrescando cada rincón de la suite de hotel, los pasos amortiguados de alguien que caminaba por el pasillo alfombrado, el fuelle de la respiración de las cosas que adornaban el cuarto. Sirena giró, entonces, hacia el rincón desde el cual Martha la miraba. Se agarró el pecho con ambas manos y, casi en éxtasis de alivio, le confesó a su mamá de candilejas:

—Ay Martha, ríete de mí si quieres, pero yo me he pasado la vida entera esperando este momento.

La Martha no se rio. Entendía perfectamente.

V

Luisito Cristal era terrible. La diva de los setenta. Le decíamos Cristal porque siempre iba a la discoteca envuelta en luces y *rhinestones*, en *gowns* de vidrio y bisutería. Le encantaba el brillo. Yo la conozco desde hace tiempo, de cuando hacía *shows* en el Flying Saucer, trepada en las tarimas para *go-go dancers*, vestida con leotardos plateados, capas de plástico traslúcido y botas recubiertas de cristal. Un escándalo la Luisito. En esa discoteca fue la primera vez que la conocimos las chicas del ambiente. Era para la época en que yo me estrenaba como Miss Martha Divine. La Kiki, por ejemplo —que cuenta a quien la quiera oír que, de adolescente, Luisito Cristal le salvó la vida— había ido a bailar al Flying Saucer con una noviecita que tenía, porque él todavía no se enteraba de sus verdaderas inclinaciones. Lo que guardaba era la sospecha. Pero cuando vio a Luisito Cristal trepado en tarima, vestido con todo el *glamour* del mundo y envuelto en su propio personaje de decadente estrella rockera, se dijo por lo bajo: «Eso es...». Cogió valor y empezó a probarse ropa más andrógina, más atrevida, hasta que, un buen día, llegó al Flying Saucer, vestido con una minifalda plateada que le prestó su noviecita.

—De esa nos dejamos, claro está, pero nos convertimos en buenísimas amigas —cuenta la Kiki.

Divina que es la Kiki, yo te la presenté. Nadie se le para al lado cortando pelo.

Pero el Flying Saucer era discoteca de ambiente familiar. Iban *teenagers*, estrenándose en el arte de discotequear, iban parejitas salseras en busca de un lugar propicio para lucir sus coreografías de marquesina, en fin, iba todo el mundo. Allí, Luisito hacía y deshacía, pero no era donde se botaba. Donde Luisito se botaba era en los bares gay del Viejo San Juan. Una noche, creo que fue en el Lion's Den, donde ahora tienen los baños de la calle Luna, llegó envuelta en lucecitas de Navidad. Saludó a la concurrencia, dio dos vueltas en la pista y, como quien no quiere la cosa, empezó a buscar por todo el piso y paredes de la disco un tomacorrientes de tres patitas donde enchufar su creación de bombillas eléctricas. Buscaba y buscaba y no encontraba, porque la disco estaba oscurísima, y las luces de ambientación eran de esas que prenden y apagan, volviendo los ojos locos.

Todo el mundo se había metido *qualudes*, ácido y andaba enconcado hasta las verijas aquella noche. Era la moda, lo que se estilaba en la época. Yo no sabía la droga de preferencia de Luisito, aquella noche del Lion's Den. Pero andaba regia, en su mundo, parecía una modelo de pasarela, aunque estuviera eñangotada, buscando un tomacorrientes. A veces, se tomaba un descansito de la empresa, y se acomodaba en una esquina de la barra repleta de machos sudorosos y de chicas *fashion* embarradas en maquillaje. Aun así, se veía fabulosa, envuelto en su propio *glamour*. Era la diva del más allá que nos regalaba con su presencia de luces de bengala. Una diosa, que le dio por bajar del Olimpo a compartir con el resto de los mortales por los bares recónditos del San Juan nocturno y gay. Y eran muchos los bares en aquellos tiempos, no como ahora, que quedan nada más que dos o tres. Los únicos que sobreviven de la época son Boccacio's y Villa Caimito. No sé cómo se las habrán arreglado la Dulce y la Amelia para mantener el Boccacio's abierto. Parece un museo más que una barra, concurrida por locas viejas, como yo ahora, las que sobrevivimos al País, al sida, a los fracatanes de exilios que siempre ha tenido que echarse al cuerpo una para poder sobrevivir... Fuertes que son esas dos lesbianotas, la Dulce que de dulce, quizáss el nombre y va en coche. Antes, tenían otra barra, ¿cómo era que se llamaba? Page Two, sí, Page Two. Y no era el único sitio en onda, Page Two. También estaba The Abbey, donde figuraba como artista estelar la Bobby Herr. Y el Cañanga y The Annex...

Fuera del Lion's Den, la discoteca que más me gustaba era The Bazzar. La entrada del Bazzar formaba un laberinto oscuro, pintado de negro. Allí, se estacionaban las locas más futuristas, con maquillajes punkos, de mucho delineador, *lipgloss* y sombra oscura. Yo creo que lo del traje de luces de Luisito Cristal fue en The Bazzar, ahora que recuerdo. Por eso fue que le costó tanto trabajo encontrar un tomacorrientes aquella noche. The Bazzar era la boca del lobo. Oscurísimo. Y si, de repente, mirabas hacia las esquinas, te topabas con siluetas de parejas enroscadas, uy, como serpientes de dos cabezas. Lenguas, manos, sobeteos por dentro del pantalón... Perdición pura, te lo juro, no como ahora, que a lo que van estos muchachitos a la disco es a mirar un *show* de dragas, darse unos cuantos palos, meterse su pasecito de coca y, si acaso, bailar. Todo muy controlado. Pero, en mis tiempos, nena, en mis tiempos ir a la barra era tirarse al desperdicio. Y la Luisito Cristal era la maestra de la perdición.

Pero la noche del *gown* de luces, no estaba en esas. Luisito *was on a mission*. Estuvo horas eñangotado, pasándole la mano de uñas recién pintadas a las paredes, auscultando atentamente las juntas de vidrios de la decoración. Parecía que se había ido en un viaje de ácido. Al fin, casi pasada la media noche, encontró el maldito *switche* de electricidad. Aliviada, se enchufó la loca a su esquinita y su traje de luces destelleó en aquella disco como una parada de cuatro de julio en Disney World. Todas aplaudimos, frenéticas, y gritamos vivas. Y Luisito empezó a bailar, bailó toda la noche enchufadito en su esquina, completando la ambientación del Bazzar. Un regalo de los dioses. Un escándalo la Luisito Cristal. Creo que ahora trabaja en una floristería del Condado y en su tiempo libre administra una agencia de bailarines eróticos. Está tan fabulosa como antes, pero los años son los años, y van cayendo encima sin piedad.

Luisito no era lo que se dice una *performer*. Era más bien una diva nocturna. Su nota era parecerse a una modelo del *jet set*. Bianca Jagger, Margot Hemingway, esas eran sus ídolos, a quienes le encantaba emular, porque ella era así, divina, esplendorosa, opulenta en su fantasía de loca caribeña intentando ser otra cosa. Todas queríamos ser otra cosa, estar en otro lugar, el Studio 54, el Xennon, paseándonos por la Quinta Avenida de Manhattan, sin que se nos notaran en las piernas las ronchas negras de tantas picaduras de mosquitos. El asunto siempre fue negar la cafre realidad. O, mejor aún, inventarse otro pasado, empeparse hasta las teclas y salir a ser otra, entre *spotlights* y hielo seco, vitrinas de guirnaldas y cristal, a estrenarse otra vez, recién nacida.

Eso era lo que mejor le salía a Luisito. Pero *performer*, *performer* no era. *Performers* eran otros. Pantojas, la Barbara Herr, la Renny Williams, Milton Rey. De Milton no he sabido más, desde que lo vi por última vez interpretando a no sé quién, no me acuerdo ahora, en el piano bar del Condado, ese que se llamaba el Penthouse. A Milton lo que le gustaba era rondar los bares de turistas que venían a esta isla en busca del mítico *latin lover* que les revolcara las verijas en una noche de chingadera irredenta bajo un palmar. Eso era lo que le gustaba a Milton, los bares para gringos. Solo salía con rubios de ojos azules y con muchos *ben franklins* en la cartera. Y los despeluzaba como pollitos. Quedaban que ni sabían qué huracán les había pasado por encima, con los bolsillos demacrados, la carne echando fuego e intoxicados de una manera tal, que milagro era que se acordaran del nombre. La Milton era fuerte. De cuidado, la loca. Meterse con ella era meterse en la mismísima boca del infierno. Lo que pasaba era que el arte de la Milton Rey, además de doblar a las divas de los setenta, era la seducción mediante la palabra y la conversación, una verdadera artista del engatusaje verbal.

Renny era transformista. Hacía una Diana Ross de morirse. Copiaba su ajuar, sus poses, el pelucón de melena... Además, el parecido físico era espeluznante, porque la Renny era esta prieta, flaca, medio tísica, de ojazos grandes y facciones perfiladas, igualita a la Diana. Su estudio de la diva era exhaustivo. Se sabía las canciones de memoria, las pausas, respiros, repeticiones, subidas de galillo y bajones tonales. En todo, la imitaba a la perfección, tanto que cualquiera que no fuera del ambiente podía fácilmente confundir a Renny con la Diana, haciendo una presentación secreta en algún bar del Viejo San Juan. Pero se pasaba metido en Arcos Blancos, en donde media comunidad se infectó de sida. Allí se metía mano por tan solo ver la leche correr. Y como tenía sus habitaciones para rentar, fácil era irse a la barra unas cuantas horas, fletear por un ratito, enganchar pargo turista o local y correr escaleras arriba a tirar el primer polvo de la noche. Luego, el segundo, el tercero, total, todas nos creíamos invencibles e intocables por la vida en aquellos boquetes de felicidad, aunque fueran de a mentira.

La Renny cogió un sida que la demacró en cuestión de meses. Un día la vi de civil, acompañada de una señora, quizás era su mamá. Ya tenía *wasting*, ella que de por sí era esbelta, parecía uno de esos niñitos de Biafra que aparecen por televisión. Cambié la vista y crucé a la acera opuesta para evitar cruzármelo. La regia, la fabulosa Renny Williams, convertido en aquella piltrafa de pellejo y huesos. No la pude ni siquiera saludar.

Había una performera famosa, ahora no recuerdo el nombre; una cubana que hacía sus *shows* en Bachelors. Compartí con ella tarima en varias ocasiones. Su espectáculo no era común, porque tenía montones de giros de humor. Además, ella siempre se vestía de nena y se ponía una peluca de dos trenzas con la que salía al escenario. Una peluca rubia, de trenzas largas como de aldeana holandesa. Y eso que ella era de un colorcito caoba, con unas bembas que hacía temblar cada vez que doblaba a Carmen Delia Dipiní. No hacía más que salir al escenario y una se desternillaba de la risa. Yo le preguntaba que por qué se vestía de nena y no de mujer, pues ahí es donde está el *glamour*. Ella me contestaba:

—Ay, vieja, qué sé yo.

Y me hacía cuentos de Cuba, de unas obras de teatro que se hacían por allá por donde ella vivía, y en las cuales siempre aparecían los personajes de una mulata, un gallego y un negrito.

Ella iba mucho a esos espectáculos durante su infancia. Acompañaba a su familia, que era toda muy amante del teatro y de la música. Una de sus tías tocó en una orquesta de mujeres durante muchos años. Me contaba que ellos siempre se entretenían armando conjuntitos de música o disfrazándose de personajes de la televisión o del teatro. Yo no sabía si creerle, porque quién sabe cómo la gente se entretiene de noche en Cuba, con la pobreza que hay en esas repúblicas. Allá no debe haber cines ni barras ni nada... Si tú vieras cómo le brillaban los ojos a la cubana esa cada vez que me describía las candilejas y los telones de terciopelo color vino de los teatros antiguos, espesos, como la sangre de un toro. Se identificaba mucho con el personaje del negrito, pero como ella salió «invertida», hacía su interpretación en traje de nena.

Lo de las dos trenzas me lo contó una madrugada después que salimos de un *show*. Ella me dijo que siempre quiso tener el pelo rubio y largo, para hacerse dos trenzotas que le cayeran hasta mitad de espalda. Un día, tendría ella nueve o diez años, encontró una peluca roída en el baúl de tereques de una tía de ella. La tía se llamaba Mercedita y le encantaba vestirse de sirena en las comparsas... Pues la cubana peinó la peluca como pudo, trenzando lo que le quedaba de pelo y se la encasquetó. Entró a la sala con la cara de lo más fresca, montando un *show* con lo que había aprendido de los espectáculos del teatro. Allá, el padre montó una cara de los mil demonios, pero la mamá y las tías le hicieron el juego:

—Tú no ves que está jugando al teatro, Dámaso, deja al niño en paz, si eso es inocencia.

El padre siguió farfullando desde el balcón:

—Síganle riendo las gracias al niño, pero después no me vengan a llamar cuando tengan que enfrentar las consecuencias.

Tendría algún presentimiento del futuro... Tú sabes cómo son los padres. Siempre saben, aunque se arranquen los ojos para no ver.

Dios mío, ¿cómo era que se llamaba? Matilde, Maruca... Es como si la estuviera viendo, con su trajecito azul claro, las bombachitas de volantes de algodón almidonado y las dos trenzas rubias hasta la espalda. Actuaba como si se hubiera congelado en el tiempo, como si salir de Cuba la hubiera devuelto a su infancia. Le gustaba interpretar canciones de Toña la Negra, más que apropiarse de las poses de cantantes gringas. A mí me resultaba curiosísimo. Ella era la única en el grupo que no quería parecerse a la Marilyn Monroe. Su *crowd* era de locas mayores ya, o de las emigradas que llegaban a la ciudad escapando de los distintos pueblos de la Isla. Aprendí muchísimo de aquella cubana, porque lo mío también era el humor, hacer reír a la gente, interactuar con el público. Por consejo de ella, poco a poco, fui cantando menos y actuando más, haciendo chistes para entretener a la concurrencia... ¿Cómo es que ahora no recuerdo su nombre? Nunca le pregunté por qué salió de Cuba; solo sé que no era como los demás cubanos que llevan años viviendo aquí, encerrados en urbanizaciones de lujo y quedándose con todo el comercio del País. Ella, obviamente, no era de ese grupo. Primero, porque era prieta; después, porque era pata y, para colmo, porque se vestía y hacía las barras como cualquier otra draga boricua buscándoselas para sobrevivir.

Una noche en que la esperábamos para organizar los turnos del *show*, nos enteramos por boca del *bouncer* que la habían matado a tiros en un pastizal de Bayamón. No nos atrevimos a ir a la morgue, no fuera a ser que nos arrestaran para interrogatorios. En aquella época, exponerse a la policía no era ningún chistecito. De seguro, te ganabas una paliza. Yo no sé si tenía familia en Puerto Rico, ni a dónde fue a parar el cadáver. Esa noche, el *show* se lo dedicamos a ella.

¿Cómo es que ahora no me acuerdo de su nombre?

Mira lo que son las cosas. Por más que una porfíe, la mente siempre escoge lo que recuerda y lo que olvida...

VI

A ver, ¿dónde habré dejado yo las llaves de la casa
esta? Bolsillo, cartera, bolsillo de la bata. Aquí están,
Abuela. ¿No te acuerdas que me las diste a mí para que no
se te perdieran? Ay sí, mijito, es que tengo la cabeza loca.
Ponerse viejo es lo peor del mundo. ¿Y la luz? Vamos a
abrir las ventanas que esto está como guarida de oso. Esta
gente vive más encerrá que los cangrejos. Es que tienen
aire central, Abuela. ¿Cómo que aire central, si el aire
corre por todas partes? No, Abuela, aire acondicionado en
toda la casa. Lo que pagarán de electricidad. Más de lo que
les cobro yo por limpiarles este cagadero. Parece que aquí
hubo fiesta. Mira como están la colilla de cigarrillo y las
botellas por todas partes. ¿Y ese polvo? Abuela, yo creo
que eso es cocaína ¡Qué va a ser, muchacho, si esta gente
es decentísima, abogados los dos! El que sean abogados
no tiene que ver nada con que, de vez en cuando, se den
su pasecito. ¿Qué pasecito ni qué pasecito ni qué jerga es
esa? A ver, y tú, ¿cómo sabes tanto de esas cosas? Nada,
Abuela, es que Cuqui, el nene de doña Tanín, me enseñó
que así se dice; como él tira en el punto... Que no te vuelva
yo a coger con el Cuqui ese, que te voy a arrancar el cuero
a correazo limpio. Adiós cará... Vete y búscame la escoba
para empezar a recoger este reguero. ¡Virgen santa, mira
cómo dejaron la sala! Hasta mancharon la alfombra.
¿Cómo vamos a limpiar eso, Abuela? Yo creo que la señora
compró de esas máquinas que parecen aspiradoras, pero

43

que una les echa agua por un tubito y sacan las manchas y el mal olor. Búscamela, nene, está en ese armario debajo de las escaleras.

¿Cuántos cuartos tiene esta casa, Abuela? Yo creo que tiene seis. No, son cuatro y dos baños. Pero afuera tienen otro cuartito al lado de la piscina. ¿Tú ves esa puertita al lado de la barra? Por ahí se entra. *Dan las doce y tú no estás aquí a mi lado... Quién tu cuerpo estrechará entre sus brazos...* Tú te imaginas, tanto cuarto. Yo me conformaría con vivir en el de afuera. Me levanto por la mañana y me tiro de cabeza a la piscina nada más que para levantarme. Ay Abuela, ahí yo viviría feliz. Quién no, papito, quién no. Deja que veas los baños, son más grandes que la cocina de casa. Y eso que la de ahora es mucho más espaciosa que en la casa donde yo me crie, tú que te quejas tanto. Ay, Abuela, no exageres, si nosotros vivimos en una cajita de fósforos. No, si no estoy exagerando. Éramos tantos hermanos que no cabíamos dentro, con todo y que las nenas dormíamos juntas en un cuartito. Geño, el mayor, y los dos chiquitos dormían afuera en hamacas. Éramos tan pobres. A Crucita la mandaron de sirvienta a casa de los Déliz. Nada más la veíamos los fines de semana. Angelita la grande se había fugado con un bracero que pasaba por el pueblo y le había parido dos nenes de cantazo. Papá no quería que la fuéramos a visitar, porque según él, nos daba mal ejemplo. Yo siempre me las arreglaba para fugarme a la casita donde vivía ella sola con los nenes, porque el marinovio ese que tuvo, por donde mismo llegó, se fue del pueblo y la abandonó con la carga. A veces, iba con recados de Mamá, que, cuando podía, le mandaba su alguito para ayudarla, pero sin que Papá se enterara. *El palpitar de mi mano en la tuya... y de mis besos buscando tus besos...* Mamá lavaba y planchaba por encargo, así nos la bandeábamos. Yo la ayudaba desde que tengo memoria, así fue que aprendí a trabajar. Mi papá y mis hermanos en la tala, trabajando de sol a sol. Cuando los dueños vendieron la finca, nos mudamos todos para Campo Alegre. Así mismito fue. No, nene, no prendas el aire ese. Mejor abrimos las ventanas para que entre fresco. Yo no sé cómo esta gente vive tan encerrá.

¿Qué es eso de Campo Alegre, Abuela? La barriada que queda por la Plaza del Mercado. ¿Pero eso no se llama la Parada 19? Así se llamará ahora, pero cuando nosotros llegamos, se llamaba Campo Alegre. Allí iban a parar todos los jíbaros que llegábamos del campo, porque, fíjate, como muchos iban a vender sus viandas a la plaza, ya quedaba la constancia. Además, en la Plaza tenía puesto un señor de lo más buenagente, don Chago, se llamaba. Ayudaba mucho a los agricultores recién llegados. Nos compraba justo, nos decía lo que valían las cosas para que no nos pudieran engañar y hasta ayudó a Papá a que encontráramos casa y trabajo. Mira cómo está el trapo sucio en este *hamper*. Coge tú esa canasta y yo cojo la colorá. Lo que pongamos en la tuya va para la lavadora y lo que vaya en la mía, para la tintorería. *Cuando se apartan dos corazones, cuando se dice adiós para olvidar...* A mí me encantaba vivir en Campo Alegre. La escuela quedaba cerca. Y todas las tiendas de lujo se estiraban a lo largo de la avenida, a la que podíamos llegar a pie, caminando suave por la sombrita. Casa Cuesta, Padín, La Giralda... Ya llegué a comprarme mis telitas en aquellos almacenes y me hacía unos trajes que eran un primor. ¿Cómo eran, Abuela? ¿Los trajes? Eran entalladitos arriba, con cuello redondo y de faldas amplias con enaguas cancán o de algodón almidonado para que le abrieran el vuelo. Parecía una reina cuando me los ponía. Como siempre fui flaquita, tenía una cintura de avispa bombón. No te rías. Yo era tremenda polla. Me ponía esos trajes los domingos y, con el permiso de Papá, nos íbamos de paseo en *trolley*. Crucita, Angelita, los nenes, Fina y yo paseábamos a veces hasta el Viejo San Juan. Por aquella época, San Juan era un arrabal, no como ahora que parece un bizcocho de bodas, con todos sus edificios coloniales restaurados. Pero nosotras nos bajábamos del *trolley* en la Plaza de Armas y allí nos sentábamos un rato a ver gente. Mijo, la buena vida. No como en Caimito, que no había nada que hacer después que caía el sol. ¿Este lo mandamos al *laundry*, Abuela? Yo creo que ese traje lo podemos lavar a mano. ¿Y si se le dañan los bordados? ¿Qué bordados? Fíjate bien, Abuela, ¿ves que están como con otro hilo por encima de la tela? Mi pa' allá muchacho, el ojo que tienes. ¿Cómo es que tú sabes tanto de costura? Qué sé yo, Abuela. El otro día, dieron un programa sobre modas por televisión y yo lo vi enterito. Quién sabe, nene, quizás salgas sastre o hasta modisto. ¿Cuál fue ese programa? *Mañana en tu mañana*. Ay a mí me encanta ese *show*, las recetas de cocina tan buenas que preparan allí. ¿Por qué un día no hacemos una de esas recetas en casa, Abuela? Si esta gente me paga hoy, mañana mismo nos vamos directito al supermercado a comprar los ingredientes de la que den en el programa. Nos vamos a hartar como ricos. Ya tú verás. Hazme segunda voz.

> *Y lejos*
> *pero muy lejos*
> *vuela mi pensamiento*
> *y triste como un lamento*
> *son los suspiros*
> *del corazón....*

Tienes una voz hermosa, muchachito del cielo. Que Dios te la bendiga. Igualita a la de tu madre, que si no se hubiera perdido, sería hoy por hoy una cantante de primera.

Ay, Abuela, no exageres. Si no exagero, nene. Tu madre cantaba como los ángeles. Una vez, yo la llevé de chiquita al canal dos, a un programa de la televisión que tenían a las doce. Era un concurso de talento y tu mamá ganó el primer premio en la categoría infantil. Los del *show* me dijeron que le pusiera maestra de canto, de vocalización y qué sé yo qué otras madres. Pero, mijo, ¿con qué chavos iba yo a pagar todo eso? Y tú cantas igualito que ella. Además, eso viene de familia. Papá Marcelo tenía un timbre y un galillo para cantar décimas que no había quién le hiciera compite. A casa, llegaban todos los vecinos a sonsacarlo para que se animara a dar parrandas y serenatas por cuanto barrio perdido había en Caimito. Hasta en Campo Alegre formaba sus parrandas. Lo que gozábamos nosotros allí en las Navidades...

VII

Sirena recogió la toalla y sus revistas del piso un poco a regañadientes. Se había quedado dormida sobre la *chaise lounge*. No recuerda qué soñó, pero fue un sueño rico, porque se levantó descansada. Quizás soñó con su Abuela. Ya era la tercera vez que Martha la mandaba a llamar con un mesero. El mesero le había dicho que Martha insistía en que ella subiera a la habitación, que ya era hora de prepararse para la demostración de las seis. Ella quería quedarse más tiempo en la piscina, pero sabía que Martha no la iba dejar disfrutar en paz. Sirena caminó hasta el mostrador y pidió que le marcaran el número de teléfono de su habitación. Martha contestó la llamada.

—Chica, déjame quedarme un ratito más, si todavía es temprano. El agua está tan rica…

—Perfecto, nena, el agua estará rica y todo lo que tú quieras, pero sube ya.

—Es que como anoche nos quedamos hablando de tus amigas del ambiente hasta tan tarde, ahora estoy cansada. Dame diez minutos más.

—Nonono, mamita. Para descansar habrá tiempo de sobra. Ahora, nos tenemos que alistar porque ya mismo son las seis y tú, mejor que nadie, sabes el tiempo que toma una buena producción. Así que manos a la obra, *baby*, y arriba corazones. Sube rápido, que tenemos que meternos a ese administrador en el bolsillo.

—Si llego yo a saber que no me ibas a dejar descansar, anoche no te hubiera oído tanta lata.

—¡Qué mucho tú te quejas, muchachita! No jeringues más y sube, que se nos acaba el tiempo.

La noche anterior, Sirena la había pasado oyendo cuentos viejos de cuando Martha era joven. La sesión comenzó justo después que llegara el *room-service* con las órdenes de filete *mignon* y la botella de champán. Martha y su ahijada se sentaron a comer y estuvieron hablando hasta la madrugada. Al principio, Sirena pensó que no iba a poder dormir en aquella habitación tan distinta a la suya, y con el pecho apretado por la ansiedad del *demo-show* del día siguiente. Por eso siguió oyendo a Martha contar su letanía de recuerdos. Pero, curiosamente, el sonido perdido de la voz de Martha la tranquilizó. Durmió tranquila el resto de la noche.

Cuando se levantó a media mañana, Sirena tuvo que apresurarse para no perder lo que quedaba del bufé del desayuno. Martha la acompañó, pero, al ratito, decidió subir de nuevo a la habitación. Sirena prefirió pasarse la tarde en la piscina. El agua se veía tan rica, fresquita, como de manantial. Además, siempre había un mesero atento a su menor capricho, trayéndole refrescos, bocadillos de jamón, ensalada de frutas...

Martha tenía razón. Había que dejarse de changuerías y subir a la habitación. Si todo salía a pedir de boca, tiempo para el lujo y el descanso habría de sobra, en Santo Domingo, en Nueva York, en París, en el Japón. Así como la Diandra tiene tiempo de sobra para el lujo, igualito lo tendría ella. Y Lypsinka, haciendo *shows* privados para empresarios de la Quinta Avenida. Si todas las anteriores tienen tiempo para el lujo y el *glamour*, ¿por qué no lo va a tener ella? Solo hace falta un poco de talento. Un poco de talento y espesa sangre de empresaria.

En cuestión de segundos, la cara de adolescente juguetón de la Sirena se transformó en *billboard* de cartón piedra. Selena caminó despacio, resuelta, hacia el elevador y marcó el piso 11, encaminándose hacia su cuarto. Cuando llegó, se deshizo de revistas y toalla, y caminó hacia el cuarto de baño. Antes de cerrar la puerta, miró a su mamá con una de esas miradas con las que embrujaba al público nocturno del Danubio Azul. Nunca supo la Martha qué escondía Selena detrás de aquellas miradas, ¿perversas inocencias?, ¿vulnerabilidad asesina? Nunca dejaba de asombrarse ante ellas, como si cada vez las viera por primera vez. Cuando Selena cerró la puerta del baño, se rompió el embrujo de los ojos. Martha pudo frotarse los brazos y recuperar su postura. Si así como quedaba ella de alelada por una simple miradita quedaban el administrador y el público presente, si así, entre asustada y seducida, entre muriéndose de ganas y loca por huir de aquella mirada abrumadora; el éxito era suyo, lo presentía, el éxito, el dinero y el respeto para las dos, para ella, la Martha Divine, que tanto se lo merecía.

Sirena pasó horas en el baño. Llenó la bañera con aceite de espumas, hizo gárgaras del agua tibia de los grifos mezclada con agua de azahar y un poquito de sal cristalizada que traía desde la otra isla. Se afeitó las piernas, mesurada, se afeitó el pecho, los brazos y el mentón; no es que hubiera mucho que afeitar por aquellas regiones, pero era menester para el artificio al que iba a someterse ya muy pronto. Se frotó bien la piel con una *loofah sponge* para remover las células muertas. Entonces, se dejó en remojo con los ojos cerrados, repasando de memoria cada línea de cada canción que cantaría a las seis.

Luego de secarse vigorosamente el cuerpo entero con una de las toallas bordadas del hotel, Selena se perfumó, discreta, en el anverso de las muñecas, detrás de los lóbulos, en el escote y los tobillos. Las cejas no se las tocó, las cejas siempre las llevaba depiladas. En el lavamanos, enjuagó su pelo, negro azabache. Lo untó con gel fijador, recogiéndolo con una horquilla en un moñito a flor de nuca. Luego, llamó a Martha para empezar la transformación.

Entró al baño tocador la maestra de ilusiones con su caja repleta de bases, polvos, afeites postizos y magia. Sentó a la Sirenita entoallada frente a un espejo iluminado por montones de bombillas relucientes, dispuestas a todo lo largo y a todo lo ancho del marco. Sacó el *blower*, lo enchufó y secó en pelo engelatinado para fijar el moño que la Sirena se había hecho. Luego, escudriñó la cara de su discípula, para comprobar que estaba del todo depilada. Después de no encontrar ni un solo chivo de barba sin afeitar, Miss Martha Divine, maestra entre maestras, aplicó hasta el cuello de la Sirena una pasta de base *pancake* marrón rojizo para tapar las áreas ensombrecidas de la barbilla. Mucho era el emplaste que difuminar. Así lograría esconder los poros grandes que, alistándose para barba de hombre, respondían al llamado de las hormonas traicioneras. Aquella base era arma fundamental en la guerra declarada contra la propia biología. No le gustaba mirarse a la Selena la cara y el cuello colorado hasta el escote por aquella cataplasma en fundamento. Parecía un payaso, una mentira ridícula que la negaba doblemente.

—Cierra los ojos, mamita, que ahora voy a aplicarte el polvo y si te cae adentro vas a tener las pupilas que ni biombo de ambulancia, mi amor.

La Martha apresuraba siempre este paso inicial. A ella también le incomodaba poner la base roja. Incontables veces había maquillado a muchachitas que, al verse con la cara desfigurada por aquellos coloretes, rompían a llorar penas antiguas o se arrepentían de completar el rito a

52

media asta. La atrasaban tanto con confesiones, dolores de incertidumbre y peticiones de consejo que, cuando salían a la calle o al escenario ya completamente hechas, se les había agriado el semblante. En vez de sonrisas seductoras y cejas de vampiresa, lo que llevaban por rostro era la mueca agria de quien sufre a destiempo la sorpresa de su propia transformación. Aplicar la base roja era como bogar en un mar atormentado. Solo las loquitas de nación o las divas con experiencia pueden enfrentarse a su cara coloreteada sin peligro de desboronarse frente al espejo.

—A ver, nena, trinca el labio para que no se te agriete el *pancake* —ordenaba la Martha maquillista después de emerger de la primera capa de polvo traslúcido.

Con la esponja ya embarrada en otra base color carne, empezaba a maquillar desde la línea del pelo, allá en la frente, hasta el distante horizonte del escote en el pecho. Rescataba la nariz de la Selena del rojo escarnecido; preparaba sus párpados para difuminaciones de sombra, alistaba pómulos para acoger su rubor. Juguetona, arribaba al área afeitada del bigote, haciéndole cosquillas a su alumna y fingiéndose molesta. Luego, cubriría con base color piel hasta los labios. Así iba borrando de la faz de la tierra los rasgos distintivos del rostro del adolescente, para, después, dibujarlos nuevamente con delineador negro y, luego, rojo, rellenar los labios de *lipstick rasberry wine* en tonos mate, cubrirlos con una finísima capa de más polvo, y someterlos a otra de *lipstick* bien brillante, con *gloss* que los hiciera relumbrar contra las candilejas del escenario. Hoy, les pondría polvos de escarcha plateada, para lograr destellos de fantasía y el marco perfecto para sus canciones de amor.

Ahora había que poner el corrector, claro, en el puente de la nariz, debajo de los ojos y en los huesos de los pómulos. Oscuro a los lados de las fosas nasales y por el borde del mentón para suavizar los ángulos. Otra capa de polvo, y mucho rouge en la hendidura del cachete y sobre las sienes. De nuevo, polvo para evitar las perlas del sudor y fijar el trabajo. Solo quedaban desnudos los ojos. Martha ya había escogido el vestido de noche, las tacas, medias, faja y pelucón. Después de arduas deliberaciones mientras la Sirena se bañaba, la tutora había determinado que el feliz ganador sería el traje largo de noche, en imitación de seda cruda color perla, con bordados de pedrería rosada y lentejuelas blancas formando arabescos biselados alrededor del pecho. El escote del traje era redondo, discreto, pegado al cuello, dejando los brazos al descubierto. A la altura del muslo, le surgía una profunda grieta que destapaba la pierna derecha. Esa iría enfundada en medias traslúcidas de un tono levemente más oscuro que la piel de la Sirena. Las tacas, de cuero rosado perla, combinaban con los patrones bordados del traje. Eran cerradas al frente, de trabilla delgada que resbalaría sigilosa por tobillo y talón. En la muñeca izquierda, la Sirena llevaría un brazalete de tres vueltas de perlas cultivadas con broche dorado, último regalo de su ex marido antes de despacharse sin regreso en un viaje de negocios. Un anillo de zirconias, reposando por los dedos perfumados y hechos de la Selena, completaría el ajuar. Las uñas postizas pintadas de *wine-rosé* determinaban que la sombra que utilizaría definitivamente sería aquella marca Lancôme, con la cual Martha maquillara a la muchacha que se casó hace un par de años en el Jardín Botánico. La chica se matrimoneaba con un gringo buenagente y guapísimo, rubio, de ojos azules. Tremenda pesca para la nena, que era negra color teléfono, aunque perfilada y de lo más bonita, un poquito culona, eso sí. Tenía un chorrete de amigas locas que le recomendaron a la Martha para pelo y maquillaje. De vez en cuando, la había visto visitar el Danubio, en apoyo a sus amigas de cartelera. Así que le hizo el favor. Luego, se enteró de que el gringo y ella se divorciaron. «Un marido así no me lo quita ni la muerte», pensó para sí la Martha, mientras revolcaba su caja de cosméticos en busca de las sombras recordadas y de pega para pestañas postizas.

La sombra puesta, los ojos delineados, ennegrecidas con rímel pestañas y cejas. Faltaba aún el rito de las gasas y el esparadrapo para el estoqueo, que no era nada fácil. No es que la Sirena quisiera alardear, pero allá abajo tenía para dar y para repartir. Cada vez que llegaban a esa etapa, Miss Martha le montaba una chacota.

—Ay mija, estoy loca por que empieces a tomarte las hormonas a ver si la cosa esa se encoge. Voy a tener que empezar a cobrarte de más, para cubrir lo que gasto en esparadrapo.

Mediante esa burla, lo sabían ella y su protegida, Martha disipaba la gula y la sorpresa ante el tamaño genital de su ahijadita. Asombrada, no se podía explicar cómo, de un cuerpito tan frágil y delgado, colgaba semejante guindalejo. La verga de Sirena era inmensa, un poquito grotesca por la falta de proporción que guardaba con el resto del cuerpo. Si Martha no la viera con ojos de madre y de empresaria, no habría dudado meterse aquel canto de carne por algún boquete, nada más que por satisfacer la curiosidad de sentirlo dentro, en su total magnitud. Por eso, Martha Divine siempre apresuraba el rito del estoqueo. No quería provocarse el hambre hasta el punto de no poderla controlar.

Una vuelta, dos, la faja puesta, el relleno de los pechos de espuma sintética en el *brassiere*, y, por fin, el traje largo y reluciente. La discípula casi convertida en damisela elegante, recatada, sumida en una melancolía de candilejas.

Solo faltaba la peluca.

Cuando Sirena salió por la puerta de su habitación, a las seis menos cuarto exactamente, era la viva imagen de una diosa. Cada paso, cuidadosamente estudiado, emanaba famas de bolerista consumada. Iba seductora, tranquila, con la cabeza coronada por un moño de bucles negros, perfectos, y el rostro enmarcado por dos buscanovios que caían hasta la mitad de las mejillas. De cada oreja, pendía una pantalla de perlas ovaladas con enmarcadura de brillantes. Su esbelto talle iba envuelto en destellos madreperla, de los cuales, una trigueña pierna, perfectamente torneada, emergía, a cada paso, como de un mar atardecido.

La Martha no se quedaba atrás. Se había retocado el maquillaje, rearreglado la melena rubia y cambiado el traje por uno de coctel, de rayón rojo, con bolero de vivos negros en combinación. Acompañaba a su ahijada, orgullosa de su labor. De antemano, saboreaba la derrota del administrador. No podía dejar de sonreír, imaginándose el momento en que Contreras viera a Sirena aparecer en el *lounge* del hotel. Caería rendido a sus pies, asegurándole boleto de ida hacia la fama verdadera. Y eso que aún no habría oído cantar a Sirena Selena.

Bajaron del ascensor, fueron al coctel *lounge* y esperaron quince minutos en completo silencio. Martha no hablaba por temor a espantarle la concentración a su protegida. Sirena estaba toda metida en sí misma. A las seis y cinco vieron acercarse muy circunspecto a un señorón que venía con otro, impecable, vestido con traje de hilo blanco y un tenue anillo de oro brillando en su dedo de casado. Se le olían a leguas la alcurnia y la clase. Dos hombrones que los escoltaban se quedaron en la puerta del *lounge* haciendo vigilancia. La Sirena, inmediatamente, desvió la mirada hacia abajo. Martha se adelantó. De seguro, alguno de los dos sería el señor Contreras.

—Traje a un amigo de gusto impecable. Quisiera que estuviera presente en el *demo-show*, si no hay inconveniente.

—Inconveniente, ninguno —repuso Martha, toda sonrisas, toda seducción.

—Pues empiece usted cuando quiera.

—Ahora mismo, si me dice dónde pongo esta pista. Y claro, antes quisiera presentarles a mi artista. Sirena, ven que te quiero presentar al señor Contreras y a...

El otro caballero se adelantaba a la presentación. Quería mirar de cerca a aquella criatura, aquel ángel caído, aquel perfil de niña marimacha, delicadamente hecho, que, entre las penumbras del bar, brillaba con luz propia. Acercándose lo que más pudo a la cantante, el invitado se presentó a sí mismo.

—Hugo Graubel, a sus órdenes.

Sirena notó la curiosidad del invitado. Sin proponérselo, Hugo Graubel le daba el pretexto para montar su personaje. Adrede, Sirena demoró sus gestos. Fue alzando los ojos lentamente, hasta clavarlos fijamente en la mirada del señor que la auscultaba. En esos momentos, Hugo Graubel no pudo evitar un nervioso parpadeo. Su pecho se negó a soltar la última bocanada de aire que lo habitaba, el corazón se olvidó de palpitar por un instante, uno tan solo. Se le levantaron cada uno de los vellos de la piel. Sirena le notó el asombro encajado, y sonrió traviesa. Entonces, buscó la entonación perfecta de su voz, tragó saliva y se decidió a contestar:

—Sirena Selena, encantada— y eso fue todo lo que dijo, más bien, musitó, la bolerista, mientras se viraba lenta, encaminándose hacia la tarima del bar.

Sirena cantó tres boleros sin pausa, y el bullicio del hotel desapareció para ella sola. El señor Contreras y Hugo Graubel se quedaron quietos, ni siquiera tuvieron el atrevimiento de aplaudir al final de cada canción. Solo cuando se acabó todo, y solo entonces, destrozaron el silencio con aplausos. Martha se despertó del sopor melancólico en que siempre se sumía cuando oía a Sirena cantar. Notó que su protegida no había dado el todo por el todo. «Estará nerviosa», sospechó, pero luego se dio cuenta de que el hechizo había sido suficiente para embrujar al selecto público que la evaluaba. Hugo Graubel miraba hacia la tarima con insistencia y el señor Contreras se deshacía en piropos y alabanzas.

—Si no supiera que se trata de una ilusión, jamás podría descubrir el secreto de la Sirena. Se ve tan fabulosa.

—Es fabulosa —corrigió Martha—, y le garantizo que así mismo va a pensar todo el auditorio que abarrote el coctel *lounge* de su hotel.

—¿Qué le pareció a usted, señor Graubel?

El señor Graubel se limitó a sorber un trago de su vaso de *whisky*. Luego, respondió, después una pequeña pausa:

—Jamás he visto cosa igual —y esto lo dijo mirando a la Selena, que le esquivó astutamente esa y otras miradas sucesivas, para mantenerse inasible y deseada.

—Por mí, yo firmaba contrato ahora mismo, pero tengo que cotejar con la administración central y ultimar los asuntos de la oferta. ¿Qué me dice usted, doña Martha?

—Finalice y coteje usted todo lo que quiera, que yo estaré aquí sin moverme hasta que me haga una oferta final. Ahora, le aseguro que si deja pasar esta oportunidad, lo va lamentar toda la vida.

—De eso no tengo la menor duda.

—No la tenga, señor Contreras, no la tenga.

VIII

—Leocadio, no te me apartes mucho de la orilla, mijo, que el mar es traicionero y tú no sabes nadar.

La madre los había llevado a la playa de pasadía, a Boca Chica. Leocadio puede contar con los dedos de una mano las veces que su madre ha encontrado el tiempo para llevarlo a la playa.

Había tenido que pasar la noche anterior solo. Su madre le avisó que salía de improvisto a Monte Cristi, a visitar a la Abuela. Leocadio le preguntó si era una emergencia, si la Abuela se moría.

—Muchacho, yerba mala nunca muere —le había contestado la madre, haciendo los preparativos para el viaje.

—No te puedo explicar ahora de qué se trata, es una sorpresa.

Pero, antes de salir corriendo a la estación de autobuses, su mamá le prometió que, a su regreso, harían una gran celebración.

Entrada la tarde del día siguiente, su madre regresó con una niña agarrada de la mano. Leocadio bajó la cuesta de su casa a paso lento. Después, corrió con todas sus fuerzas, cuando reconoció a quien caminaba de la mano de su madre. Era Yesenia, la hermana menor. Hacía un año que no la veía. Leocadio y Yesenia no durmieron esa noche, hablando. Compartieron la cama. Se sentía tan bien tener a alguien con quien reírse, provocar regaños de la madre a mitad de la noche, alguien con quien burlar su eterna vigilancia con chillidos y bromas. Se sentía bien no estar tan solo.

Y, ahora, estaban en Boca Chica, Mamá, Leocadio y Yesenia, quien, de seguro, venía a mudarse con ellos a la capital. Esta era la sorpresa que le guardaba la madre. Cuánto había crecido su hermanita. Ya estaba del alto de él, inclusive, más alta, y dos pequeños montoncitos de carne empezaban a pronunciársele por debajo de la camisa. Yesenia se le parecía en cantidad. También tenía la piel amarilla y el pelo encrespado, color miel. Pero en sus rasgos había algo duro, quizás en el mentón de la quijada, o en las cejas, algo que provocaba que Leocadio la mirara largamente, como si fuera él quien debiera tener esos rasgos y ella los suyos, como si las caras de ambos hermanos estuvieran equivocadas de cuerpo. La madre había preparado un festín de celebración esa mañana. Arroz blanco, fricasé de unas presas de cabrito que la Abuela le había regalado en el campo. En el mercado, habían comprado kipes rellenos de carne, botellas de soda y dulces del País. Leocadio vio cómo su madre preparaba las ollas, las cubría con hojas de plátano, para que guardaran el calor y, después, la vio caminar hasta la esquina donde estaban él y Yesenia, y llenarlos a los dos de besos.

—Vámonos, hijos míos, que se nos llena la playa —les dijo, mientras les sacaba unas camisetas y unos pantalones cortos del baúl—. Después, nos quedamos sin sombra y yo ya estoy demasiado prieta como para echarme un bronceado en estas carnes —bromeó su madre y, después, abrió la boca para reírse con sus dientes blancos, perfectos, dientes que denunciaban una alegría especial.

Leocadio oyó a su madre reír con la boca abierta, como nunca, y se contagió de risa. Yesenia también se echó a reír, sin saber muy bien por qué. Así, con las barrigas brincándoles de la alegría, salieron los tres a la calle en busca de un autobús que los llevara al Balneario de Boca Chica.

Avanzaron caminando por la orilla de la playa hasta encontrar un lugar con sombra donde estacionarse. De un bolso grande, la madre sacó una sábana que había doblado con cuidado, para que ocupara poco espacio. Tendió la sábana entre dos ramas de icacos, hasta formar una especie de toldo de colores. En el piso retorcido por las raíces y la arena, los tres colocaron una larga toalla de playa que la madre había «tomado prestada» de la casa de la patrona. Entonces, Yesenia y Leocadio se fueron corriendo al agua a darse un baño en el refrescante mar. Estaban celebrando tantas cosas.

—La hija de la patrona necesita una muchacha y Yesenia ya está en edad para ayudar. Le pagarán como a una mujer, porque yo le aseguré a doña Imelda que, como mi niña se crio en el campo, domina todos los quehaceres de la casa ¡Esa niña vive a dos cuadras de distancia, Leocadio, a dos cuadras; así que Yesenia se muda para la capital! Es un alivio, mijo, porque ahora te confieso que me daban unas pesadillas horribles. Por un lado, tú tenías que quedarte tanto tiempo solo en casa y, por otro, tus hermanas viviendo en el campo con Mamá, que se cae de puro vieja. Ya no podía vivir con tanto sobresalto.

Su madre corría de un lado para el otro, buscando leña para improvisar un fogón, mientras hablaba. Pocas veces Leocadio la oía hablar con tantos ánimos.

—Figúrate, Leocadio, dos cheques de paga. Y quién sabe si, dentro de poco, convenzo a la patrona para que te dé trabajo a ti. Entonces, nos traemos a Mileidi y podremos vivir todos juntos. Ay Virgen Santísima, se nos está dando el plan. Ya tú verás, Leocadio, nos falta poco, ya verás.

Leocadio recogió yesca con su hermana para atizar el fuego que su madre se empeñaba en atizar.

—Hoy mis hijos no van a comer comida fría, coño, así que préndete... —le ordenaba su madre al fuego, mientras Yesenia y él se miraban tapándose las bocas para que no se les escapara la risa. Yesenia encontró un trozo de cartón y se lo ofreció a la madre, para que con eso soplara las leñas que ya empezaban a botar humo. Leocadio fue a buscar las ollas para ponerlas sobre el fogón y, luego, se fue a dar una vuelta por la playa.

El agua estaba casi fría. Leocadio caminaba por la orilla con el agua a media pierna. Con la planta de los pies, intentaba cazar algún caracol para su hermana, esquivar vidrios de botellas semienterradas o sentir que le rozaba un pececito. De repente, sintió una mirada pesada sobre su hombro. Era un hombre grande y colorado que lo miraba desde su distancia, hundido entre las olas. Leocadio miró a su alrededor. Estaba seguro, aquel hombre lo miraba y le sonreía a él. A Leocadio se le ensombreció el semblante. Ni en la playa lo dejaban quieto aquellos hombres. Él no sabía cómo lo hallaban, cómo le seguían los pasos por todas partes, cómo identificaban algo en él que los hacía relamerse las carnes y les llenaba los ojos de picardía.

Había que regresar a donde estaba Mamá. Ella era el salvoconducto, la piedra de toque. Si lo veían con ella, lo dejarían tranquilo. Podría volver a jugar en el mar en paz. Leocadio sostuvo la mirada de aquel tipo, devolviéndole todo el rencor del mundo en cada párpado. Volteó la cara con desprecio. Fue entonces que lo vio.

Allá en la arena, un cuerpo largo y enjuto chupaba los rayos del sol. Se erguía lentamente y caminaba despacio hasta la orilla. Una mirada de gato hacía ascos mientras tropezaba con la basura que revolcaban las olas del mar. Aquel cuerpo levantaba las piernitas para esquivar vasos de plástico y envolturas de dulces. Con un traje de baño pequeñísimo, una camiseta por encima y una coleta que amarraba su pelo azabache, la criatura se aproximaba al mar a refrescarse del calor y el barullo de un día de playa en Boca Chica.

Leocadio caminó hacia aquella aparición y la miró con una curiosidad que no podía disimular. Era un muchacho, un muchacho que parecía una nena, igual que él, igual que su hermana, pero con la piel color canela clara, el pelo muy oscuro y las cejas depiladas. El muchacho le devolvió la mirada con un hastío hostil. Pero, después, el chico le regaló una sonrisa. Leocadio también sonrió. Hasta se atrevió a saludarlo tímidamente con la mano, mientras cruzaba la orilla de la playa rumbo al toldo floreado. Allí, su madre seguía ondeando un pedazo de cartón, calentando el festín que había preparado para conmemorar aquella tarde.

IX

—Dos mil doscientos pesos, primera oferta. —«Malos estarán de la mente», piensa la Sirena, mientras saca cuentas en dólares—. Pues tres mil.

—Quizás—.

—Cuatro mil doscientos.

—Bueno, así la cosa se pone mejor.

Selena se muerde el labio, suculenta, y acepta, maliciosa, la invitación que le hace un grupo de bugarrones en la playa de Boca Chica. Allí mismito, cerca, un *show* privado para un rico de Juan Dolio, el rico que la había visto en el Hotel Jaragua, en su *demo-show*. Trescientos setenta y cinco dólares por un solo *show*. Ya empezaba a tocar a su puerta la fortuna.

Aquella mañana, él se había ido a la playa de Boca Chica sola porque (mierda de país) los hoteles de la capital quedan frente a un mar sin playa, frente a un malecón lleno de carros, de mendigos y de embaucadores, tratando de sacarles cuanto pueden a los turistas. Quería descansar un poco frente al mar. Martha se quedó en la piscina esperando llamadas del administrador del hotel. Ninguna oferta segura todavía. Sirena se vistió agitadísima, tomó una guagüita que la llevó a Boca Chica y allí, la oferta. Cuatro mil doscientos pesos dominicanos por un solo *show*... Se lo diría a Martha, le dejaría una nota en el mostrador del hotel. Trescientos setenta y cinco dólares; su oportunidad de irse a Nueva York a probar suerte.

—Trato hecho, llévenme al hotel a buscar mis cosas.

—¿De dónde eres?

—De Puerto Rico.

—¿Cuántos años tienes?

—Dieciocho —mintió la quinceañera, mientras movía su cola perfumada sobre el asiento del lado del conductor.

Hugo Graubel, el tercero, en otro carro, esperaba respuestas de la Sirena recordando cómo la había visto vuelta la propia imagen del delirio en aquel bar del hotel. Ahora, no sabe cómo, la había reconocido viéndola descansar su cuerpito andrógino sobre la arena sucia de Boca Chica. Los tigueritos de la capital iban, como todos los domingos, en guagua a la playa. Las familias, con su caldero de moro de gandules, celebraban cumpleaños, tirando al agua botellas de cerveza, papeles y bolsas de basura. La Sirena aullaba su asco, su «para qué no me habré quedado en la piscina», su desprecio de «esta gente sí que es puerca». Viendo la basura flotar sobre las olas, Selena caminaba por la orilla del mar. Su cuerpito depilado, semidesnudo, en cortísimo bikini de nadador, parecía el de una adolescente marimacha jugando a ser hombrecito en la playa, pero dejándose conocer *femme* por sus brincos y grititos ante la basura.

Hugo Graubel, el tercero, la reconoció como Sirena Selena. La notó, maliciosa, sobre la arena y la recordó vestida de bolerosa, parada en el *lounge* del Jaragua; cantando como si se le fuera a salir el alma por la boca. Frágil, la recordó, y omnipotente, pelinegra y en la arena, alumbrada por los reflectores, sola, absolutamente sola. La deseó así, tan chiquita, tan nenito callejero. La reconoció como la mujer de sus sueños. Dio inmediatas instrucciones al chofer de estacionarse junto al mar para mirarla; aun ante su esposa que, desde el carro, lo vigilaba de reojo, quejándose en su estampa de aquella playa tan sucia y de tan mal gusto, por la cual siempre tenían que pararse (no sabe a qué) cuando iban de fin de semana a sus estancias costeras.

Nunca supo a ciencia cierta cómo la reconoció. Mientras miraba el paisaje por la ventanilla, se le agolpaban pensamientos y unas palabras locas que no podía dejar de repetir en silencio...

—Te amaré, Selena, como siempre quise amar a una mujer, como siempre quise amar a una mujer, como siempre quise amar a una mujer.

Hacía tiempo que no le ocurría una cosa como esa, a él, a Hugo Graubel, el tercero, quien andaba como muerto por dentro, aburrido de su vida de empresario, casado con una esposa que ya no le interesaba en lo más mínimo y atrapado en esta isla de marasmo. Los juegos comerciales con los gobernantes de turno no le despertaban el ánimo, ni los viajes de compras a Miami o a Nueva York, ni la vida disipada, ni la subida o bajada de sus acciones en la bolsa internacional de valores. Y ahora, precisamente ahora, se encontraba a la Sirena en las costas de su hastío. ¿Cómo no intentar atraparla a manos plenas? ¿Cómo no buscar las estrategias necesarias para acercarse a su presa hasta poder llenarse la boca de ella? Desatento a la mirada iracunda de su mujer, que ladraba algo acerca de lo que diría la gente si veían su Mercedes merodeando el balneario público de Boca Chica, tomó su teléfono celular. Tenía que realizar una importante llamada de negocios...

—¿Hotel Jaragua? Con el señor Contreras, por favor, de parte de Hugo Graubel. Espero...

Mientras esperaba en línea, hilaba en la memoria las palabras con las cuales iba a pedirle un grandísimo favor a su amigo: que retrasara cuanto pudiera la oferta de contratación de la Selena, para darle tiempo a él de realizar una jugada. Tenía que conseguir que la Sirena se quedara en su casa, afuera, en el apartamentito de la piscina. Tenía que contratarla para que preparara un *show*, so pretexto de amenizar una reunión de inversionistas extranjeros, que, por casualidad, se iba a dar en su casa. Mientras tanto, él se le iría acercando, poco a poco, seduciéndola con atenciones a granel, otorgándole todo lo que ella pidiera por su boca embrujadora. Contreras, por su parte, debía distraer a la otra, que se quedara en el hotel con gastos pagos o que se fuera de compras, a turistear por ahí, mientras esperaba la oferta que se retrasaba a causa de asuntos imprevistos.

—Invéntate lo que quieras, Contreras, que no quedó claro el costo del *show*, que el dueño del hotel está de vacaciones, están cotejando las fechas que tienen disponibles, lo que sea...

Esto le daría la oportunidad necesaria de irse acercando de a poquito a la tenebrosa piel de su Sirena.

—¿Qué embeleco nuevo estarás tramando? —refunfuñó Solange, la esposa, sentada lo más lejos posible de él, junto a la ventanilla trasera del lado del conductor.

—Nada, una sorpresa que estoy preparando para los inversionistas que nos vienen a visitar.

—¿Pero no quedamos en que yo me iba a encargar de entretenerlos? Ya había contratado al pianista del Hotel Talanquera, y hecho arreglos con el chef para que nos preparara un bufé especial.

—No tienes que cancelar nada. Mis planes no interfieren con los tuyos.

—¿Y se puede saber cuáles son tus planes?

—Contratar una cantante, para que interprete dos o tres canciones antes de servir la cena.

—Suena bien. Pero me lo debiste haber informado antes.

—Se me acaba de ocurrir.

—¿Cuándo? ¿Recién ahora cuando paramos en el estacionamiento de Boca Chica?

—Pues fíjate que sí. El mar siempre me inspira.

Dio por terminada la conversación. Sabía que Solange iba a poner el grito en el cielo cuando viera a la Sirena y que, entonces, él no iba a tener más argumentos que los de su propio capricho para apaciguar a su mujer. Pero ya cruzaría ese puente cuando llegara a él. Por el momento, lo que debía ocuparle la mente era cómo cruzar el abismo que lo separaba de Sirena Selena, ese ser de fantasía, que le había despertado el ansia moribunda. No sabía a ciencia cierta qué era lo que quería de Selena, para Selena o con Selena. De lo que sí no había duda era de que la quería tener cerca, a su lado, costara lo que costara.

X

La aparición de la Sirena bajo su luna en una mansión de fantasía. La aparición de la Selena, ahora del Caribe. La aparición de aquella cantante melodiosa transformada en el cuerpo mismo de la provocación. La aparición de Sirena Selena, cantando sus baladas frente a aquellos macharranes, extasiados en su tinta. Se convertirían en sus seguidores tan pronto ella abriera la boca. Sus adeptos fanáticos que la querrían para ellos solos. Pero no, no podrá atenderlos. La esperan compromisos con el destino en Nueva York...

Ella se meterá al público en los bolsillos, siempre lo hace, desde que empezó a cantar para el Danubio.

—Tú no eres ser de este mundo —le había dicho Martha después de su debut en el bar.

Entonces, se supo bello, Sirena bellísima. Se imaginó a los hombres muertos a la salida del camerino, dándole lo que él quisiera por una noche, una sola, en la cual le pudieran quitar paso a paso las pestañas postizas, el rubor de las mejillas, el color de los labios, lamerle su traje de lentejuelas y escote, besarle, temblorosos, el principio de sus pechitos adolescentes, la exigua cinturita y, luego, aquello que, bajo esparadrapo y gasa, Selena guardaba como su perla submarina. Muchos habían jurado dar cualquier cosa por verlo desnuda, quien sabe si hombre, si mujer, si ángel escapado de los cielos o Luzbel adolescente.

Pero, ahora que recuerda bien, sentado en este carro que lo conduce a su destino, él estaba acostumbrado a provocar historias desde antes... Desde antes de ser la Sirena. Recuerda cómo en el Danubio corrían historias sobre ella. Se rumoraba que, aun de bugarroncito, a ella nunca nadie lo había podido clavar, porque, en el momento preciso de la penetración, al chamaquito se le escapaban melodías del pecho, y empezaba a canturrear con su voz extasiada y gloriosa de espíritu de Luz. Decían que aun los machos más machorros se derretían en su pose y que él, luego, suavecito, los viraba, los humedecía con saliva ceremoniosa, les metía su carne por los goznes calientes y en espera. Las historias sobre ella, la que ahora era la Sirena, causaban casa llena en el Danubio cada vez que allí se presentaba.

Y ahora, otra puerta se abre. Martha se lo había dicho: «A la oportunidad la pintan calva». Ella iba a meter mano en aquel *show* privado para ricos. Esta es la antesala a Nueva York. Los dejaría como siempre había dejado a su auditorio, deshojado del asombro, muerto de deseo, a sus pies. «Tú no eres ser de este mundo», pensarían, igual que pensó Martha la noche del debut.

—...Pero muy mujer que soy para vivir como una simple mantenida. Y yo a la calle no vuelvo nunca más.

—¿Dice usted? —repuso el conductor.

Sirena no se había percatado de que pensaba en voz alta. La pregunta del chofer la atrajo de nuevo a tierra. Sirena sonrió como en el cine. Miró a lo lejos extasiada. Guardó silencio absoluto, vació su cabeza de toda memoria y se fijó en el camino por donde la conducían los «empleados» del señor Graubel. Estaban aproximándose a la zona turística. De su lado del auto, rugía el mar y se alargaba hasta formar una bruma de salitre. El Malecón brindaba sus aceras para golpear con su sol duro a la gente contra los hombros. Del otro lado, se levantaban mausoleos de mármol y de cemento, gigantes, los hoteles más lujosos que había visto en su vida la Selena. Allí estaban el Jaragua, el Quinto Centenario, con sus fuentes y jardines diseñados, sus multipisos desafiando la gravedad y la mugre que, a veces, quedaba al descubierto cuando algún pordiosero asediaba turistas para pedirles cheles con qué comer. La Sirena se sentía como una estrella de cine, siendo traída de regreso a su hotel (un poco más modesto que los otros, pero no tanto) en el carro con chofer. Miraba con desprecio a los miserables deambulantes que afeaban su ensoñación. Se hacía de la vista larga, obviando sus presencias licenciosas allí, allí mismito frente a sus ojos de diva recién descubierta, ojos atentos a una dirección de hotel, listos para identificar el lujo, que, de ahora en adelante, siempre la acompañaría.

—Por favor, doble aquí a la derecha. Ese es mi hotel. Esperen en el auto que vengo pronto —ordenó con voz elegante, pero firme la Selena, asumiendo del todo su papel de estrella.

Tenía que subir de prisa, recoger lo indispensable para el espectáculo e irse. Ya en el ascensor, Selena había seleccionado tres posibles trajes para su debut privado: el blanco de manga larga con pedrería, uno rojo de gasa organdí y el de escote pronunciado, en moaré dorado. Los *stilettos* plateados y el par que usó para el *demo-show* (aún no estaba en condiciones de no repetir ni una sola pieza de vestimenta) completarían el ajuar. Se llevaría prestados algunos cosméticos de la caja mágica de Martha y su brazalete en perlas de tres vueltas. Ya le compraría uno verdadero o se lo enviaría desde Nueva York.

Por suerte, Martha no estaba en el cuarto. El detalle le facilitaba la faena a Sirena, ahorrándole largas explicaciones que convencieran a su mentora. Si hacía esto sola, podría comprobar que ella, en verdad, tiene facultades para dirigirse, promoverse y administrarse. No tendría que compartir ganancias, podría ya ir adelantando el financiamiento de su sueño. Mejor que la Martha no estuviera. Así su destino se le mostraría a ella sola entre las manos, dándole peso a su rumbo, peso verdadero que acompañara sus pisadas de fantasía. Mejor que Martha no estuviera en el cuarto. Le dejaría una nota con la necesaria información. Que se siente a esperar en la piscina o en el *lounge*, que esto no le tomará mucho tiempo, tres días a lo sumo. Que use el tiempo libre para regatearle más dinero al Contreras, y en agenciarle otros *shows* en la capital, que se busque un novio a quien ordeñar y que la espere. Ella no puede desaprovechar esta ofrenda. «Sangre de empresaria», se dijo la diva, en busca de papel y lápiz con qué escribir su nota para la mamá.

Bendición, Mami:
He recibido una oferta fabulosa para hacer un *show* privado en la residencia del señor que nos presentó Contreras. Si no respondo ahora, pierdo la oportunidad. Además, creo que el tipo tiene contactos para hacer más *shows* aquí. Aún no sé el teléfono de donde me voy a quedar. Tan pronto sepa, te aviso. No te preocupes. Nos mantenemos en contacto. Tú sigue con lo de Contreras, mientras yo trabajo a este otro por acá. ¡¡¡Nos vamos a hacer ricas!!!
Un beso,

Selena

Le dejó la nota sobre el tocador y salió volando pasillo abajo para evitar toparse con la Martha. Que no la pescara con bolso ya hecho, porque entonces sí que le armaría tremendo escándalo en la mismísima mitad del pasillo. Luego, tendría tiempo de explicar, diciéndole a la Martha una cifra mucho menor de la que le pagaran para guardarse ella sola la diferencia. También se guardaría algunos nombres para hacer contactos por su cuenta. Sangre de empresaria.

Ya abajo, Sirena camina hacia el carro con chofer que la espera en el bulevar.

—Todo listo, señores, podemos irnos ya —ordenó, algo radiante la Sirena por su éxito recién logrado en escapar de su matrona.

Los «empleados» del señor Graubel apagaron cigarrillos, abotonaron chalinas y subieron al carro que conducía a la jugosa presa hacia las lujosas ocupaciones del jefe. La casa quedaba en un exquisito sector de villas en las playas de Juan Dolio. Formaba parte de un consorcio turístico cerca del Hotel Talanquera, del cual Graubel era accionista y socio. Allí, se iba el magnate de vacaciones, de cuando en vez, con la familia o se permitía escapaditas cada vez menos frecuentes con algún bombón de carne que le traían sus «empleados» para su paladar. Últimamente, prefería ir solo, a pasarse las noches frente al mar, tomando tragos fuertes hasta quedarse adormilado en la *chaise lounge* de la piscina o en algún sillón de mimbre en el balcón. Las sirvientas del turno de madrugada lo tenían que acarrear hasta su aposento, aguantándole el hedor a alcohol viejo, los manoplazos en protesta que el magnate borracho soltaba para que lo dejaran quieto y solo, que se jodiera si así estaba predicho, que lo dejaran dormir la cruda frente al mar, tostándose bajo el sol, carcomido por el salitre como algún desecho que vomitaran las olas.

A veinte minutos en auto de San Pedro de Macorís, a media hora de la capital, Juan Dolio se erigía frente a los arrecifes, con sus villas y sus casas de playa de lujo, su poblado de cañeros y pescadores convertidos ahora en sirvientes de hotel, rescatando tierra roja y arrecifes del mar para la construcción de tiendas de artesanías, restaurantes italianos y canchas de tenis para turistas europeos. Allí, conducirían a la Selena para que amenizara la melancolía del magnate, le diera algo que hacer con su tedio y su desesperación, un entretenimiento con vivos de pasión por el cual ellos cobrarían regalía. Quizás sobrara algo de la Sirena para ellos, después de que Graubel acabara de saborear su exótico manjar.

Mientras más se alejaban de la ciudad, más Sirena se sumía en un profundo silencio. Viajaba nerviosa, a la expectativa, pero, a la vez, sintiéndose acompañada por una presencia que le tranquilizaba los ánimos. Quizás era Valentina quien acudía a ella en esta travesía. Valentina Frenesí, su espíritu protector, ángel de la guarda que, desde arriba, lo vigila y lo cuida, guiándolo hacia ese puerto de fortunas que es la residencia del señor Graubel en la playa de Juan Dolio. Tan sumida iba la Sirena que ni se percató de cómo los «empleados» lo miraban de reojo, intentando disfrazar sus muecas de sátiros a comisión. Ni notó sus presencias, sus conversaciones secretas, por que ellos no eran ni Valentina ni la Martha, ni el Cliente. Para Sirena nunca nadie había existido en realidad, fuera de su mundo, aunque le cruzaran el camino en la calzada. Además, bien recordaba: «Cuando un peje gordo llega a escena, todos pasan a un segundo plano. Nada existe, solo él y el batallón de estrategias para la seducción de la carne y los bolsillos». Lección primera que aprendió en la calle con la Frenesí, con Martha, con todas sus compañeras de escenario que ahora, vivas o muertas, la escoltaban en esta aventura. Por eso ni se fijó, ni se percató de las muecas y arrumacos de «los empleados». Pues era el Ausente el que la esperaba bajo su disfraz de anfitrión, allá en la casa, afilando sus deseos. Y si llegaba magullada y quejumbrosa, estos se la tendrían que ver con Aquel, despedirse de sus salarios, inclusive, del país por temor a represalias; quién sabe, en estas repúblicas independientes los poderosos son más impunes, más omnipotentes que en su isla. El deseo del Cliente que la espera, su impaciencia y su hambre la protegen. Y Valentina, Valentina también, su ángel guardián, su talismán de la suerte.

XI

...Es que aquella noche, la calle estaba floja. Fabiola, Lizzy Star y yo nos aburríamos como moscas sentadas en la barra sin nada que hacer y, de vez en cuando, salíamos a la calle a ver si por obra y gracia del Espíritu Santo caía un pargo. Pero nada, muchacha, parecía que era día de fiesta, el Día de los Padres o algo así, que tú sabes que los pargos se lucen ese día con el *trip* de la melancolía... Pues el macherío boricua entero andaba en acto de contrición esa noche, rezando en la casa con los nenes y la esposa, tú sabes, familia que reza unida permanece unida. Y nosotras entrábamos y salíamos y volvíamos a entrar y a salir del bar... En una de esas vueltas, a la Lizzy le da con preguntarme:

—Balushka, pero, ¿cuánto trabajo tú tienes hecho en la cara?

Mira lo que me pregunta la cabrona...

Yo, que, usualmente, preferiría llevarme ese secreto a la tumba, no sé por qué, me confesé esa noche. Le conté que los labios, los pómulos y la nariz me los había hecho en Venezuela.

—¿Pero todo de cantazo, loca? Eso debe doler en cantidad.

Tú sabes que Fabiola puede ser muy *chic* y muy *wow*, pero es la loca más bruta que ha parido madre en este lado del Atlántico. Yo me había metido una *altane* y estaba relajada y en paz con el universo. Así que, ni aun queriendo, le pude soltar un desplante. Fui de lo más cordial.

—No, chulita, fue por partes —le expliqué—. Lo primero que me mandé a arreglar fue la nariz porque era muy burda, muy esplayá —y le seguí contando la historia de que, por más que me pusiera corrector y base, aquel canto de nariz siempre se me quedaba con la cara entera.

«Desde niña, soñé con unos rasgos finos y provocadores, pero delicados. La delicadeza ante todo. Un día, llamé a un cirujano plástico de acá, conocedor del ambiente. Saqué cita, bien entusiasmada, me fui de civil y todo, sin una gota de maquillaje, lo más machote que pude por fuera, pero felicísima por dentro porque iba a una cita con mi cirujano plástico, igualita que la Marisol Malaret, la Ednita Nazario. Yo me sentía una diva internacional. Muy segura de mí misma y de mi rol en el mundo. Ahora, muy machote por fuera... Estaba tan entusiasmada que hasta le pedí a Papo, mi vecino, que me acercara a la Domenech en su Mirage nuevecito del año. ¡Y me llevó!

»Todo fue como un cuento de hadas. Yo me bajé del carro frente a las oficinas médicas, entré, me apunté en la libretita que me dio la recepcionista, muy amable. Me puse a matar el tiempo leyendo revistas y viendo las caras de las modelos tan delicadas, con sus naricitas pequeñas y sus rostros moldeados por la suavidad... Qué te digo, me emocioné y todo. Cuando llegó mi turno, entré, saludé al doctor y le dije todo lo que quería hacerme, empezando por la nariz, que era prioridad. Me sentó en una silla, me tomó una foto de computadora y me enseñó distintos modelos de narices que podrían ir bien con mis facciones. Yo escogí una chiquita y respingada, que me hacía ver tan linda en la computadora. Como una nenita de bien, hija de senadores me veía, yendo a una cena de gala en el Caribe Hilton, con mi novio acabado de graduar de universidad gringa... Pero la ensoñación terminó ahí mismito. Cuando me dijo lo que cobraba por el trabajo, yo no lo podía creer. Tanto no lo pude creer que hasta borré la cifra de mi mente. Salí de allí lo más compuesta que pude. Suerte que me había ido vestido de hombre y fíjate, eso me ayudó, porque, si hubiera ido de mujer, allí mismito caía fulminada en un ataque de llanto. Yo que me había hecho tantas ilusiones...

»Pero me llevé la imagen de la computadora conmigo y no podía sacudírmela del sistema. Yo con aquella naricita respingona y fina, parecía otra, la que debía ser, la que era por dentro desde niña. No me podía dar por vencida así de fácil, por culpa del ladrón cirujano ese con el que saqué cita. "El que persevera alcanza", me dije renovando fe. Y una noche se dio el milagro. Yo estaba bailando en la Crasholetta, distrayéndome tranquilita con las otras nenas de allí, y, como por arte de magia, conocí a este médico venezolano que andaba pateando por acá de vacaciones.

»—Fíjense, chicas, como obra la mano del Señor —les dije a Fabiola y a la Lizzy cuando les conté este cuento, porque tú sabes que yo soy muy católico y mi fe no me la quita nadie, aunque no me acepten como soy en la Iglesia. Pues sí, yo baila que te baila y el venezolano que se tropieza conmigo y me vira el trago que yo tenía en la mano. Ya me lo iba a comer vivo cuando le veo el semblante preocupadísimo:

»—Ay, amor, perdóname, tú tan divina y yo qué torpe soy, mira cómo te derramo el trago. Déjame invitarte a otro, ¿vale?.

»Me estuvo tan curioso el «¿vale?» y el acentito con que hablaba que se lo acepté. Nos sentamos a conversar. Él me dijo que en Venezuela los costos de las operaciones plásticas o «correctoras», como les dicen por allá, son casi la mitad de los de acá y que él tiene muchas clientes boricuas. Me dio su tarjeta, me aseguró que él me hacía el *package* y yo me fui con él y se lo mamé en el carro de pura gratitud.

»Trabajé, trabajé y trabajé por meses, guardé todo el dinero, ni comía. Me puse flaca, lo cual me ayudó a visualizarme mejor en mi mejoramiento estético. Un buen día, cogí mi avión para Venezuela. Por allá me hice mi nariz. Aproveché para inyectarme silicón en los labios de tan barata que me salió, comparativamente hablando, la operación primera. Los pómulos fueron después. Tardé un año enterito en recuperarme del gasto, porque no pude trabajar como en tres semanas en lo que se me bajaba la hinchazón y los moretones de ojos, nariz y boca. Eso me atrasó en todas las cuentas. Cuando regresé a Puerto Rico, después de hacerme la operación de los pómulos, tuve que quedarme en casa de una prima por casi un mes, porque ni la renta podía pagar, de lo pelá que estaba. Pero, mijita, valió la pena. Valieron la pena y el sacrificio. Mírame ahora, al fin regia, apabullante, exquisita».

Pues eso fue lo que le conté a las muchachas aquella noche. Después fue que nos vinimos a enterar que la cosa andaba lenta porque corrían rumores de redada. Y nosotras allí, tan bellas, a pique que llegara la patrulla policiaca a hacernos pasar vergüenzas en el cuartel de Puerta de Tierra. Pero la perrera no llegó, ni un guardia de palito vigiló el área. Yo me despedí de Lizzy y de Fabiola con un humor pesado, y eso que llegaba livianita al *apartment*, sin un billete en la cartera. Sería por eso el malhumor, pensé. Al otro día, nada, ya más repuesta, me entero yo...

Las temporadas que llevo el pelo color *auburn*, me miro al espejo y como que me encuentro un parecido con ella... Serán la naricita respingona y los pómulos altos que me mandé a hacer. Ahora es que caigo en cuenta de que se parecen en cantidad a los de Valentina.

XII

Y fíjese lo cuidadoso que es. Siempre anda arregladito, bien peinado, es un muchachito ejemplar. Jamás ha dado malos ratos. No como los otros tigueritos del vecindario que siempre se la pasan creando problemas. Leocadio no. A él lo que le gusta es quedarse en la casa limpiando conmigo o pasarse las horas arreglando el patio, barriendo hojas. A veces, la patrona me permite llevármelo a la casa y allí, él se embelesa mirando las matas e inventándose combinaciones de plantas para los jardines. Lo que molesta al jardinero... Lo que sí, es que siempre ha sido muy callado, medio tímido, usted ve. Pero no lo puedo seguir dejando solo en el cuartito que alquilamos, porque él es muy delicado. Los otros nenes del barrio se meten con él y le gritan sucierías cuando no estoy, porque es distinto. Mírele las manos, señora, lo delicados que tiene los dedos y eso que es un muchacho muy trabajador, hacendoso. Yo tengo otros hijos que mantener, y mi marido se largó de Barahona en yola. Dizque me iba a mandar el dinero para los pasajes y todavía lo estoy esperando. Yo creo que por allá se casó con una boricua, que dicen que son más putas que las gallinas. Se habrá olvidado de nosotros. Y la patrona me dice que a la casa no me puedo traer al muchachito. Yo le pedí que me le diera un trabajo. Ya tiene los trece cumplidos, casi catorce. Necesita aprender a ganarse su dinerito y lo que es el valor del trabajo. Pero aún no logro convencer a la patrona. En la escuela lo molestan, señora, y no lo dejan atender a la maestra, ni hacer sus tareas, ni nada. Él mismo me ha dicho que para qué ir. Yo no lo puedo defender, con todo lo que tengo que hacer para encontrar sustento. Soy de Monte Cristi, allá tengo a mi madre cuidándome a la nena más chiquita. Leocadio es el único varón. Pero qué va, él no se quiere ir para el campo, se crió conmigo aquí en la capital y es muy apegado. A mí me parte el alma tenérselo que encargar, pero, al menos, así estamos cerca. Es cuestión de algunos meses, en lo que convenzo a la patrona de que lo emplee y me lo llevo a vivir conmigo. Mientras tanto, yo lo puedo venir a visitar sin ningún inconveniente, ¿no, señora? Y le abono algo de mensualidad. Además este es más su ambiente, usted les da a sus pupilos buena comida y los trata de lo mejor. A algunos, me cuenta doña Rosa, los han inscrito en el Liceo y se hacen de una buena educación. Quizás le pueda dar a mi Leocadio lo que yo... Usted ve, señora, una tiene tantas privaciones. Y además, ¿qué voy a hacer con este nene tan delicado en la barriada? Un buen día, los atorrantes de por allí me lo van a malograr, lo presiento. Usted no sabe lo nerviosa que voy a casa de la patrona cada vez que dejo a Leocadio solo, que se me metan en la casa en grupo y Dios no lo quiera. Pero esa es la historia desde temprano. Él nació así, a mí me consta. Quizás porque se crió sin padre... Yo no sé lo que tiene este muchachito que vuelve a los hombres locos. Se le van detrás, se le quedan mirando con una cosa, qué sé yo, como si el diablo se les hubiera metido por dentro. De verlo nada más, señora, de verlo con el rabito del ojo tan solo. Yo le apuesto a usted que si no lo saco de ahí, un día me lo voy a encontrar bañado en sangre y malogrado. Y, entonces, me van a tener que llevar presa, porque él no tiene la culpa, si es un angelito, mírelo...

Valentina Frenesí fue, como quien dice, su primera madre. O mejor, su hermana mayor. Tina, la apodaban en la calle. Fue quien la quiso cuando aún ella no era la Sirena. La cuidó poco después de que muriera su Abuela, cuando había visto cómo se la llevaban en una ambulancia a la morgue, cuando lloró pensando en el entierro que nunca le iba a poder dar, cómo los huesos de su Abuela estarían por siempre dando tumbos por el mundo, deambulantes, perdidos. Valentina la quiso cuando los de Servicios Sociales amenazaban con llevárselo a un hogar estatal para menores. La ayudó a esconderse de policías y trabajadoras sociales, le enseñó a profesionalizarse. Fue ella quien le informó sobre los precios por trabajo.

—A diez la estrujada, a ocho las manoseadas con venida y, si puedes, de veinticinco a cuarenta el polvo. No te dejes regatear de más. Tú controlas este juego. El plástico va por la casa.

Valentina, toda una empresaria, pero siempre tan zalamera:

—Ay, nene, yo con esa cara tan linda que tú tienes y con esa melena brillosa y sin horquetillas, sería la sensación de la esquina —le repetía mientras lo peinaba.

Valentina lo atendió después del accidente, lo oyó repetir tonadas de boleros viejos de los que cantaba su Abuela, quejumbroso. Valentina Frenesí la quiso como nadie y le enseñó a sobrevivir.

La conoció una noche lenta, mientras hacía la calle. La Tina sobresalía entre las demás dragas de la cuadra por su estética tan *fashion* y su cuerpo esbelto, de líneas suaves. Imposible descubrirla como hombre. Solo en comparación con una macha verdadera se delataba. Aun así era difícil desboronarle su mentira, porque no se sobrehacía como las demás. Verle la cara era perderse en un exacto balance de maquillaje y quimera. Valentina nunca parecía del todo hecha, nunca exageraba la nota del *rouge*, lápiz labial, no usaba pelucas. Su trenza *midnight auburn* era de ella toda, el tallecito famélico, pero de muslos fuertes y redondos, su sentido del gusto *risqué* pero jamás de circo. Cada aspecto, cada detalle fue cultivando Valentina Frenesí con infinita cautela. Le tomó años conseguir la feliz transformación de su cuerpo en lujo puro; años hojeando revistas de moda, catálogos de alta costura, manuales de maquillaje, años de estudiar la trayectoria de las más fabulosas divas del cine y la televisión. No era ninguna bestia. De hecho, era estilista certificada, toda una experta. La más bella y atrevida de todas las dragas del litoral.

Trabajando la esquina opuesta a donde la diva hacía pasarela, Sirena quiso saber cómo Tina lograba su perfecto simulacro.

—Aún no, nena, tú de bugarroncito tienes más oportunidad. Eres bello. Entre tanta basura, encontrarse algo así de lindo es un milagro. —Y en ese instante, entablaron amistad.

Empezaron un consorcio mediante el cual compartían esquinas. Atendiendo los gustos siempre cambiantes de su clientela, el consorcio les permitía ofrecer una mayor variedad de servicios. La Sirena no le decía nunca a Valentina dónde pasaba las madrugadas, después del trabajo. Se callaba las penurias de los días bajo puentes, o acurrucado en carros desmantelados, cuando no podía escabullirse dentro de la casa de la Abuela muerta, que ya habían clausurado los oficiales de Vivienda, en lo que buscaban otra familia a quien asignársela en plan federal. No quería gastar su dinerito en alquileres de cuartos atestados de cucarachas. Lo quería para ropa, alimentos, uno que otro saquito de coca para la disco, donde, a veces, enganchaba a algún turista que le pagaba por noche o el fin de semana entero en una *suite* de hotel. A medida que le fue tomando confianza a su socia, le pedía pequeños favores, que le guardara algunas piezas de ropa en su apartamento, que si podía ir a comer comida hecha en casa...

—Mijito, ¿y tú no tienes quién te cocine?

—La única que me cuidaba era mi Abuela, y hace tres meses falleció —respondió huraña la Sirena para, luego, convertirse en una tumba. No le contó a Valentina sobre su vida, sus sueños ni sus intereses. Tal vez, porque aún no sabía cuáles eran. Pero la loca sabía leerle hasta las líneas del pensamiento.

—Te estarán buscando los de Servicios Sociales.

—Sí, pero tú sabes cómo son las agencias de gobierno. Es fácil escapárseles.

—Nene, me lo hubieras dicho antes... Aparécete por casa como a eso de las seis, que te voy a cocinar una receta nueva que apareció en el *backcover* del Vanidades de este mes. Ya verás el festín que nos vamos a dar. En nombre de tu Abuela.

Dieron las tres, y el sirenito tocó el timbre del apartamento de Valentina. Estaba loco por ver lo que su nueva amiga le tenía preparado. Cuando la anfitriona abrió la puerta, la mesa ya estaba dispuesta.

—Nos ha ido muy bien en el negocio. Hoy saqué cuentas de lo ahorrado y me dije: Valentina, diva, te debes a ti y a tu amiguito una cena de fantasía. Se lo han ganado.

Había preparado churrasco asado al horno en salsa de chimichurri, papas alioli, ensalada de berros y papaya aderezada en vinagre balsámico y aceite de oliva extra-virgen («como yo, papito, no te equivoques. Tú sabes que las apariencias engañan»). De postre, su anfitriona había escogido servir helado de frutas tropicales. Tina cocinó comida de más, un festín de gala para su amiguito que, con la boca llena, miraba, abochornado, el asombroso menú. Tomaron vino y, después de la cena, un licor de menta. Luego, se sentaron ambas a ver películas que Valentina había rentado en el videoclub del vecindario.

—Esta noche no trabajamos. Nos quedamos viendo películas como dos señoritas de su casa.

—¿Cuáles sacaste?

—*Pretty in Pink* y una de Bette Midler. ¿Viste lo gorda que está?

—¿Dos películas? Acabaremos de verlas tardísimo

—Pues cuando nos dé sueño, nos acostamos a dormir. Tú también; ni te creas que después de la cena que te preparé, te voy a dejar salir por ahí, a tirarte a dormir debajo de cualquier puente.

—Pero Tina…

—Esta noche la pasas conmigo. No quiero discusiones. Abrimos el sofá cama y ya. Aquí tengo espacio de más para los dos. De hecho, papito, estaba pensando… ¿no te gustaría ser mi *roommate* por un tiempo? En lo que el hacha va y viene… Si nos va bien, hacemos planes a largo plazo. Pero esto es *half* and *half*, negro, tú pones la mitad de la renta y yo la otra mitad. Eso sí que no puede fallar…

El invitado se abalanzó al cuello de Valentina como única contestación. Valentina lo besó en la mejilla, emocionada. Después de un rato abrazándose con los ojos humedecidos, rompió el hielo la Frenesí. Cambiando el tono de su voz, Valentina le dijo a su hermanito:

—Y para dar fin a este melodrama de la vida real, ¡una sorpresa!

Sacó un gallito de marihuana de entre el escote del sostén preparado con relleno que usaba para estar en la casa, porque hasta ahí era perfecta la Valentina en su *performance*.

—El honor es todo tuyo. Prende y pasa, que no es pipí.

Valentina le extendió el moto al sirenito, mientras se levantaba del sofá para encender el televisor y buscar el control de la videocasetera.

—Además, —remató la anfitriona— con esta hartera, ¿quién puede salir a trabajar hoy a la calle?

XIV

A la noche siguiente, estaban de nuevo en la esquina habitual. Ahora, el sirenito tenía que trabajar para pagar renta, no podía darse el lujo de perder el tiempo. Además, no podía contar con que las cosas le iban a seguir yendo tan bien como hasta ahora. Una noche lenta le podía atrasar el pago de cuentas, quedar mal con Valentina y, ahí mismito, perder su amistad. Otra vez al deambulaje. Otra vez a dormir entre cartones y colchones quemados a la orilla de avenidas; no, él no. Jamás de los jamases. Así que a trabajar fuerte, que la noche es larga y hay techo que mantener.

Las cosas siguieron como de costumbre, unas noches más exitosas que otras. De vez en cuando, ambas mataban el tiempo entre clientes, tomándose un jugo de china frente al comeivete de los dominicanos. Aquel era su *spot* predilecto. Allí quemaban el tiempo muerto, hablando de aventuras con los clientes, señores casados casi todos, o de alguna pareja de locas viejas buscando un *thrill* para la noche. Allí fue donde, aquella noche maldita, se paró frente a ellos el Mercedes gris, con cristales ahumados. Sirena bien que lo recuerda. Recuerda cómo, de la penumbra de aquel carro, salió una blanquísima mano sosteniendo bastantes billetes, mostrándoselos a las dos aquella noche. Era de más de cuarenta la faja de billetes, muchos más. Frenesí miró a Sirena, maliciosa, y se echó a reír. Mucho dinero. Con ese trabajo se acababa la noche, se acababan los pies adoloridos y los viejos babosos regateando una sobadita a descuento.

Fue acercándose coqueta a la puerta del conductor, agachándose seductora para empezar negociaciones con el cliente.

—Nene, este dice que los dos no, que uno solo.

—Pues vete tú.

—No, papito, que es contigo la cosa.

—¿De cuánto es la faja?

—De ciento cincuenta.

Risas y más risas. Su parte de la renta paga con un solo cliente.

—Que avances que no es para toda la noche...

El sirenito se arregló el pelo, la camisa, terminó su jugo y caminó hasta el Mercedes. Ya adentro, sentadito en el asiento de pasajeros, le guiñó un ojo a Valentina.

—Vengo ya... —Y desapareció por la avenida, rumbo a San Juan.

—No es para toda la noche —le gritó la Frenesí y se sentó a esperarlo en el mostrador del bar.

Pero la noche se hizo y se deshizo en la calle. Valentina rechazó clientes. Empezó a pasearse de esquina a esquina, a buscarlo con la vista a lo lejos, a morderse las uñas.

—Este cabrón se perdió con los cien papeles a metéreslos por la nariz él solito. Ojalá le dé un *overdose* —masculló por lo bajo, furiosa.

Se fue de la esquina a ver si lo encontraba con la mirada. Pero nada. Cerca de las tres y media, oyó perros aullando y sintió un escalofrío terrible. «¡Por qué no habré ido yo, maldita sea, que tengo más experiencia!» Sacó su cepillo, su *vanity* de la cartera, peinándose nerviosa la pollina, cotejando el maquillaje por puro reflejo. Dieron las cinco, clareaba. La calle comenzaba a despertarse. Los deambulantes registraban a toda prisa la basura de los negocios y los residenciales, queriendo adelantarse a los barrenderos del municipio y al camión de la basura, en su afán por recoger latas de aluminio que vender en la planta de metales de Trastalleres. Los policías de ronda nocturna comenzaban a pedir órdenes de desayuno en el mostrador del cafetín. Valentina, «Virgen de las Mercedes, que no le haya pasado nada malo al muchachito», se entretuvo un tiempito más oyendo el barullo de los clientes del lugar, el trajín de las meseras dominicanas, pidiendo sándwiches de jamón, queso y huevo para el caballero, dos cafés, tostadas con mantequilla y tres revoltillos con cebolla para el de más allá. Vio cómo llegaban los camiones de provisiones para el día, los plátanos del mangú, cartones de huevo, sacos de naranjas, cajas de papayas del país, hogazas de pan. Se tapaba un poco la cara con el pelo, «la luz del día no es propicia para una draga», y pidió otro jugo, para ver si así espantaba el sabor a trapo que se le iba colando por las comisuras de la boca. Las cinco y media. «¡Qué pito toco yo aquí, maldita sea!», Frenesí se levantó de su silla, bajó por un callejón, por todos los callejones del área llamando a Sirena, suavecito. Después, no le importó; después, lo llamaba a boca de jarro. Los perros le ladraban tirándose de pecho contra las verjas *cyclone fence*, voces semidormidas la insultaban mandándola a callar o amenazando con llamar a la policía. Pero Valentina no aguantaba. Más alto llamaba al sirenito, con la voz ronca y quebrada. Furiosa, preocupada, sintiéndose ridícula, lo llamaba mientras doblaba las esquinas de aquel laberinto en decadencia de casas viejas remozadas con pinturas, edificios abandonados convertidos en hospitalillos, sedes de uniones de trabajadores, templos espiritistas, joyerías de poca monta, casas de empeño, bares. Dobló por una callecita residencial que terminaba en un terreno baldío donde, a veces, dejaban carros robados después de desmantelarlos. Sintió un leve rumor de sollozos, un pequeño movimiento entre cartones;

allí lo vio, con el pantalón a media pierna, con las manos encrespadas, con el calzoncillo ensangrentado...

Y lloró, lloró con él. Lo levantó de entre los escombros, se lo echó al hombro. De dos patadas, botó los tacos mientras corría al teléfono público a llamar a un taxi que lo llevara al dispensario de unidad. Lloró mientras discutía con el taxista que no los quería llevar, porque le mancharían el carro de sangre y quién iba a pagar después el *carwash*. Con el nene al hombro, tuvo que correr hasta la esquina del cafetín de dominicanos a ver si veía a Chino, que tenía un taxi ilegal y los podía carretear hasta el dispensario de Barrio Obrero. Allí estaba el Chino con su *station wagon*. Como pudo, Valentina le explicó lo que pasaba y ambos montaron al niño en la parte de atrás de la guagua. Aceleraron lo más que pudieron hasta llegar al hospital. Entonces, Chino le dijo a Valentina:

—Hasta aquí llego, mamita, que si los guardias pegan a hacer preguntas, me caliento de más. Tú, prepárate, a ver qué le dices a la enfermera de turno cuando te venga a pedir los papeles del nene.

«Nada, mentir», se dijo Valentina, mentir como jamás había mentido. Tirarse el *performance* de su vida para salvarle la suya a su amiguito.

XV

El sirenito estuvo recluido cinco días. Los del hospital llamaron a Servicios Sociales. A las diez horas, llegó una trabajadora social con dos policías. En el ínterin, Valentina logró escabullirse del hospital. Como el sirenito estaba bajo anestesia, tuvieron que esperar hasta el día siguiente para interrogarlo. Durante el interrogatorio, él dio descripciones del que lo atacó, dijo su nombre de pila y su antigua dirección residencial. La trabajadora social reactivó su expediente y quedó bajo la custodia del Gobierno.

Valentina lo visitaba cada vez que podía, sobre todo cuando sabía que los guardias y la trabajadora social lo habían dejado solo. Tenía que ir vestido de civil, incomodísimo, en mahones y camisetas largas. Tenía que despintarse las uñas, ponerse gorritas de pelotero para esconder el moño y gafas para taparse las cejas depiladas.

—Parezco un jodido encubierto. Nene, esto me toma más trabajo que cuando me hago para salir a hacer la calle.

Valentina lo hacía reír con sus comentarios. Le contaba chismes de las otras locas y bugarrones del área, tratando de despejarle de la mente el recuerdo de su accidente.

Ya cuando se sintió mejor, el sirenito se escapó de su cuarto de hospital por el ascensor de servicio. Anduvo un rato por la calle, pero terminó apareciéndosele por el apartamento a Valentina. Cuando llegó, tocó tímidamente el timbre de la puerta de entrada. Valentina le abrió la puerta, un poco asombrada. Lo invitó a pasar, le preparó un té de manzanilla y se sentó a hablar con él en la salita de estar.

—Papito, quizás sea mejor que te quedes con los de Servicios Sociales.

—Tina, no me digas eso, tú sabes cómo son los hogares de crianza. Yo no voy para allá ni muerto.

—Mi amor, es que tú estás muy chiquito para andar suelto por la calle.

—¿Muy chiquito? ¿Y Samito y Bimbo que están haciendo la calle desde los doce años?

—Sí, pero ellos son ellos y tú eres tú. A ti no te criaron igual. Esos nenes están solos desde que nacieron. Tú tenías techo, alguien que se preocupaba por ti...

—Pero se murió, Tina, se murió. Nadie más en mi familia ha querido sacar la cara por mí. Así que la tengo que sacar yo solito. Buscarle provecho a lo que tengo. ¿Y en dónde más puedo hacer eso? En la escuela no va a ser, ni en la Milla de Oro como si fuera un empresario. ¿En dónde voy yo a hacerme de dólares y centavos?

—El Gobierno te puede mantener.

—¡Qué me va a mantener a mí el Gobierno! A encerrarme en un hogar y tratarme como basura. En donde único me las puedo buscar es en la calle, Valentina. En la calle.

—¿Para terminar como terminaste las otras noches? No, mijito, ese susto no lo vuelvo a pasar. Bonita quedo yo corriendo de un lado para otro en la avenida con un nene moribundo al hombro.

—Si tú quieres, yo me mudo de tu apartamento. Pero no voy para ningún hogar de crianza.

—Todavía no estás bien, muchacho del diablo. ¿Tú no ves que tienes que mantenerte en reposo hasta que cicatricen las heridas?

—No me importa, yo no voy para ningún hogar de crianza. A mí ya me criaron todo lo que me iban a criar.

—Pero, nene...

—No voy, Tina. —Y miró a su hermanita con una mirada que le congeló todas las palabras en la boca. Era en serio. El sirenito no se iba a dejar convencer, ni atrapar por los de Servicios Sociales. Y no podía culparlo. Los hogares de crianza eran una pesadilla. Tener un simulacro de familia que te trata mal y por cobrar es peor que no tener a nadie. Ella lo sabía en carne propia.

—Está bien, cabroncito, te quedas aquí, pero a ti no te clava nadie más.

Valentina lo cuidó mientras se reponía. Lo obligó a dejar la calle, trabajaba doble para pagarle medicinas, vendajes, comida. «Nadie más», mascullaba mientras preparaba caldos de pollo, arroz mojado, papas majadas y pedacitos guisados de ternera que le asentaran el estómago resentido por los antibióticos y las cicatrices frescas. El esfuerzo de la escapada y el mal rato de la discusión le habían sentado mal al sirenito. Tuvo una recaída que le provocó una melancolía silenciosa que, a veces, lo hacía llorar. Valentina, nerviosa, trataba de hacer cosas para distraerlo, pero sin éxito. Entonces, insistía en la cantaleta:

—Júramelo que nadie más.

Sirena, sintiéndose el ser más desamparado sobre la faz de la tierra, se echaba entre los pechos de espuma de algodón y los brazos musculosos de su hermana en la miseria, más familia que la propia. Entre ahogos y lágrimas, balbuceaba «Te lo juro, Valentina, te lo juro», y ningún otro sonido salía de su boca. Con aquel llanto silencioso pudo mejor que con palabras contarle todo a su hermanita, el dolor del abandono maternal, de la muerte de la Abuela, las noches en vela buscando dónde dormir, la vida al agite de toparse con policías, el tener quince años y ya vivir así, hastiado de todo, desconfiando hasta de la sombra propia, acostumbrado al desamor, a la lujuria asqueada que habita la calle, esa calle, que era su hogar y su tumba.

Cuando fue sintiéndose mejor, el sirenito empezó a ayudar con maquillajes, a hacer mandados, cuidar ajuares, seleccionar bases que mejor escondieran la sombra de la barba de Valentina. Atento a cualquier necesidad de su hermanita, se pasaba el día entero limpiando el apartamento. Durante una sesión de barrido y mapeo, encontró una caja debajo del sofá de mimbre barato de la sala. Era un kit completo con jeringuilla, cuchara, encendedor y goma. La Valentina Frenesí se inyectaba. El sirenito puso la cajita de nuevo en su exactísimo lugar. Sabía lo que cuesta mantener un vicio. Lo había aprendido en la calle. Él mismo había cogido uno de coca durante los prósperos tiempos del consorcio, y una buena porción del dinero que ganaba se le escapaba completa por la nariz. Ahora que tenía doble carga, la deuda de medicinas, renta completa y sus comidas, el sireno entendió el sacrificio que su hermana hacía por él. Los favores por droga que debía estar haciendo en la calle, exponiendo su vida de más. Decidió confrontarla en cuanto llegara. Pero su protectora seguía empeñada en no dejarlo trabajar.

—Yo te saqué de la basura y te salve de morirte, que es lo mismo que parirte, así que no porfíes.

—No porfío, pero, ¿y el dinero para tus cosas?

—¿Para qué cosas…?

—Para tus bases y tus tacas y tu manteca y tus trapos…

—¿Y mi qué?

—Valentina, yo no nací ayer, aunque tú pienses lo contrario. ¿Y la teca?

—Eso es asunto mío.

—Y mío...

—No vas a hacer la calle.

—Pues me voy a recoger latas o a velar puntos o a robar turistas, pero algo tengo que hacer...

—Cuando estés más fuertecito.

Cuando estuvo más fuertecito, recogió latas, pero el dinero que ganaba no servía ni para ayudar a comprar comida. Para robar turistas, tenía que irse con ellos a sus cuartos de hotel, que es mucho más riesgoso que veinte minutos en un carro con un cliente. Valentina formaba un escándalo tan pronto el sirenito se lo proponía. No hubo otro remedio. Cuando escaseaba el dinero en casa, el sirenito tuvo que volver a hacer, de vez en cuando, la calle.

Esas noches, Valentina no le soltaba ni pie ni pisada. Lo esperaba como un reloj con un pasecito de coca en la mano, lista para aliviarle al sireno el susto de muerte que le entraba tan pronto se subía a los carros de los clientes. Valentina misma hacía los arreglos. Con el rabo del ojo memorizaba la placa del carro en cuestión, por si las moscas. Además, le hizo renovar la promesa de jamás dejárselo meter, ni por todo el dinero del mundo.

—Con el mahón a media asta uno está en desventaja, papito. Y yo me muero si a ti te vuelve a pasar algo.

Pero al muchacho, ni con la vigilancia ni con la coca, se le curó el espanto que se le metió en el cuerpo la noche en que lo atacaron. No encontró la forma de recuperar el desparpajo, de olvidar el riesgo que corría cada vez que subía en el carro de un cliente. Ya no era como antes, nunca iba a ser lo de antes. Cuando cerraba la puerta de los carros, ni caras veía, no quería enterarse de cuando los señores acababan su asunto. Estaba lejano, como envuelto en un tul al otro lado del cual pasaba lo que pasaba, allá lejos. Los clientes le dejaron de interesar. Lo único que le importaba era recibir su dinero, sobrevivir a aquella noche, a aquellas manos, a aquellos labios, que todo acabara de una vez. Que los clientes lo dejaran en su esquina, sano, salvo.

Una noche, mientras un señor muy circunspecto le chupaba entre las piernas, el sireno, empericado, recordó un bolero entero de la Abuela. Anteriormente, cuando la asaltaba la melancolía, tarareaba tonadas, cantaba pedacitos de coro, pero el bolero como tal se le escapaba, como si sufriera de un maleficio que le hacía olvidar las letras tan pronto le saltaba la entonación a la memoria. Sin embargo aquella noche, por la razón más inexplicable, recordó un bolero completo y, luego, otro, otro más, «Distancia», «Miseria», «Dime, capitán», de sopetón, «Bajo un palmar», «Silencio», «Teatro», y no era que le gustara ninguna de aquellas canciones, era que las oía en su cabeza cantadas por la Abuela. Su Abuela, voz temblorosa, cuerpecito yerto que se llevaba la ambulancia, le fue trayendo todos los boleros del mundo al pecho, letra a letra, la memoria exacta de sus melodías. Cada canción le hacía hervir el rostro, sentir cosas que había despachado como inservibles. Cantó, primero en murmullos, con los ojos cerrados, luego, más pendiente al grano de su voz. El cliente paró su faena por un momento, pero, luego, siguió chupando alelado con la canción del adolescente. Sirena seguía entonando boleros, uno tras otro. Mientras más de adentro los sacaba, más lento chupaba el señor, más se le enternecían las comisuras de la boca, el apretón de la mano contra la base de su pubis, más la lengua parecía ser de terciopelo. Dulce olía su saliva excitada, a leche y miel. Una enamorada parecía aquel circunspecto señor cagado del miedo, cagado y sobrecogido de deseo, repungido ante su propio placer, su mano suave sobre los muslos desnudos del nenito aquel para sentirle la piel cálida y tersa, dispuesto a tragarle los jugos todos, cualesquiera que él quisiera brindarle. Era un milagro, aquella paz era un milagro que le recordaba otros tiempos. Cantó por veinticinco minutos sin parar. El señor tampoco dejaba de acariciarle con la boca y las encías y los dientes, con el ansia y la melancolía y la soledad. De pronto, al final del bolero «Tentación», la Sirena marcó con un chorro espeso el anhelado final de su letanía de recuerdos. El señor, tan circunspecto, se tragó entero aquel chorro, ungido, sintiéndose convidado a una extraña comunión. Lamió todas las gotas que se sostenían entre los dedos, muslos, las que le chorreaban por su barbilla propia, las que se disolvían sobre la tela del pantalón. Con una mano, sujetó la cara del jovencito.

—Angelito, angelito mío—. Y se le volvieron los ojos un pozo profundo.

La Sirena volvió la vista. Cerró la boca. Esperó a que el cliente le soltara el rostro, encendiera de nuevo el motor y condujera hasta su esquina. Sin mirarle durante todo el trayecto de regreso, cogió el dinero en paga por sus servicios y se bajó del carro. Ni siquiera contó los billetes para asegurarse de que el pago estaba completo. Todos los boleros de la Abuela eran el caudal que necesitaba para protegerse para siempre de las noches en la calle.

XVI

Lista de invitados para la fiesta. Los indispensables, solo ellos, que no quiero gente arrimada. A ver... el ingeniero Licairac y su esposa, esa arpía de Angélica, tan mal gusto que tiene para vestirse, siempre emborujada en telas de colores chillones, modelitos que se compra en Bal Harbor para, después, sacarlos en cara, a mitad de cualquier conversación. Igual daría que se los comprara en la calle Duarte. La barriga que ha echado la pobre... Después que le parió el último hijo al ingeniero, jamás recuperó la silueta. Cuando la cena de gala de la Biblioteca Nacional, el mes pasado, se puso un modelito Pucci que la hacía ver como una merenguera. Tanto volante de colorines, ni que fuera una chiringa con cola. Pero qué se le va a hacer. Angélica tiene que venir si invito al marido. Habrá que asegurarse de que haya *whisky* en la barra, que el ingeniero solo toma eso. Y yo que me maté buscando los mejores vinos. Una botella cada tres invitados, una botella cada tres invitados, que no se me olvide. Ojalá que las veinte cajas de Chateau Laffitte sean suficientes.

Alcohólico además, ya se le nota la adicción en la nariz que tiene, un nido de capilares brotados. Y ese tufo que suelta por la boca cada vez que va a saludar. Cómo agarra a una cada vez que visita, parece un pulpo. No me deja ir.

—Ay, mi querida Solange, qué suerte tuvo Hugo de casarse con usted. No sabe lo afortunado que es...

Y sobeteando nalgas, mientras una tiene que reírle las

gracias. Si no fuera socio de mi marido, lo mandaba a sacar a patadas de la casa.

Imelda Nacidit y esposo, hay que invitarlos. ¿Cómo es que se llama el italiano ese? Marinni, Marccinni... No hay forma de librarse de ella. La paciencia que hay que tener para aguantarle los cuentos de su último viaje a Nueva York y del montón de dinero que se gastó en ropa de cama de La Pratesse. Ya me la imagino... *tú no sabes el trabajo que me costó encontrar los tonos verde menta para que combinaran con el decorado de la recámara matrimonial. Pero La Pratesse es lo mejor del mundo, eso sí, no puedes jamás recuperarte del gasto, porque de todo se antoja una, la tienda es un sueño...* Qué tortura aguantarla. Es una pesada, una pesada y una vulgar. A toda boca, cuenta lo de los gastos para que se entere la concurrencia entera. Y lo peor es cuando le da con colar sus frasecitas en italiano, para que no se equivoque nadie, ella es casi europea, con los años que se pasó en Italia, donde pescó al zoquete que se gasta por marido. Marcinni, Mardinni... Ese parece que tiene unos cuantos grados de retardación mental. Con el tiempo que lleva viviendo aquí y aún no entiende bien el castellano. Ni que fuera tan distinto a su idioma. Se la pasa mirando para todos lados con los ojos vacíos y asintiendo como si de verdad entendiera lo que la gente dice. Cree que una no se da cuenta.

Brooks, Hannover, Chiddale y esposas. Los representantes de las farmacéuticas que vienen para acá. En ellos me tengo que concentrar. *Very charming wives, very elegant sirs, hope you feel at home.* Con los ventiladores no va a dar, que estos americanos siempre se están quejando del calor. Mejor mando a encender el aire central unas horas antes de la velada, para que se vaya climatizando la sala. ¿Habrán terminado de encerar los pisos ya? ¿Y los manteles, llegarían de la lavandería? Si les descubro una sola manchita, me voy a comer vivos a esos atorrantes.

Los paquetes de la Viei Russie llegaron ayer. Cinco latitas de beluga, cinco de clásico gris, tres de imperial. Si sobran, mejor, para otra ocasión. Uff, cuando Hugo vea esa cuenta... Pero bueno, él me dijo que no escatimara en gastos. Hay que impresionar a los invitados. Lo que no sé es si estará listo es el Grandlox que le mandé a preparar al chef del hotel. Cotejar que haya llegado el salmón escandinavo, que no se me olvide. Y los *escargots* y los quesos. Jalsberg, Blue, Brie, Gouda ahumado... Voy a tener que romper la dieta, porque de todo eso quiero comer, aunque engorde como una vaca. Ay, Señor, con lo ancha que me he puesto últimamente. Pero es que parir de corrido tiene sus efectos, ya me lo dijo la esteticista. Por lo menos, no tengo la panza cubierta de estrías como la Rosita Perdomo, que yo no sé cómo se atreve a ir a la piscina del club en bañador de dos piezas. Qué mal gusto. Ay, Rosita Perdomo, tengo que incluirla en la lista.

Definitivamente, tengo que rebajar mis libritas. Quizás me sobre un tiempito para llamar a Yadia a que me dé un masaje con crema de algas en los muslos y un *wrapping*. Sí, porque a la verdad, el Galeano que estrenaré en la cena me queda un poco ajustado de caderas. Anotar, llamar a Yadia. Eso. Porque todo tiene que quedar perfecto. Hugo contento, los invitados a su gusto, la comida exquisita. Todos deshaciéndose en elogios para mí, que fui la que velé por el más mínimo detalle. Para que Hugo se dé cuenta de lo que tiene al lado.

Hasta el más mínimo detalle. Añadir a la lista a los Thompsons, don Manolo Aybar y señora, los Dessalines. El arreglo de mesa y la bandeja de frutas, por poco se me olvidan. De uvas no, que eso ya lo vi en la recaudación de fondos para el Hospital de Niños que organizó Diana Puig. Que lleve melones, trocitos de manzana y fresones frescos. Esos americanos siempre se andan quejando del calor. Que se refresquen con eso en lo que les servimos la comida. Yo creo que añadir unas cuantas frutas tropicales le daría un toque exótico y de lo más elegante a la bandeja. Unos pedazos de piña, algunos mangos... Pero el arreglo de flores tiene que quedar impecable. Que no me vengan con matojos de flamboyán ni porquerías parecidas. Lirios, orquídeas, írises, un arreglo grande para la mesa de esquina y otro para la de la cena.

Ni un solo detalle se me puede escapar, ni un solo detalle. Quizás mejor que el Galeano, sería ponerme el modelo Kenzo que a Hugo le gusta tanto. Ese que disimula un poco la silueta con velos azules que se trasparentan uno sobre el otro. Lo grande que me quedaba cuando Hugo me lo regaló. Hace tiempo que no lo uso. Espérate, Solange, espera... ¿Quién de los invitados te ha visto ya en ese traje? Repasar lista, Imelda, no; Angélica; Matilde; Jessica Thompson; la señora Licariac, no, no. Creo que estoy salva. Además, bien maquillada y con el juego de collar y pantallas Hidalgo que me compré hace poco voy a estar de impacto. Un poquito de Joy de Patou detrás de cada oreja y ya. La viva estampa de la elegancia. Cuidado con no exagerar la nota del perfume, es concentradísimo, tanto que marea. Pero es lo que hay que ponerse.

Quizás la fiesta le espante a Hugo el mal humor que carga hace ya meses. ¿Qué le estará pasando? No hay quien le beba el caldo últimamente. Quién sabe si hasta quede impresionado por lo cuidadosa y eficiente que he sido para agasajar a sus invitados. Contento. A lo mejor, después que acabe la fiesta, él... ¿Dónde guardé yo mi *lingerie* Alfaro? Déjame sacarlo y dejarlo sobre la cama, por si acaso...

XVII

Por el patio, un caminito, pájaros cantando, nubes haciéndole sombras a la tierra. Yo las miraba, un gusanito, me arrimo, la sombra se sostiene sobre mí. Quien es, me mira como al pajarito, al gusano, las nubes, tierra, me mira y yo quiero correr, pero no puedo, quiero tocarlo, pero los dedos sostienen un gusano que se contonea allí peludo. Las patitas del gusano son amarillas.

—Ese gusano es una peste, pero lo lindo que es. Se come las hojas de los rosales. —Me toma de la mano, me lleva a los rosales—. Se come las hojas de los ficus.

—¿Qué es un ficus?

—Ese árbol. —Lo señala. Su mano es un gusano de muchas patas, gusanito gordo y cubierto de pelusa, recias pero suaves las patitas y retorciéndose entre los dedos de mi otra mano—. Aquel se llama bambú enano y estas son rosas del desierto. Se siembran así. —Coge mis manos, me hace hacer un montoncito de tierra.

Por el patio, el caminito, gusano-pájaro-nube-tierra, hay que podar los rosales, pásame las tijeras, el mango de madera entre sus gusanos color rojo con vetas chocolate. Alfonso es grande, un niño como yo, pero grande.

—Cuando crezcas, puedes dedicarte a esto, tienes buena mano, a ti todo se te da.

Mamá limpia la casa de la patrona.

—Mira cómo retoñan las semillas que me ayudaste a sembrar la semana pasada.

Yo atrapo otro gusanito amarillo, no lo quiero matar, pero se va a comer mis plantitas si lo dejo.

—Vengo ahora, Alfonso. Lo voy a tirar lejos, entre la maleza.

—Te acompaño.

—No, voy solo. —Una cosquilla me afloja las rodillas, no sé por qué.

Y todo el día, gusano-pájaro-nube-piedra, ayudo a barrer hojas del patio, ayudo a podar grama, a abonar las gardenias y el árbol de ramo de novia que se enreda en las barandillas del balcón. Hay que cortarle tres ramas, para que no arañen los balaustres. Alfonso me sorprende, poniéndome una flor detrás de la oreja. Gusanito, me mira, una tormenta, el temblor aquel de por la mañana me afloja las canillas, pájaro-nube-piedra, miro el suelo, tímido, caminito, él es un hombre, pero un niño como yo, Mamá me lo ha dicho.

—Tú eres muy chiquito todavía. No puedes empezar a trabajar.

—¿Y Alfonso?

—Ese te lleva cuatro años, ya le cambió la voz. Va para hombre.

—¿Cómo que va para hombre?

—No me distraigas más, muchachito, con todo este trabajo que tengo atrasado.

—¿Por dónde se llega a hombre?

—Por aquí —me dice Alfonso y me agarra entre las piernas, juguetón. Vuelve el temblorcito, yo me le voy detrás, lo correteo, enseñándole los puños. Tengo un barrunto en los ojos, un barrunto gris y amarillo. Él se ríe de mí. Le quiero dar una paliza, sacarle sangre, por haberme agarrado allá abajo.

—¿En dónde? ¿Acá? —Y lo vuelve a hacer. No, que ni se atreva. Que no me toque más, ni que se ría así como se ríe. Ni que me enseñe a hacer montoncitos de tierra donde sembrar semillas—. Las azucenas que sembraste ya se dieron. Arranqué esta para que se la regales a tu mamá.

Él me mira, gusano-pájaro-nube-piedra.

—Tengo una hembrita, Leocadio, trabaja por aquí cerca. Ahora estamos peleados, pero la voy a reconquistar.

—¿Qué nombre tiene?

—Coralia.

—¿Cómo es?

—Como tú. Parece una leoncita.

—No me andes comparando con mujeres.

—Hasta en el nombre se parecen. Leocadio... Coralia.

Se me forma una tormenta en los ojos. Siempre es igual, el agua se me empoza en los ojos, me delata. Ahora sí que quiero darle una golpiza. Obligarlo a pedirme perdón por compararme. Me le tiro encima y le doy puños, él se ríe, lo pellizco, lo muerdo. Su carne sabe a sal y a tierra. Él se zafa de mí.

—No te escapes, cobarde.

—Leocoralia...

Se ríe, corre hasta la maleza. Yo lo persigo. Él da un vuelco y me atrapa, me agarra los brazos, por detrás. Tan grande es, un niño como yo, pero gigante. No puedo moverme, como me agarra. Intento retorcerme, gusanito, zafarme, pero me voy poniendo lacio, azaroso. Entonces, un caliente de abrazos, carne que se arrima por la espalda. Camino-nubes-pájaro-gusano, las sombras caen sobre el monte y un monte atrás haciéndome la sombra. Abro la boca y lo que sale es un gorgojeo de pajarito. Pero, por los ojos, se cuaja una tormenta gris y amarilla. Miro las manos que agarran las mías, amarillas. Las de él, chocolate espeso. Van bajando ambas, hasta eso que una vez agarró.

Hay que negarse. Me voy poniendo duro como piedra, duro como un animal que va a cazar pajaritos, el gato de la patrona comiendo lagartijos y gusanos. Oigo los pasos de alguien que se acerca.

—Mamá, el gato de la patrona se comió un lagartijo.

—Alfonso, necesito que me ayudes a bajar unas azaleas que traje de la jardinería.

—Sí, señora.

—¿Quién está ahí contigo?

—Que su gato, patrona... —murmuro con el corazón en la garganta.

La señora da media vuelta y camina con pasos largos hasta la casa. De allí sale mi madre corriendo hasta donde estoy. Alfonso me suelta los brazos, se agacha, mira hacia el piso. A mi madre se le cuaja una tormenta en los ojos. Me coge de la mano. Me arrastra hacia la casa.

XVIII

Rumores corrían de que a Chino le había llegado de Miami material nuevo. Ella quería probar la calidad. La noche anterior, Valentina le había dicho regañona a la Sirena que se cuidara en lo que él iba a ver a un cliente particular. Estaba de un humor infernal. Hacía semana y media que trataba de cortar dosis. Se sentía avergonzada de que Selena le hubiera descubierto el vicio. No quería ser una mala influencia. Aquel chamaquito era su responsabilidad y ella no podía seguir gastando dinero en manteca. Además, era evidente que estaba descontrolada, si su hábito era tan obvio que hasta un bugarroncito quinceañero lo podía detectar. Pero, en frío, no podía cortar. ¿Quién iba a mantener casa y gastos si ella desaparecía de la calle por semanas, regresando flaca y ojerosa, en lo que se sacaba sus demonios de las venas? Quizás con este podría comprar menos y arrebatarse igual, así ir, de a poco, cortando hasta salirse del todo de esa trampa. El dinero era escaso y ella sabía que siempre le había gustado al Chino, que por una noche en oferta sacaría suficiente droga en pago para meses. Economías, hay que hacer economías que dos bocas que atender no son lo mismo, jamás y nunca, que una sin apetito, acostumbrada a meterse otras suertes de comida buche abajo. Había qué economizar. Valentina Frenesí dejó instrucciones a la Selena de no tirarse a la calle. Un cliente, que además era encubierto, le había comentado que corrían ciertos planes de una redada que se efectuaría una de estas próximas noches, así que mejor no. Le dejó tres dólares para que rentara una película o se fuera al Burger King o algo. Y que se acostara temprano, que ella no tenía tiempo para más calamidades.

La Sirena tampoco estaba de plácemes. Intuía a qué iba su hermanita tan de prisa a la calle. A trabajarla no era, si sospechaba redada. A intercambiarse por teca, a eso era a lo que iba. Sabía por deducción que droga y trucos no deben combinarse jamás. Hacer la calle es un juego de puro control y cuentas claras. Ya es bastante riesgoso exponerse a cualquier pargo. Peligroso de verdad si ese pargo tiene en mano la jeringuilla de tus ansias. No hay poder de negociación en esa situación.

—Tina, no vayas. Mejor voy yo a pedirle prestado veinte pesos a cualquiera, a Imperia, que ayer hizo un *show* de apaga y vámonos en la disco nueva que abrieron en el Condado. Tú te quedas aquí; yo voy al punto y regreso. Así te curas en casa, tranquilita, y nos tripeamos la nota las dos viendo películas viejas por cable. Hoy dan una de Marilyn Monroe.

Por única respuesta, Valentina Frenesí miró a Selena de arriba a abajo, recogió cartera y llaves y salió de la casa dando tremendo portazo. Selena se quedó de una pieza, con la palabra en el aire. Molesta, montó cara y prendió la televisión, pensando en lo imbécil que era su protectora, tanto que lo cuidaba para, después, tirarse solita al desperdicio. «Yo nunca haría una cosa así. A mí ni muerta me cogen dependiendo de un pendejo para conseguir mi sosiego ni mi felicidad», pensó para ella la Selena, buscando distraerse del mal rato en la pantalla a colores que vomitaba imágenes de autos de lujo y pura satisfacción.

Debió haber hecho algo aquella noche, debió al menos pelear, seguir a Valentina escaleras abajo y obligarla a entrar en razón. Pero, ¿qué sabía ella que el material de aquella noche estaba más puro de lo acostumbrado? ¿Cómo iba a saber que una mirada airosa era el último regalo de su Valentina; que, luego, sus ojos serían piltrafas en cuerpo desnudo, a medio pintar, grotescamente fotografiado por la forense y sacado en bolsa plástica de un atorrante caserío? Cuando llegó con Baluscka al cuartucho de la parada 15, policía y periodistas estaban en plena acción, recogiendo testimonios de los transeúntes y testigos que se arremolinaban para ver el espectáculo. Una mujer policía rebuscaba en la cartera de Valentina Frenesí, buscando papeles de identidad. Molestos, los alguaciles recogían testimonios para, al menos, poder identificar al occiso, notificarle a la familia. Otros policías

—Adiós, Castillo, ¿esta no es tu tía política? —bromeaban con el cadáver, adjudicándosela a uno de los conductores de ambulancia— ¡La madre tuya querrás decir! —decían, encontrándole parecidos a la regia, la fabulosa Valentina Frenesí con novias, familiares y progenitoras de miembros de la fuerza policial.

Selena llegó con el pecho atravesado. Se abrió paso entre los curiosos y, al ver que de verdad era Valentina, se tiró sobre el cadáver, apartando policías y camarógrafos que la agarraron a empellones para preguntarle cosas, cosas que no podía contestar:

—¿Cuál es su relación con la víctima? ¿Qué sabe usted del suceso?

Hecha un mar de pena, Sirena se atragantaba con su propio aire, se zafaba de los policías, le sujetaba la cabeza a Valentina y la besaba en la cara y en las manos, lindas manos ahora yertas y sin una sola caricia de despedida para su hermanita. Llegaron los de forense para arrancársela de

113

los brazos, para llevársela quién sabe a qué morgue, donde nunca la dejarían volverla a ver.

—¿Sabe usted el nombre del occiso, el nombre verdadero?

Sirena respondió, secándose el llanto:

—Valentina, Valentina Frenesí.

XIX

Hugo Graubel, en su casa de playa, en Juan Dolio, fumando solo y bebiendo Presidentes en la barandilla del balcón. Hugo Graubel, mirando a sus hijos jugar en las playas del Hotel Talanquera, meditabundo. Hugo Graubel, quitándose la sal del cuerpo y, de tocarse, siente que se le erizan los pelos. Hugo, recordando cuando montaba a su mujer suspiradora, joven como Selena, pelinegra y pálida como Selena, pero sin su anguloso cuerpecito quinceañero, sin su colita diminuta removiéndose sobre la arena sucia a orillas de la playa donde flotan excrementos. Hugo Graubel no recuerda habérselo metido a un hombre.

Te amaré, Selena, como siempre quise amar a una mujer.

Sus «empleados» lo encontraron en el patio y le dijeron del trato hecho, negocio cerrado. El muchachito esperaba en el vestíbulo de la mansión, esperaba por su anfitrión, mientras se paseaba por la sala. Sirena Selena, dijo el joven que era su nombre artístico. Que necesitaba por lo menos un pianista. Tenía que ensayar al menos dos tardes. Ella (y dijo ella) no venía allí a robarse el dinero ni a hacer el ridículo. Ella (y dijo ella) era una artista profesional y se jugaba su reputación en ello. Entró el anfitrión a conocer a su huésped.

El sirenito estaba de pie junto al sofá...

—Señor Graubel, cuando usted me vea bajar por esas escaleras, a media luz, instalarme frente al piano de cola, cuando me vea abrir la boca y me oiga cantar, le prometo a usted que dejará este mundo, sus penas, sus preocupaciones, para montar, a son de bolero, la voz de su Selena.

—¿Mi Selena?

—Por trescientos setenta y cinco dólares la noche, soy suya todo lo que usted quiera. Por cierto... ¿cuántas noches serán?

—Todas las que necesite para deslumbrar a los invitados. A mí no, a mí ya me tiene deslumbrado.

—Eso veo, señor Graubel. Pero, para el resto, con dos noches basta y sobra.

Sirena caminó deliberada, dejando a su anfitrión apabullado ante tan inmaculada representación. Ni por un segundo se salió de su personaje. Y eso, que no andaba maquillado. A Hugo Graubel se le despertó, más que el deseo, la curiosidad de saber quién era aquel muchachito que tan bien sabía convertirse en la imagen de la perdición, en la mujer fatal de sus sueños, en lo imposible. Quién era aquel nene que, delatándose, se borraba bajo las máscaras de su juego para seducirlo (eso era seguro) y seducirle del bolsillo más de trescientos setenta y cinco dólares la noche, seducirle toda su fortuna si lo deja, todo lo acumulado sobre sangre y latigazos. Sirena Selena era un pozo mágico en donde se veían cosas del futuro y del pasado. Pero los reflejos aún estaban borrosos, confundidos. Graubel iba a necesitar tiempo, más tardes de ensayo, colisiones por pasillos, conversaciones bajo un palmar. Iban a ser necesarios cortejos, el efusivo entretenimiento de esposa e hijos, era necesario comprar tiempo para poder asomarse al pozo (bendito o muro) de la Selena.

Mientras el anfitrión elucubraba estrategias de acercamiento, Sirena se paseaba por el recibidor de la estancia. Calculadamente, se recostó de una mesa con espejo, para vigilar mejor la reacción del magnate. Una sola mirada le bastó para descubrir que lo del *show* era tenue cortina de humo. Hugo Graubel tenía otros planes para ella. Si se descuidaba, el juego de la seducción podía volverse en su contra, retrasarle sus planes y dejarla convertida en otra cosa. Pero Selena apostaba siempre al mejor caballo y, en aquella carrera, el mejor caballo era ella. Aunque había que admitir que la competencia estaba reñida, no por el potro, sino por sus recursos materiales. Le impresionaba la elegancia de aquella mansión. No pudo contener la imagen que saltó a su mente: ella con un apartamento puesto, chequera y fondos a nombre del magnate, gozando de lo lindo. Sería difícil batallar contra todo el *glamour* con que le podía sonsacar el anfitrión. Dificilísimo. «Cautela, que hay trampa», se avisó y procedió a afinar su rutina para contrarrestar el embrujo de aquella casa y sus enjambres.

El encuentro con la casa del magnate le ayudó a imaginarse su *performance*. A Sirena el *glamour* siempre le sentaba bien. No sabía ella que había millonarios así en la República Dominicana. En las noticias, solo se hablaba de dominicanos fugados en yola, carcomidos por la sal o despescuezados por los tiburones, flotando panza arriba por el estrecho de la Mona. No sabía ella de los acres y acres de azúcar que habían pagado por la humilde estancia de su anfitrión. No sabía de los haitianos tirados a las calderas para lograr la consistencia perfecta del melao de caña; desconocía de los líderes campesinos desmenuzados por cañaverales de San Pedro de Macorís, adobando la tierra roja robada al mar, ni de los cocolos suculentos que siempre le sirvieron de entremés a los nenitos hambrientos de la familia Graubel. Todos los miembros de la familia eran amigos de generales del Ejército, consejeros de la Cámara de Comercio, intimísimos del vicepresidente de la República, quien trabajó para ellos por largos años. En casa, la mujercita peinada planifica su debut como poeta en la Biblioteca Nacional.

Selena desconocía todo esto. Solo sabía que el *glamour* siempre le había sentado bien. Las preciosas baldosas de mármol rosado le acentuarían los destellos rojizos de su piel; los *boudoirs* de mimbre filipino blanco y la luz aterciopelada de los patios interiores le destacarían su silueta de sílfide en pena. Su tez pálida y aceitunada de criolla de los años cuarenta refulgiría contra los colores pasteles del empapelado en la pared. Su peluca negra azabache deslumbraría sedosa cuando se contrapusiera a las cortinas satinadas que cubrían las paredes de la residencia de los Graubel. Muebles de caoba antigua y de guayacán labrado, baldosas italianas en el patio, inmensos cuadros expresionistas y la lámpara de lágrimas de cristal cortado del recibidor serían, al fin, el escenario perfecto para que Sirena Selena pueda, en serio, convertirse en su imagen. Sus flores favoritas eran los lirios cala. Casualmente, y como si la esperaran, había un jarrón lleno de lirios en el vestíbulo de la residencia.

XX

Bienvenido, estimado público, ¿cómo están ustedes? ¿Todo bien, todo *fabulous*, todo *too much*? Pues les quiero dar la bienvenida a mi *show*, a nombre mío y a nombre de toda la administración de la discoteca Boccaccio's, este antro de perdición para locas locales e internacionales, turistas y nativas, y para indecisos y chicos *open minded*, buchas, y mujeres biológicas que lo que les gusta es sentarse a mirar hombres grajeándose… las pooobres. Les quiero dedicar el *show* de esta noche a los indecisos; esos que cuando les preguntan: «Oye, ¿pero tú eres gay?» tuercen la boca de la sorpresa, se *coolean* poniendo aire de que van a decir algo profundo y contestan: «Pues fíjate, yo no creo en esas clasificaciones. Si acaso, soy bisexual. Tú sabes, hay que explorar ampliamente los cuerpos, las pasiones, el deseo». ¡A explorar carne es a lo que vienen! Que pasen por mi camerino después que se acabe el *show*, para que vean el tour por el Discovery Channel que les voy a dar.

Aún así, para ellos es mi *show* de esta noche, para los que todavía no saben que son locas, pero que, con suerte, hoy se enterarán. ¿Quiénes aquí son indecisos, a ver, levanten las manos? Nadie. Y closeteros. ¿Quiénes son closeteros aquí? Vamos a ver, chicas, atrévanse a algo, si total, Mami y Papi deben estar en casa viendo televisión o caminando hacia el *parking* a la salida del culto y nadie les va a ir con el chisme porque se chotean ellos mismos. Lindos van a quedar diciendo «Ay, mire, doña Margot, fíjese que en el *show* de la Martha Divine de las otras noches allá en Bocaccio's vi a su hijo levantar la mano cuando tomaron asistencia de los closeteros. Divino que le quedó a la Martha el *stand up*. Estaba regia, con un *bodysuit* plateado de manga larga y un pelucón de bucles que le caía hasta la mitad de la espalda. Yo no sé como esa cabrona puede bailar coreografías enteras encaramá en los *stilettos* tan *too much* que se puso la otra noche. De aquí no son. Ni me atreví a preguntarle de dónde eran, pero Joito me dijo que, seguramente, se los mandó a comprar por catálogo a Nueva York. ¡Con las chapaletas que tiene esa macha por pies! Doña Margot, preocúpese, que ese nene suyo, cuando salga del clóset, va a ser un escándalo, con el culito tan rico que tiene... Yo me apunto para el *winner*». Ven lo que les digo. Chismosas somos, pero chotas, no podemos ser. No se preocupen, *your secrets are safe with us...*

¿Pero a quién tenemos aquí? Papito, ¿y esos pectorales afeitados? ¡Qué dolor! Ay, mira, ya te están empezando a crecer los toconcitos. ¿Y te pican? A mí me pasa lo mismo cuando me afeito por aquí por las verijas, tú sabes, para que no se me salga la moña cuando me pongo bikinis y hago los *splits* de la coreografía. Para el *show*, viste, no vayas a pensar que es porque tengo ladillas ni nada por el estilo. Déjame hacer la aclaración, para ti y para todo el selecto público presente: «Martha Divine no tiene ladillas, ni gonorrea, ni psoriasis, ni sida, ni caspa». Una tiene que hablar claro, porque estas locas vestidas que trabajan aquí conmigo son tan malpensás, tan envidiosas y tan lengüeteras, que no me sorprendería que alguna vaya allá arriba a donde las dueñas, con el chisme inventao de «Mira, loca, ¿tú no te enteraste? Divine tiene ladillas. Yo no me voy a meter en ese vestidor tan caluroso y chiquito a compartir ni una peluca con la cabrona. ¿Y si se me pegan a mí, ah? ¿Qué va a decir mi marido? Que ando puteando en el trabajo. Nosotros estamos pasando por un momento muy delicado como para yo exponerme a eso. Así que ya tú sabes, mira a ver qué resuelves y, cuando resuelvas, me avisas. Total, si ya la Martha está quemá, repitiendo siempre el mismo chistecito mongo. Yo que tú...». Ay sí, nene, porque déjame decirte, las locas son traicioneras. Por eso es que la comunidad está como está, se roban los maridos, se espeluzan en los trabajos, se pegan el sida, se despellejan por las esquinas. Pero yo no soy así. Yo soy suave como una gatita. Prrrrmiauuuuu...

¿De qué pueblo eres? ¿De Cataño? Ay, señor, de un pueblo tan cafre un macho tan divino. ¿Y tú, eres *straight* o gay? ¿Indeciso? Con lo que me gustan a mí los indecisos. Papito, tú sabes que yo soy comprensiva, *supportive*. Hasta les dediqué mi *show* de hoy a ustedes. ¿Y en Cataño hay muchos indecisos? ¡Sí! Dulce, renuncio ahora mismo a esta vida de *glamour* y perdición y me mudo pa' Cataño a buscarme un marido de estos así, abusadores, a cocinarles chuletas fritas y a montar un *beauty* por allá, para mantenerlos. No te preocupes por mí. Yo sé lo que hago. Te vendré a visitar todas las semanas, porque segurito se te cae el *show* sin mí. Pero, antes de asumir este compromiso municipal, debo hacer una pregunta: ¿Cómo se llega de Cataño pa' acá? ¿Tú cogiste la lancha para llegar? La lancha y la guagua número uno, a que sí. ¿Guiaste? ¿Tú tienes carro? ¡Qué éxito, un bugarrón motorizado! Dulce, Amelia, encontré marido, chulas. Así que ya saben, *don't call me, I call you*... Y límpiense la coca de la nariz que aún les queda un poquito, no chicas, debajo de la nariz, así, saluden al público. Muy bien... Ay, negro, yo no sé si me puedo ir para Cataño contigo, porque es que esta gente no sabe hacer nada sin mí, se les va a caer el negocio. Lo discutimos después del *show*. ¿*Okay*, papi?

Pues sí, público selecto. Esta próxima cancioncita que les voy a interpretar es de la Diana Ross, y trata de amores imposibles, como el mío y el de mi nuevo marido, del pueblo de Cataño. Un indeciso más, como muchos aquí esta noche; ¿pero quién no sufre momentos de indecisión en esta vida?...

XXI

Todo el día matando el tiempo por la ciudad. Matando el tiempo, bien vestida de señora rica que va de paseo por la capital en esta isla mugrosa, muy por debajo de su alcurnia, un poquito más por debajo que la isla propia, con más guardias armados vigilando monumentos inservibles. En medio de la plaza, una catedral le sirve de fondo a su paseo, piedras calizas centellean bajo un sol que hace sudar hormonas a cualquiera. A cada esquina, grandes hombres mulatos fuman dentro de sus uniformes apretados. Doblemente encañonados, cambian sus rifles de hombro, de piernas del pantalón. Cada músculo se marca bajo sus camisas. La miran, hambrientos, muy por debajo de su clase. Ella se entretiene tentándolos, un poquito nada más, como cuando de joven hacía la calle y veía pasar patrullas con los biombos apagados. Adentro de la patrulla, olía a guardia violento buscando estrenar macana. Había que templar nervios, ensayar el desafío. Entre cliente y cliente, ella se entretenía tentando a los guardias. Como ahora. Con una pequeña diferencia. Ahora ella es una señora de alcurnia de compras terapéuticas por la ciudad capital de una isla que no se compara en sofisticación con su aburrimiento. Y es una señora de alcurnia porque se viste como una señora de alcurnia y se aburre, tienta para no aburrirse. Ahora el poder está de su parte y habita su despecho.

Martha Divine dobló la esquina de la plaza, almorzó moro de gandules con cabro guisado y ensalada en el

Paseo del Conde, compró collares de ámbar genuino en las joyerías del hostal Nicolás de Ovando, se tomó una cerveza en el *pub* del puerto. Había pasado todo el día de tienda en tienda. Compró *souvenirs* para sus niñas en el mercado Modelo, máscaras, velas de botánica, dos mamajuanas y aceite de culebra para los riñones. Tenía que distraerse con algo. No aguantaba más la espera por los alrededores del hotel, contando los minutos frente a la piscina, preguntando, cada cuatro horas, si había mensaje del señor Contreras. Y la Selena desaparecida. Algún novio se debió encontrar en la playa. Algún marchante que le pagara una noche de lujuria y un atardecer de copas a la orilla del mar. Que pasara la noche afuera, si quería. Que pasara la noche y el día siguiente tostándose al sol. Ella ya no estaba para esas locuras, con lo dañinos que son los rayos ultravioletas para la piel y el tiempo que toma toda una producción playera. Había que afeitarse el cuerpo entero, protegerse los implantes de las inclemencias del sol, cuidarse de no sudar el maquillaje... Nadie sabe lo que sufre una loca en la playa. Que se fuera solita la Sirena. Ella todavía podía cambiar de cuerpos sin traumas mayores. Efebo de lupanar o loquita fabulosa, el lujo que se daba la Sirena pocos podían dárselo. Ella menos que ninguna. Hacía años que no se vestía de macho. Martha se rio sola, pensándose ataviada en combinación de camisa de manga larga, corbata de seda, correa de cuero con hebilla metálica, pantalones de poliéster marrón y zapatos sin taco, como cuando de chamaco lo vestían sus padres para ir al culto los sábados por la noche. «¡Qué horror, Jehová! Yo sin tacos no podría caminar de aquí a la esquina, ni si estuviera en medio de una balacera». Tanto trabajo que le costó aprender el difícil arte, dominar los *stilettos* y las *discalzas* de trabilla al principio de su transformación. Un año entero le tomó olvidar los ademanes de muchachito pentecostal que una vez fue ella; aprenderse el *glamour* de memoria, ir coleccionando poses discretas, batires de pestaña, sonrisas de cantantes exitosas, ondulaciones de pasarela hasta encontrar la combinatoria perfecta para su nueva identidad. De nada le serviría una producción masculina a estas alturas. Ya había olvidado la coreografía que da al género su verdadera realización.

«Pero que no me llame la hijadeputa esa... Ni un mensaje, ni una nota. ¡Un día entero fuera del hotel! Esa malacostumbre de loca callejera no se le ha quitado todavía, ni aun con toda la saliva que he gastado en aconsejarla. Total, ella tiene que volver. Su pasaje de ida lo tengo yo, Miss Martha Divine, guardadito en esta cartera», pensó la empresaria para sí, mientras caminaba hacia una de las esquinas de la calle del Conde.

Quien la viera caminar como toda una señora, jamás adivinaría que ella fue una de las pioneras. Miss Martha Divine. La reina del *put down*, la fabulosa maestra de ceremonias del *show* de media noche en media docena de bares de locas en *the good old Boricualand*.

Su talento era su lengua, peligrosa como ella sola, y un sentido del humor que desarmaba al más bragao. Para algo le tenía que servir su entrenamiento como evangelizador preadolescente. Además, albergaba un ojo para el *glamour* que no tenía lógica ni explicación, elegancia nunca vista en el medio, menos si alguien se enterase de que la Martha Divine se había criado en una urbanización de campo, con madre y padre pentecostal. Eran tres hermanos, dos varoncitos y una hembra. Una salió pastora; otro, tecato; y él, bueno, él, salió de casa a los dieciséis para no volver nunca más, después que su padre le rompiera con un bate dos costillas y le quemara unos trajes que se había hecho con

125

tanto sacrificio, no sabe ni por qué, y que la madre encontró rebuscándole el clóset a los hijos. Cuando vio cómo el padre, con cara de arcángel vengador, le echaba gasolina a sus vestidos, supo que el próximo en quemarse sería él. Definitivamente, él, porque, ¿cómo asegurar que pudiera controlar las ganas de encontrar trapos que transformar en galas de fantasía en la máquina de coser de la madre? ¿Cómo desviarse de esa senda que tan naturalmente se le desenvolvía entre los dedos, los de los pies, los de las manos, que lo conducía hacia esmaltes atrevidos para uñas, tacones altos de trabilla, anillos de diamantes y pulseras de oro fino? ¿Cómo prometer no dejarse ir en el suave vaivén de la tentación para poder seguir formando parte de aquella familia fea, gorda, peluda, de guayaberas, camisas en rayón de florecitas y faldas de polyester, de espaldas a todo ornamento que no fuera una Biblia bajo el brazo? No lo podía asegurar, si la Martha Divine, antes de saber lo que era, hacía lo que hacía para convertirse en ella misma, pura seducción. Y su padre era un arcángel vengador. Tenía que huir lejos, lo más lejos posible.

Lejos fueron la capital, los pargos, el marido hondureño. Lejos fueron los tres años que pasó en Nueva York, ocho después de los sucesos de Stonewall. Y allí conoció a las dragas más fabulosas del Planeta. Imitándolas fue que, en propiedad, empezó a vestirse de nena, para su marido y sus amigos que eran el *jet set* del *drag*, y para otras pocas locas ricas, latinoamericanas en su mayoría, que solo durante sus viajes de negocios se daban el lujo de soltar el plumero, de dejarse ser y alimentar los deseos que mantenían guardados bajo llave allá en sus respectivas repúblicas. Allá, en sus países, se reproducían, heredaban, enterraban padres y abuelos, corrían caballos por las haciendas y se comportaban como los futuros próceres de la patria. Pero acá, en Nueva York, se aflojaban las corbatas de sus trajes grises, soltaban los maletines con permisos para exportar fanegas de flores, minerales o café, y entre botellas, pastillas y polvos alucinógenos, volaban las boas de plumas, los rubores para labios y los efebos con faldas que rescataban de la calle para terminar de enseñarles lo que era en verdad el gozo y la perdición.

Quien viera a Martha, ahora, pasearse por la calle... Ella compartió escenarios con las mejores. Así que no le venga la Sirena con estos desplantes, ni estas malas costumbres, ¿quién se cree que es? ¿Con quién piensa que está bregando? Miss Martha se ha ganado todas las arrugas que tiene sobre sus tersos implantes, se ha ganado sus barras de empresaria y su caminar de señora de bien por esta o por cualquiera de las otras calles de todas las islas del Planeta. Se ha ganado el aplomo que hay que tener para hablar con los administradores de todos los hoteles con los que haya que hablar. Se ha ganado el derecho de poder, al fin, descansar, libre del peso de tanta faena, de tantos años vendiéndose por migajas y haciendo que ama por menos. Y que no la cuque, que ella sabe de lo que es capaz. Que le pregunten al marido hondureño de lo que es capaz. Si se da mucho puesto la Sirena, Miss Martha, puede, muy felizmente, volver, a las trincheras, recoger a otra loquita talentosa y comenzar otros trabajos de promoción. Si de algo están llenas las cunetas (eso lo sabe muy bien Miss Martha Divine) es de loquitas hermosas y desesperadas porque el resto del mundo sepa cuán hermosas son en realidad.

Martha pidió un taxi que la llevara de regreso al hotel. Ya no aguantaba ver más cerámicas pintadas, platería y cajas de cigarros nativos. Quería una determinación sobre el *show* y si no, enfilar pasos a otro rumbo. Aún le quedaban varias llamadas telefónicas por hacer a otros hoteles. No podía ser que en esta isla los hoteleros anduvieran con tanto tapujo moralista cuando había dinero de por medio. A los turistas hay que agasajarlos con lo que pidan por sus adineradas bocas. Conjuntos folclóricos y orquestitas de merengue jamás lograrán completar el truco de tamaña seducción. ¡Variedad, hoteleros, variedad! Eso es lo que quiere el público. En sus respectivos países, no irían ni borrachos a ver un *show* de locas, pero perdidos en los arrumacos salitrosos de una isla del Caribe, ron en vena, piel chamuscada por otras temperaturas, cualquier novedad incita al relajamiento de la voluntad. Aplaudirían dementes a la Sirena, le pagarían tragos, provocarían casa llena todas las noches. En debut continuo, su artista invitada, Sirena Selena, sería la perfecta personificación de lo que ellos vinieron a buscar a estas coordenadas: lujuria, misterio, tentación, oferta completa envuelta en una tonada amorosa de bolero y en el cuerpecito destellante de un travesti adolescente. Que la dejaran a ella administrar un hotel. Cátedra, sentaría sobre lo que de veras es tener sangre de empresaria corriendo por las venas.

Ya en el hotel, Martha hizo su pregunta acostumbrada:

—¿Algún recado del señor Contreras?

Ante la negativa, se encaminó al elevador, furiosa. Mascullando maldiciones, sacó llave, torturó alfombra hasta su cuarto y fue al tocador, a buscar su libreta de teléfonos, dispuesta ya a coordinar otras demostraciones con hoteleros menos indecisos que el Contreras que le había hecho perder tiempo y dinero con la espera. A los siete infiernos se podían ir, él, su hotel, la madre que lo parió y la que lo vuelva a parir. Ella no era mujer de andar esperando.

Sobre el tocador, una nota ondulaba pinchadita por un frasco de crema humectante.

XXII

Al principio, había empezado con tres muchachitos, ya iba como por veinte. Pero no recogía ni uno más, se lo juraba. Con Leocadio cerraba fila, porque ya no tenía espacio dentro de la casa para más. Doña Adelina vivía en la casona de sus tías, las que la habían terminado de criar, cuando su mamá la envió pichoncita a la capital para que trabajara de muchacha de servicio en las casas nuevas que se abrían en Esperilla. Las recuerda bien. Siempre le preguntaban:

—¿Cuánto le enviarás a tu mamá esta semana? Acuérdate que ella depende de tus cheles.

Sí, claro que dependía. Para mantener a los nenes que seguía pariendo por el cañerío. Más puta que las gallinas era su madre. Pero aun mandándole una ayudita cada mes, doña Adelina se las arregló para hacerse de sus ahorros. Ni a las tías enteró de cuánto en realidad tenía guardado. Ella nunca se lo dijo, por precaución, aunque les tenía cariño y confianza y las cuidó cuando empezaron a chochear y a morirse. Quizás por su abnegación, y porque la pensaron desvalida, sus tías le dejaron en herencia la casona.

No eran tías tías, como ella tampoco era familia de los muchachitos que terminaba de criar, que, a veces, recogía de la calle. Nunca tuvo hijos, pero se le desarrolló un afecto maternal, un instinto por los niños que doña Adelina no se sabía explicar. La cosa era que le daba pena verlos por ahí como perros realengos. Empezó recogiendo tres de la calle. El primero fue un mulatico de ojos amarillos. Se había escapado de la casa porque su padre amenazó con matarlo si lo volvía a coger haciendo porquerías. Con un machete, lo corrió hasta las afueras del terrenito, y él, de carretera en carretera, de camionero en camionero, llegó hasta la capital. A Marcelino se lo había encontrado Mulato en la calle, se hicieron muy amigos, tenían las mismas costumbres y se velaban cuando tenían que brincar cercos para robarse algo de comer o mientras hacían la calle. Marcelino era más machito y protegía a Mulato y a Chiquito, que era toda un señorita, flaquitísimo y pálido, de Santiago de la Vega. Doña Adelina los recogió a los tres.

Eso fue al principio, cuando aún había espacio en la casa. Doña Adelina les había tratado de imponer buenas costumbres, pero Mulato, Marcelino y Chiquito ya se habían acostumbrado al merodeo, era natural en ellos. Qué se le iba a hacer. Además, cuando trabajaba de muchacha de servicio, sus maldades había hecho ella, sus cositas con los patrones, con los hijos de los patrones y con los montones de novios que se conseguía por la calle. Así había logrado completar sus ahorros. Si, desde chiquita, había sido muy machera, que lo fueran otros... Hay gente que nace así. ¿Qué tiene de malo seguir la natural inclinación con que se vino al mundo?

Los muchachitos que le iban llenando la casa eran un amor. A alguno tuvo que devolverlo a la calle, porque le sorprendía vicios de drogas o hábitos de andar robando sin necesidad. Eso sí que ella no lo toleraba. Que no le vinieran con cuentos, que esas indecencias eran de gente que ya era basura. Pero los chiquitines que le llegaban raídos, golpeados, perdidos, a esos sí los recogía, los vestía, los alimentaba, a algunos los mandaba a la escuela o a aprender algún oficio. Empezó con tres, pero se le multiplicaron.

Marcelino, Chiquito y Mulato corrieron la voz, y a perdido que encontraban por la calle le decían:

—Doña Adelina nos recogió y es muy buena con nosotros y nos deja hacer esto y lo otro.

Porque, eso sí, los tigueritos siempre hacían su chivito por la calle y de eso sacaban para darle a doña Adelina y contribuir con los gastos de la casa. Sabían que ella los cuidaba por pura bondad, no tenía obligación y, sin embargo, los trataba mejor que como los habían tratado en sus propios hogares. Algunos tenían sus clientitos. Ella lo sabía. Y se preocupaba. Eso había sido al principio. Ya se había acostumbrado.

La casona de doña Adelina tenía una sala comedor muy amplia y dos plantas, con sótano y ático. Estaba un poco despintada por fuera, pero, por dentro, se mantenía en buenas condiciones. Tenía un patio trasero agradable, con una pileta de lirios y una fuente que ella siempre mantenía apagada, porque no le veía la gracia a tener un chorrito de agua siempre borboteando. El patio estaba cercado por árboles frondosos de mango, aguacateros, naranjos, y hasta tenía jardineras de ladrillos y macetas donde plantaba helechos. Al principio, pensó en seguirle añadiendo cuartos a la casa para acomodar mejor a sus protegidos. Pero los muchachos le dijeron que mejor era comprar camitas de litera y reagruparlos en los cuartos ya existentes. Ella se preocupó. Meter a dos o tres en un mismo cuarto, con lo adelantados en costumbres que andaban algunos de los niños, podía provocar percances peligrosos.

—Doña Adelina, es que no hay otra forma. ¿De dónde vamos a sacar para pagar las obras? —eso lo había dicho Marcelino, que era el más juicioso de los muchachos y de los que más tiempo habían vivido en la casona. Así que cedió a lo de las literas, preocupada.

Al principio, pasaba noches enteras en vela, con el oído alerta para ver si atrapaba a algún listo que se quisiera propasar con otro de los más pequeños. Pero se dio cuenta de que allí nadie iba a abusar de nadie. Aquello que, accidentalmente, se le había formado en la casa de sus tías era una familia, medio extraña, sí, pero familia al fin. Tenía sus hermanos mayores, sus pruebas de iniciación, sus grupitos y sus peleas. Empezó a dormir tranquila, aun cuando, a veces, le parecía oír por entre las rendijas de las puertas un leve suspirar y un chirrido de resortes que no era habitual del sueño entre hermanos.

Cuando Marcelino creció, se fue a estudiar carpintería y le construyó a doña Adelina la terraza de madera y tejas en la que, por las tardes, se sientan a conversar los protegidos. Añadió dos cuartos del lado derecho de la terraza. También restauró la balaustrada de las escaleras interiores y el balcón del segundo piso. Buen muchacho, Marcelino. Ya había hecho familia y se la llevaba a doña Adelina para que le dijeran «Abuela Mamá».

Había meses en que doña Adelina no alcanzaba a alimentar tantas bocas. Sus ahorritos no daban para tanto. «Aquí o comemos todos o no come nadie», se decía. Entonces, llamaba a capítulo. Se reunían los pupilos en la terraza y doña Adelina les explicaba la situación. Entre todos, organizaban un plan de contingencia. Ella se ocupaba de completar para los gastos del mes lavando ropa por encargo, con la ayuda de los ahijados menores. Los muchachos se fajaban haciendo «mandados» o pidiendo adelantos, los que tenían empleo. Doña Adelina enteraba a los antiguos pupilos, que siempre le tiraban con su alguito. Pero, según fue pasando el tiempo y menguando sus ahorros, doña Adelina se fue haciendo de la vista larga. Llegó a permitir pequeños robos entre sus muchachos y hasta que, los que trabajaban la calle, trajeran algún cliente ocasional a la casa. Nunca se sintió cómoda doña Adelina con aquello, pero los señores, una vez terminaban su asunto, le dejaban sobre la mesa de entrada varios dólares o una cantidad de dinero que, en verdad, hacía falta en la casa. Y ella no se iba a quejar. «Si lo van a hacer en la calle de todas formas, mejor que lo hagan aquí...», pensaba para tranquilizarse. A algunos de los pupilos que hacían trucos les agradó la idea, porque salir a la calle los ponía en evidencia. Eran blanco fácil para maleantes, abusadores, policías y autoridades de diverso orden. Quedarse en casa los protegía de todas las redes que los querían atrapar. Otros prefirieron seguir yéndose a la calle, sería por vergüenza. Doña Adelina se consolaba pensando que aquellas visitas solo ocurrían en ocasiones especiales. Una vez estuvieran de nuevo a flote, las visitas de los señores se acabarían. Pero las visitas nunca se acabaron. No era que la casa se le llenara de clientes, pero uno que otro pasaba su tarde allí cada mes.

Poco a poco, la fama de la casona fue creciendo, pero de la manera más peculiar. Nunca fue una casa de citas cualquiera. Se mantenía muy discretamente anclada en su calle residencial del viejo casco capitalino, hacia las afueras de la ciudad, cerca del río. Nunca hubo pendencias ni escarceos de fiesta en sus alrededores. Lo que sí era que los vecinos notaban, de vez en cuando, que algún señor mayor, extranjero, pasaba algunas horas encerrado en la casa de doña Adelina. Pero esas visitas en nada interrumpían el curso habitual de las cosas en el vecindario.

Con Leocadio cerraba fila. No recogería ni a un diablillo más. De hecho, aquella criatura le había encogido el alma. Era suavecito, como de peluche. Una lanita le cubría la cara perfecta de óvalo en flor. Era oscuro, con ese tinte ocre profundo de la madera pulida. Tenía los ojos acarapachaos, como los de Mulato, pero más verdosos y el pelo ensortijado en ricitos amarillos, apretados, que se le quedaban pegados al cráneo cuando se peinaba con brillantina. La mirada soñolienta, pero alerta, el cuerpecito esbelto y firme, las nalguitas trepadas, un verdadero primor de niño que embelesaba a quien lo mirara, era cierto lo que le contaba la madre. Ella, que en sus tiempos había sido muy machera, sabía algo de las pasiones, que no tienen explicación. Existían criaturas como aquel niño Leocadio, que, sin proponérselo, soliviantaban la sangre y le revolcaban a la gente sus sentimientos. «Los hombres son muy brutos. Tan sólo reaccionan a lo que tienen de frente». Eso fue lo que, de sus experiencias, había aprendido doña Adelina. Ponerles aquella criatura delante era, de por sí, una provocación. Así que aceptó quitarle aquella carga de encima a la señora que, al despedirse de Leocadio, lo bañó de besos y no encontraba, luego, cómo irse por donde mismo había llegado.

Leocadio se quedó llorando, en la escalera. Al poco tiempo, bajaron dos o tres de los pupilos que ya llevaban tiempo con doña Adelina y que, poco a poco, lo fueron consolando. A la dueña se le partió el corazón de ver a aquella prenda tan desprovista de todo. Era una joya, una belleza de niño y era una verdadera injusticia que lo rodeara tanta tribulación.

Ya le espantaría ella a Leocadio la tristeza. Doña Adelina se puso a pensar cómo lograría darle un poquito de alegría a su nuevo pupilo, cómo podía ayudarle a pasar el trago amargo de una primera noche entre extraños. De repente, le vino una idea a la cabeza. Sonriente, caminó hasta una esquina de la cocina. Una vez allí, metió la mano en una lata y cogió un poco de dinero que guardaba para los gastos diarios. Se puso perfume y se peinó un poco. Salió a comprar tres pollos frescos al pollero de la esquina. Iba a hacer un locrio de bienvenida para su Leoncito, que lo dejaría chupándose los dedos. Quizás con eso se le aliviaría un poco la amargura que le apretaba el corazón.

XXIII

—Selena, la he estado buscando, le tengo una mala noticia. El pianista del Hotel Talanquera no podrá venir a ensayar hasta el viernes a las dos de la tarde.

—Pero se supone que mi *show* era ese mismo día.

—Pues lo tendremos que posponer para el sábado, ¿no? O quizás para el domingo.

—No quiero crear inconvenientes, si quiere, lo cancelamos y ya. Me paga lo que me debe y me dice cómo llegar hasta mi hotel. Santo y bueno.

—No hay inconveniente ninguno, además es muy tarde para cancelar el *show*. No se me haga de rogar, Selena.

—Va subiendo la cuenta...

—De eso, despreocúpese usted. De eso y de cualquier gasto en el que incurra mientras esté contratada por mí.

—Muy generoso de su parte.

—Más generoso puedo ser, si usted me lo permite.

—¿De veras? —Sirena le sostiene por un instante la mirada al magnate, sonreída y coqueta. Se humedece los labios, parpadea lento. Luego, vuelve a asumir su tono de artista consumada—. Por lo pronto, ensayaré un poco más, cuestión de tener listo el orden de las canciones para cuando llegue el pianista. Y a ver cómo mato el tiempo en el ínterin...

—Si usted quiere, puedo llevarla a dar una vuelta por el pueblo más tarde.

—Muchas gracias, muy atento.

—Y esta noche, le prepararemos una cena en la casa. Aún no ha conocido a mi señora.

—Ay, señor Graubel. No se preocupe por mí. No tiene que entretenerme. Mejor ceno sola en el cuarto. Además, a mí esas formalidades me ponen un poco incómoda. Usted entenderá.

—Cómo va a ser, Sirena. Usted es mi invitada. Aquí nadie le va a faltar el respeto, y menos, mi mujer. Además, así aprovechamos para hablar un poquito sobre su *show*. Solange se muere de curiosidad.

—Hablar de un *show* antes del debut trae muy mala suerte.

—Pues entonces, bastará con su presencia. Ande, anímese, Sirena. No quiero que después se rumoree por ahí que Hugo Graubel es mal anfitrión.

—Bueno, me convenció.

—Perfecto. La cena estará servida a las ocho de la noche.

Selena sonrió y bajó la vista para continuar su trabajo. Se pintaba las uñas en el *chaise lounge* de la piscina. Ahora sí que delataba su inusitada ambigüedad de niñita marimacho, tirado allí, en pantalones cortos, camiseta pintada a mano (Santo Domingo, una palma, una playa, una hamaca), coleta en el pelo, esmalte entre las uñas y mirada reconcentrada en la tarea. Como pudo, se hizo la desentendida, pero, a la vez, vigilaba atenta al anfitrión con el rabito del ojo. Sospechaba lo que se aproximaba. Este rico que la contrataba quería conversación, confesiones de vida sórdida, misteriosos encuentros que le alimentaran el juego de la seducción. Pero ella no estaba ahora para esos juegos. Ella tenía que ensayar, asegurarse de que su *performance* quedaría intachable, perfecto. Ya complacerá a Graubel a su debido tiempo.

Graubel se levantó de la silla donde se había sentado para hablar con la Sirena y caminó lento hacia la casa. Creía que Selena le evitaba la mirada por pudor. Juró que, por un instante, le vio un dejo de vergüenza en la cara. Pero después, justo después, vio cómo se le transformó el rostro a Selena, cómo volvió a convertirse en muchachito buscón jugando a ser bello y elusivo ante los ojos de su anfitrión. Y, hasta así, embrujaba a Hugo Graubel.

Caminando pensativo hacia su casa, Hugo recordó cosas que había olvidado que todavía recordaba. Se acordó de sí mismo, adolescente, caminando por los cañaverales de su padre en San Pedro de Macorís. Recordó el día que bajó escapado de la finca y de la casona... tan aburridas. Pronto, se iría a estudiar al extranjero. Tenía dieciséis años recién cumplidos. Le tenía miedo a las mujeres, le tenía miedo a los hombres, le tenía miedo a todo el mundo, a los cocolos ojerizos que lo miraban con todo el odio que puede acumular el cuero de una persona. Les tenía miedo a las calles de su pueblo que casi no conocía. No conocía las calles de Macorís ni las de la Capital. Había ido miles de veces, a reuniones, fiestas de cumpleaños, museos... Y nada. Toda su vida la había vivido a través de los cristales, del espejo retrovisor del auto, de las ventanas con vitrales de la casa, como si aquellas fueran las pantallas donde se proyectaba el escenario de una vieja película. El día que se escapó, las quería ver de veras, antes de irse. Olerlas de verdad, ensuciarse los zapatos con su polvo y mojárselos en charcos. Se recordó deambulando por aquel pueblo de siete calles, en medio de una calzada que daba al mercado infestado de moscas, por donde la gente pululaba comprando pedazos de cabro, coles, tomates y granos, escobas de estera y cebollas. Volvió a ver a las mujeres de su pueblo cargando agua en cubetas de aluminio, a los picadores de caña caminando con sus machetes bajo el brazo, en pos del caldo y de un traguito de Brugal. La gente lo miraba sin verlo, o haciendo que no lo veían, al hijo de don Marcial Graubel, aquel nene enclenque y blanco que parecía una nena. Había quien no se contenía y lo miraba con deseo y odio a la vez, como mucha gente lo miraba, algunos de sus tíos, maestros, amigos del padre. A eso, ya estaba acostumbrado. En el colegio, era lo mismo. Hacía varios años, un grupito de mayores lo habían sonsacado para irse al baño a dejarse tocar, mientras le susurraban al oído el nombre de alguna compañerita deseada. Él nunca sintió nada, manos rozando, palabras que no eran para él. Se había dejado llevar al baño, como se había dejado llevar al cine en el carro de su papá. Todos eran el chofer; él, el pasajero.

Ese día, su padre se enteró de que se había escapado a la calle sin permiso.

—¿Qué carajos hacías tú paseándote por las calles del pueblo, ah, muchacho del diablo? ¿Quién te crees que eres, un tiguerito sucio de matorral? ¿A dónde ibas tú por esas calles? Ah, ¿a dónde? —le había gritado el padre, recién entrando por la puerta.

«Maldito pueblo chiquito», recordó Graubel, que había pensado ese día, mientras temblaba esperando su castigo. Pero don Marcial no lo castigó. Don Marcial dio media vuelta y se encerró el resto de la tarde en su despacho. Vino a salir de allí ya entrada la noche. Hugo estaba en su cuarto, casi quedándose dormido. Oyó los pasos de su padre en el corredor, oyó cómo la mano fuerte de su padre había abierto la puerta y cómo su vozarrona le ordenaba muy secamente:

—Vístete, que nos vamos.

Luego, recuerda haberlo oído caminar de prisa hasta la cochera y prender el *jeep* con que daba rondas por los campos de caña, cuando salía a vigilar a los braceros en tiempos de zafra. «Este me va a matar —pensó aquella noche Hugo mientras se vestía—, me va a matar y va a usar mi cadáver de abono para la caña».

Don Marcial condujo en silencio aquella noche. Y Hugo ni si quiera se atrevió a preguntarle a dónde iban. Él se limitó a mirar fuera de la ventanilla y a esperar alguna acción del padre. Vio cómo condujeron por las calles del pueblo y, luego, cómo se alejaban del centro hasta llegar a las afueras, a una casucha verde de madera y zinc. Don Marcial se estacionó frente a la casucha y tocó bocina. De adentro, salió una mulata de ojos color miel. Su padre se bajó del *jeep* y habló con ella algo que Hugo no oyó. Luego, la condujo del brazo hasta su hijo y le ordenó:

—Mijo, le presento a Eulalia. Váyase con ella, que yo lo espero aquí.

Hugo vio a Eulalia sonreirle, coqueta, agarrarlo del brazo. Y él se dejó llevar (como siempre) adentro de la casa.

Por dentro, la casa no se veía tan pobre como por fuera. Estaba arreglada, pintada de blanco. Lucía un buen conjunto de muebles de pino, sillones de paja y dos estantes llenos de figuras de cerámica, con un televisor prendido en la telenovela venezolana. De las paredes, colgaban dos cuadros, uno de la Virgen de Altagracia y otro del Sagrado Corazón de Jesús, y un calendario con la fecha del día.

Eulalia lo llevó de la mano por el pasillo de la casita hasta a un cuartito trasero, apestoso a insecticida. Allí lo sentó en una cama de pilares y, sin molestarse en apagar la luz, comenzó a desnudarse. Hugo jamás se imaginó que a esto lo traía el padre. No sabía qué hacer, así que no hizo nada. Miró, callado, cómo la mulata terminaba de quitarse la bata, cómo se acercaba a donde él, cómo le bajaba el cierre del pantalón. Hugo se dejó lamer como si con él no fuera la cosa. Su cuerpo respondía, pero él no estaba allí. Él estaba mirando desde afuera lo que la mulata le hacía. Lo veía todo entre cristales, entre una bruma, como en el cine. Era una película donde una mulata que se llamaba Eulalia le dejaba ver aquel monte espeso de pelos ensortijados del mismo miel oscuro de sus ojos. Abría en dos el episodio de su vulva acogedora. Se llevaba los dedos hasta la boca y allí los mojaba con saliva, se pasaba la saliva por los labios de su entrepierna. Todo entre brumas, y él allí, de castigo, con una inexplicable erección, con sus manos sudorosas, pero por dentro, vacío y lento como un martinete volando a ras del agua. Ella lo empujó hacia atrás, se le eñangotó encima, dirigió con su mano experta la carne hacia sus boquetes y empezó un rito de cabalgata que se demoró casi media hora. Él, sudado, de momento sintió un galope en el pecho y un golpe de algo líquido azotándole el vientre. Regresó a su cuerpo, interesado. Cerró los ojos, se vio enterito por dentro, tan lejano de todos, de sí, y el terror fue tan grande que, de espanto, se ahogó en un mar. Entonces, soltó un bramido desesperado. El padre, que lo esperaba afuera, creyó que aquel bramido era señal de que el pupilo había aprendido el oficio de macho. Pero el pupilo bramaba de miedo, el sentimiento más fuerte que había sentido en toda su vida, el que más lo acercaba, quién sabe si a su propia piel, a su voluntad. Espantado, se vio soltando una leche espesa que empezó a chorrearle a la mulata por la entrepierna, a escurrírsele a él por la panza, a enredarse en las morusas sudadas de las pelvis todavía galopando. La leche señaló el final del rito. La leche señaló el principio de otra cosa. La mulata, eficiente, se bajó del niño de la

144

hacienda, se fue a buscar agua para limpiar el reguero que había hecho y de paso avisarle al señor que ya estaba, que el niño se había comido a su primera mulata.

—Un semental, don Marcial, ya parece que sabía sus cositas —la oyó mentir.

Entre las cortinas improvisadas del cuartucho, vio al padre soltar más billetes de la cuenta, oyó reírse a la muchacha, y hasta recuerda haberla oído murmurar ya de vuelta por el pasillo:

—Las cochinadas que tiene que hacer una para sobrevivir.

Hugo entró en la casa, subió al balcón del segundo piso y observó cómo Sirena se alejaba de la piscina, ya con todas sus uñas pintadas con Sweet Coral-107. Recordó que, después de que el padre lo sacara de la casita de la mulata, él le pidió que lo llevara a beber. Don Marcial compró una botella de ron en otro cuchitril de San Pedro. El novato se bebió la botella completa como purgante. Quería volver a sentir aquella sensación de cuerpo distendido, doble. Quería volver a ver cosas como detrás de una pantalla, entre brumas y pasar el placer doloroso de volver al cuerpo de sopetón, de sentir la carne y la conciencia unidas, aunque fuera por un brevísimo instante de terror.

Nunca jamás lo consiguió. Ni borracho, ni acostándose con siete mil mulatas, ni dejándose clavar por wachimanes, ni en los baños turcos, puentes y callejones del extranjero. Nada. No logró regresar al terror de su cuerpo. Aquel niño de dieciséis estaba en alguna parte, en alguna esquina esperando reencontrarse con él, con Hugo Graubel, luego de aquella noche, convertido en magnate cañero, empresario y accionista principal de farmacéuticas y hoteles, profesional de la salud. Pero el niño y su terror puro seguían siendo la vida y él los iba a encontrar en algún lugar del mundo, en algún cuerpo. Tenía que estar en alguna parte.

Hugo Graubel siguió a Selena con la mirada, como si sus ojos fueran los de un muñeco automático. Vigiló cada paso de Sirena, la vio subir las escaleras del patio. La vio entrar a los salones interiores. Hugo caminó hasta las ventanas del balcón que daban hacia la sala. Desde allí, podía ver muy bien el recibidor con su escalera de mármol. Se entretuvo por un tiempo mirando a la Sirena planificar sus entradas y salidas, sus poses de diva, sus giros y caminatas hacia el piano de cola. Sacó un cigarrillo del bolsillo, lo prendió, acercó una silla de mimbre y se sentó. Como en el cine, contempló a un muchachito-mujer frágil y malvada, planificar ágilmente los escenarios para las tramas enrevesadas de un bolero de amor.

XXIV

Por un polvo, se cobraba hasta cincuenta en días buenos. Cuatro hombres la noche, y eran doscientos pesos al bolsillo, libres de impuestos. Los policías iban a asustarnos, las más de las veces nos corrían, nos daban algunos palos «pa' enseñarnos a ser hombres» o nos llevaban al cuartel. Por joder, aunque se les cayera el caso. La cosa era fastidiarnos la noche. Margot, la alta pelirroja que había tenido un *show* en el antiguo Cotorrito, dijo que una noche un guardia prieto y preciosísimo se la había llevado, justo cuando salía de trabajar del Danubio. Fíjate lo que son las cosas, ese día Margot ni siquiera estaba haciendo la calle *full-time*, porque le tocaba amenizar el bar y había preparado unas rutinitas de baile y un *showcito* modesto. Total, la tarima del Danubio es para liliputienses y allí la concurrencia está tan intoxicada que comprendo por qué la Margot nunca se afanó mucho por montar una producción maravillosa. Terminado el *show*, iba ella de lo más tranquila a ver si recogía al último pargo de la noche, cuando se aparecen estos dos guardias montados en una patrulla, jovencitos, como acabaditos de graduar de la Academia de Policías o qué sé yo de dónde es que los gradúan. Y la arrestaron.

—Disculpen oficiales, pero ¿cuáles son los cargos? ¿Caminar hasta la esquina?

—Usted sabe muy bien por qué la detuvimos —le contestó uno de los policías, el prieto que parecía un príncipe. Se lo dijo con un aplomo tan varonil que la Margot se quedó boquiabierta y con un cosquilleo recorriéndole todo el cuerpo. Decidió tranquilizarse, total, razonar con un guardia es igual que hablarle a una pared. Además, ya tenía con qué chantajearlos, así que no había por qué preocuparse. Y ese cosquilleo que le recorría la espalda era tan divino.

Los dos guardias se bajaron de la patrulla y montaron a Margot. Por el camino, iban silenciosos, lo que era raro. Aquellos no se las daban de maestros ni de vigilantes de la moral social. Manejaron un buen rato. Ya Margot se estaba poniendo nerviosa. Pensaba que la iban a hartar a palos hasta cansarse y dejarla tirada por ahí. Los guardias no llegaban al cuartel de policía, sino que daban vueltas y más vueltas por las calles de la ciudad. De repente, uno de ellos se bajó frente a un edificio de apartamentos. El otro, el prieto preciosísimo que la había dejado lela con su voz, se dio la vuelta y le dijo a Margot:

—Si me dejas de gratis te suelto y no le digo nada a nadie.

Así comenzó el romance de la Margot con el policía. Yo misma fui testigo uno de los jueves que pasó por el Danubio a buscarla. Ese era el arreglo: un jueves sí, y otro no, él llegaba a buscarla en carro de encubierto, solo. Se la llevaba a la carretera de los muelles. Me contaba Margot, enamoradísima, que el olor a mangle de los puertos los mareaba hasta dejarlos borrachos y sin respiro mientras se sobeteaban en el carro con las ventanas arriba. El policía la hacía, luego, bajar y la fajaba con pasión, pero sin violencia, siempre de espaldas ella, siempre con la cara contra el bonete, en el más completo silencio. Margot se lo imaginaba murmurándole al oído que la adoraba, que se mudaría con ella a un cuartito, dejaría la Policía para irse a vivir el idilio. Margot, por aquel, hubiera dejado la calle, el negocio, hubiera abierto un salón de estilismo y maquillaje, era un as con las bases y las sombras, una verdadera artista, todas lo sabíamos. Podía hacer que el rostro más percudido por la desgracia se viera lozano, juvenil, lleno de inocencia, como si jamás hubiera tenido que enfrentarse a la parte más cruda de la vida. Le sacaba reflugios a los ojos más embotados por el alcohol y la teca, las curvas más sinuosas a labios desgastados por mordidas y quemaduras de cigarrillos. Ella no maquillaba, transfiguraba, una verdadera artista...

El romance con el policía duró casi un año. Después, aquel prieto preciosísimo desapareció y nunca más se supo de él. Para colmo, Margot no podía sino resignarse. Nunca se le había ocurrido preguntarle el nombre.

Ay, mija, a veces, en esta barra las noches duran una eternidad. Una se entretiene echando cuentos. ¿Qué más se puede hacer? ¿Irse a calentarle la comida al marido? ¿Vigilarles las asignaciones a los nenes? Además, cuando se llega a vieja, ya ni el pasto ni las pepas entretienen.

Oye, lo que son las cosas. Yo no sé por qué, pero a nosotras el amor como que no se nos da. Una se faja tratando de convencer al mundo de que es merecedora de, aunque sea, un poquitín de cariño. Cuida madres, manda dinero a los hermanos presos, mantiene maridos y, total, para qué. Ahora, yo te digo una cosa, por lo más santo que existe en este mundo, yo te juro a ti que no importa cuántas biblias lean ni cuántos padrenuestros retahílen, esos cabrones no se merecen subir ni al segundo escalón del cielo. Tanto que oran y que aceptan cuidos y mandados, para, después, gritarnos en la cara que les damos asco... No, qué va, esos van de cabeza pa'l infierno. Empezando por mi madre, que no se merece ni que la nombre.

Margot ya no trabaja la esquina. Parece que ese último desplante le quitó la chispa. Y sin chispa no se sobrevive en la calle. Me cuentan que se fue para Filadelfia, a vivir con un familiar, y que se quitó del ambiente. Trabaja en un *beauty* por allá.

Ay, nena, tú reza por no enamorarte jamás. Son los consejos de esta veterana. Y no te estoy diciendo esto por que estoy borracha, te lo digo porque es verdad. Es malo el amor en esta vida. Para cualquiera es malo, pero, para una loca, es la muerte.

XXV

—Señor Contreras, honestamente, me ha tenido ya varios días esperando contestación. La paciencia no es de mis virtudes mejor aspectadas. Yo soy una mujer de acción. Usted me tiene encerrada aquí, caminando de arriba para abajo por esta ciudad que ya me sé al dedillo. Mejor me dice ya si quiere o no el *show*, usted se pierde tremenda oportunidad, pero está en todo su derecho. Me habla claro, y yo me voy tranquilita hacia otros empresarios con mi oferta. Así no le hago perder su tiempo, ni el suyo ni el mío.

Y Contreras, que lo perdonara, que no estaba bajo su control, que sí, a él le había impresionado muchísimo la actuación de su artista, pero que le diera otra oportunidad para arreglar todo lo que tenía que arreglar antes de firmar contrato. Cosa de un par de días. Ellos sufragarían todos los gastos de hotel. ¿Esperar un par de días más? Ni demente, señor Contreras, se iba a volver loca. Ella no vino aquí de vacaciones, aunque muy merecidas que se las tiene por todo lo que ha trabajado en esta vida. Pero, al fin y al cabo, ella no vino a eso y no puede seguir perdiendo el tiempo metida en la ciudad. Contreras, que no se preocupara, déjeme reparar en algo los inconvenientes de la espera. Si se lo permitía, haría unas cuantas llamadas, otros contactos que, de seguro, le servirían a Martha en un futuro, para próximos arreglos de contratación. Hoy no se iba a quedar abotargada viendo televisión. Él se ocuparía de organizar una cena con otros miembros de la empresa hotelera.

Lo de la cena con otros hoteleros no estaba mal. Pero la Selena no aparecía ni por los centros espiritistas. Mira y que dejarle una triste nota. Como si con eso arreglara el lío en que la estaba metiendo. «Bendición, Mami: He recibido una oferta fabulosa para hacer un *show* privado en la residencia del señor que nos presentó Contreras. ¡¡¡Nos vamos a hacer ricas!!!» Rica va a ser la mandada al carajo que se va a llevar Sirena cuando aparezca. Ya verá esa malagradecida, ya verá. Pero ahora, ¿qué va a hacer, Cristo Redentor? ¿Cómo va a salir de esta encrucijada? Tendrá que inventárselas en el aire y seguir aplicándole presión al Contreras. Mentirá para cubrir la ausencia de su estrella. Les regalaría unas copias de un *demo-tape* de Sirena cantando, una foto de promoción y haría citas por separado, para ganar tiempo. Quizás pueda poner a unos contra otros, para aumentar las ofertas por *show*. Sangre de empresaria burbujeando.

Y Contreras azorado en su oficina:

—Comuníqueme con el señor Graubel. ¿Por qué se metía en tanto emborujo, si con el trabajo tiene líos de más? Eso le pasa por andar sirviendo de alcahuete. Pero es la última vez. Si Graubel no lo saca de este apuro, se hace el desentendido y hasta capaz es de darle pistas a la cosa esa que consume champán de gratis en la suite de su hotel para que pueda ir a encontrar a su pajarito; que no le venga con mierdas el jefe. Él también tiene su truquito bajo la manga. Al fin lo comunican...

—Señor Graubel, Martha ya está desesperada y no puedo seguir con evasivas. ¿No era hoy el *show* de la Sirena? ¿Cuándo se la piensa devolver? A ver, usted arrégleselas, patrón, que ya yo me quedé sin ideas.

Y Hugo:

—Llama al ingeniero Peláez Aybar y a Vargas, el del Quinto Centenario. Llámate también a Montes de Oca y a Vivaldi, el del restorán La Strada. Diles que hagan planes para una cena con la señora Martha el domingo por la tarde. Se la llevan de copas. Yo me encargo de lo demás. No te preocupes, Contreras.

Y Contreras:

—No, si yo no me preocupo, pero usted entenderá que esto me toma tiempo del trabajo.

—Que yo te conseguí —le dice un poco contrariado Graubel, y Contreras, tragando fino:

—Muy agradecido que estoy, pero, de todos modos, le voy a quedar mal si utilizo el tiempo en estar sirviendo de celestino.

—Tú no sabes el favor que me haces, Contreras.

Y Contreras:

—En verdad no lo sé, pero espero que valga todo este sacrificio, porque a la verdad…

—Sí que lo vale Contreras, sí que lo vale.

Vuelve a llamar Contreras.

—Entonces, quedamos que el domingo a las cinco y media —responde Martha, mientras anota a los concurrentes en una libretita—. A ver si entendió bien. Quedamos en que eran cuatro hoteleros.

—No, en realidad son tres los que trabajan negocios de ese tipo. Uno es el ingeniero Peláez, que es muy amigo, distinguidísimo hombre de negocios.

—Ah sí, qué maravilla —finge Martha mientras en su cabeza no deja de preguntarse «endóndeestarálaSelenamalditasealahoraqueladejóirseaquellaplayadeporqueríaellasolamalditacienmilveces»—, no me diga.

—Pues sí, doña Martha.

153

—Nada de doña, mejor llámeme sin el título.

—Entonces, Martha, pasará el auto de la compañía a recogerla a la hora indicada. Iremos a comernos algo y a darnos unos traguitos para amenizar la conversación.

Quedaron, entonces, ciao, hasta el domingo.

Pero Miss Martha no deja de preguntarse: «¿Dónde estará la malagradecida esa, dónde dónde dónde dónde dónde?».

XXVI

Hugo enganchó el auricular. Desde su palco, presentía con claridad que, a las once en punto de la noche del sábado, su vida cambiaría. Selena llegaría brincando, húmeda, sobre las olas de su voz a curarle a Hugo sus manías, esas que no había curado ni con el casamiento con la hija del muellero magnate, pelinegra y blanquísima como los Alpes nevados, de donde vino su madre campesina, emigrada al Caribe, a una isla desconocida y verdorosa, todavía con olor a leche entre las piernas.

A Solange le olían los muslos a leche; la vulva, a leche, a Solange se le formaba una lechita entre las piernas que a él lo deleitaba. Cuando recién casados, ella se dejaba lamer sus alimentos, mugía su poquito, era una niña quinceañera apenas, esencialmente suspiradora. Así que Solange suspiraba y se dejaba lamer por su marido. Su lechita lo distrajo de las tardes de la playa, de los bugarrones por contrato, del deseo por los hijos preadolescentes de sus compañeros de la industria.

Un buen día, Hugo encontró a Solange suspirando más de la cuenta. Después de varias insistencias, la niña le confesó a su marido que se sentía avergonzada de tanta lamidera. Le preguntó que por qué no la montaba, como era debido entre marido y mujer. Llorosa, se quejaba de que, después de medio año de la boda, aún ella era virgen en propiedad, aunque habían entrado dedos y aunque la lengua de su marido se había convertido ya en apéndice natural de su vulva láctea. Tantas veces se había venido Hugo sobre su barriga, que era un milagro que por el inundado ombligo no se hubiera dado ya la concepción.

Para evitar mayores trastornos, y confiado de que, tal vez, estaba a punto de curarse de todo mal, Hugo Graubel dejó que Solange dispusiera. Aquella noche, su mujer se le abrió debajo como una alpina guanábana sagrada y, resignado, Hugo se decidió a montarla. Allí acabó la sorpresa y empezaron de nuevo las salidas a la playa.

Dos, tres hijos en seis, siete años. Solange de veintitrés y ya vieja, al lado de Hugo Graubel. El heredero se resignó a sus perversiones hasta que vio a Selena. Ahora la tenía enfrente, allá abajo en la sala, mientras la seguía con los ojos desde el balcón del segundo piso. La seguía con los ojos y tramaba por teléfono cómo ganar tiempo para su seducción, cómo írsele colando por la vida, para ver si ella era quien, al fin, saciaría esa hambre que lo carcomía. Esa maldita soledad. Terminó de hablar con Contreras. Hizo arreglos para despistar a su mentora, mientras observaba a Sirena ensayar. Ahora tenía que convencer a Solange, para que accediera a cenar con la invitada. Aquello iba a ser una batalla campal. Que se fuera acostumbrando Solange. Que se fuera dando cuenta de que ella no iba a poder hacer nada para evitar lo que venía.

Abajo, en la sala, Selena seguía ensayando. Subía las escaleras una vez más para ver cómo las iba a bajar el día del *show*, vestida de lenta y sensual bolerista. Una vez al tope de la escalera, cerró los ojos. Sintió sobre la piel el silencio de la sala escurriéndosele encima. Aún a ciegas, abrió la boca, la volvió a cerrar, recogiendo bocanadas de aire denso, aire directo a los pulmones y a la barriga, aire silencioso que la hinchó entera. Estaba dispuesta toda ella, cayendo en trance. Cuando abrió los ojos, ya era otra. Sin soltar ni una partícula de aire, abrió todo cuanto pudo la boca, soltando los músculos de la cara, la mandíbula, preparándose para su voz. Esta vez, no quiso recordar nada, no quiso imprimirle al canto ninguna emoción. Esta vez, puro ensayo, lo que quería era medir la destreza del sonido que la habitaba. Empezó a bajar las escaleras y a soltar aquel sonido abstracto que tenía por dentro. Bajó completa la escalera, lenta, intencionadamente hasta el final, mientras se desahogaba en una sílaba de canto sin interrupciones. Sabía que allá arriba, en la terraza, Hugo la miraba. Hugo se deshacía en suspiros por ella, Hugo se deshacía de ansias en cada peldaño que ella bajaba descalza. Al final de la escalera, aguantó la nota por más tiempo aún, se dejó vaciar por el sonido hasta el mareo. Ya cuando no podía más, sonrió con la boca abierta, destellando dientes y risa, mareado y travieso. Miró para arriba, hacia la terraza. Allá estaba Hugo congelado en un gesto, con el cigarrillo en la mano, sin que una sola partícula de su cuerpo anunciara movimiento alguno, como una estatua. Bajó la vista la Selena. Se agarró la barriga y se dobló por el mismo medio, tirándose, coqueta, sobre la alfombra del pasillo principal, muerta de la risa.

XXVII

¿Pero, por qué te mudaste, Abuela, si te gustaba tanto? ¿De qué tú hablas, muchacho? De Campo Alegre, ¿por qué te mudaste de allí? Ay, mijo, vueltas que da la vida. Pásame ese mapo acá. No, ese no, el de las greñas verdes, ese mismito. Abuela cuéntame, no te hagas la misteriosa. Pero qué empeño en preguntarme cosas, con todo lo que nos queda por hacer. Vamos a la marquesina a echar esta ropa a lavar. Pero allí me sigues contando, ¿verdad, Abuela? Sí, nene, allá te sigo contando.

¿Y por qué te mudaste? Nada, mijo, que el vecindario se fue dañando. Encima de la carnicería, abrieron una casa de citas y las inquilinas se pasaban la tarde despechugás, tomando el fresco en los balcones y enseñándole las madres a quien pasara por allí. Para hacerle la competencia al negocito aquel, un señor empezó a construir cuartitos de madera que alquilaba a las que trabajaban en plena calle, para que tuvieran dónde llevar su clientela. Y, entonces, el barrio cambió. Abrieron como siete bares en la calle Duffaut. Hasta Diplo tenía querida allí. ¿Quién era Diplo? Un artista muy famoso de la televisión de mis tiempos. Se pintaba la cara con betún y hacía pedacitos de comedia de lo más graciosos. ¿Y por qué se pintaba la cara, Abuela? Qué sé yo, sería porque los del canal no encontraban artistas negros de verdad a quienes darles el papel. Eso sí que es extraño. ¿Tú crees, nene? Claro, Abuela, si lo más que hay en este país son negros, músicos, bailarines.

Oye, pensándolo bien, yo creo que tú tienes razón. Quizás pintaban a Diplo porque no querían contratar a un negro actor. Las cosas en las que tú te fijas, muchachito.

¿Y qué pasó después, Abuela? Que no se podía bajar a la plaza en paz, sin que a una la confundieran con una mujer de esas. Pero con todo y más, a mí me encantaba vivir en Campo Alegre. Sobre todo, cuando llegaba algún barco al puerto de San Juan y le daban licencia a los marinos. Toditos venían a visitar los bares de la calle Duffaut y a bailar con sus queridas. El barrio se llenaba de marinos. Vestiditos de blanco, parecían palomas en medio de la calle, porque los marinos nunca caminaban por la acera, vaya Dios a saber por qué. Si tú los vieras, Junior, todos de punta en blanco, como unos señoritos. Una los distinguía al principio, por los gorros, de esos que no tienen visera, que son como unas boinas duras con cintas de colores en la correa de al frente. En el lado derecho de la cinta, llevaban bordadas la insignias de sus barcos: *San Sebastián Elcano*, *Maradona*, *SS Seabourne*... Tan pronto se distinguían las insignias, ellas solas transportaban a otras tierras. Como si fueran los mismitos barcos. Yo era tan chiquitita, y a la verdad que aquellos marinos impresionaban. Cuando llegaban al barrio, yo buscaba cualquier pretexto para salirme a la calle, a caminar por los alrededores de la plaza. Entonces, me imaginaba que era una actriz de cine, Myrna Loy o la Greta Garbo, esperando en un banquito al amante perdido que regresaba en uniforme de marino, a jurarme amor eterno. Recuerdo que, cuando subían de los puertos, el sol les rebotaba sobre los hombros de las camisas y casi no dejaba distinguirlos de frente. Una tenía que bajar los párpados, mirarlos de refilón, por entre las pestañas. Me imagino que, por eso, a veces, los marinos aparecían como envueltos en una bruma, un resplandor de esos en

160

los que se enredan las vírgenes cuando bajan del cielo a hacer milagros entre los mortales... Venían de todas partes del mundo: holandeses, panameños, españoles, franceses, americanos. Cuando llegaban los marinos, Campo Alegre se vestía de fiesta.

Pero Papá la aguaba. Estaba harto de que le confundieran a las hijas con mujeres de vida alegre. Según él, aquellos marineros se creían mejores que nadie. Maldecía y refunfuñaba, pero todo era con la boca, hasta que sorprendió a Finín metida en la barra de la esquina de casa, pelándole los dientes a un marino polaco. Aquel pai mío se puso como perro rabioso. Volvió a casa a buscar el machete y a Geño, mi hermano mayor. Él sabía que a ese le encantaba la pelea, no iba a hacerse de rogar. Agarraron el machete y cogieron calle. En lo que mi hermano se le envalentonaba al marino, Papá agarró a Finín por el pelo y la empujó afuera. La llevó desde la esquina hasta la casa, por el mismo medio de la calle, a manoplazo limpio. Todo Campo Alegre se enteró. Para mí, que Geño y papá Marcelo se pasaron de la raya, porque de la golpiza y el malrato, Finín se puso rebelde y se hizo puta de verdad.

Mamá se moría de pena. Después de aquello, Papá nos dijo que él se regresaba a Caimito. Iba a comprar dos cuerdas de terreno con unas ayudas que estaba ofreciendo el Gobierno y hasta debajo de cartones dormiría, pero se mudaba del vecindario. Se llevó a Mamá y a los hermanos más chiquitos, a Renato y a Ramón, que todavía viven en el campo. Pero Geño, Crucita, Ángela, Finín y yo nos quedamos. La ciudad se nos había metido por dentro y no había dios que nos la sacara de entre las venas.

¿Tienes hambre, nene? ¿Cómo, Abuela? ¿Que si tienes hambre? Claro que sí. Yo estoy que me como un caballo. Vente, vamos a la cocina a ver si rebuscando encontramos algo en la nevera. Aunque esta gente tiene unos gustos más raros para comer... De paso, descansamos un ratito que me duelen lo huesos ya. Mi santo, si te digo, ponerse viejo es lo peor del mundo.

Yo no sabía que tenía más familia, Abuela. Sí, mijo, si nosotros somos un fracatán. Lo que pasa es que con quienes me terminé de criar fue con los hermanos mayores. Alguno que otro fin de semana, Angelita, Cruz, Geño y yo visitábamos a los viejos. Pero cuando se murieron, no fuimos más. Renato y Ramón se quedaron con la finca. Solo por fotos conozco a los sobrinos. Pero no te apures, que un día de estos te llevo a que los conozcas a todos.

Virgen pura, qué reguero. Vamos a tener que fregar esta pila de trastes, a ver si encontramos dónde comer. Ave María, Abuela, esta gente sí que es puerca. Cállate, nene, que si los señores llegan de momento y te oyen, acabamos como el rosario de la aurora. Abuela, ¿por qué no tenemos familia en Santurce? Pues, mijito, la vida... Después que papá Marcelo regresó al campo, Angelita se juntó con un muellero grande, color canela, con el pelo *kinky* y los ojos acarapachaos. Volvió a llenarse de hijos. Lo que le gustaba parir a esa contrallá. Esteban, se llamaba el marido. Un tipo decente. Le aceptó los hijos anteriores y se los crio como propios. Con ellos viví un tiempo, cuando se mudaron a Villa Palmeras. Después, se fueron para Nueva York.

Geño empezó a trabajar en construcción y se compró una casa en la Colectora. Tenía el patio bien arregladito. Sembró árboles de pana, de guanábanas. Hasta gallos metió en aquel patio el hermano mío. Vivía allí con una muchacha que se trajo de Caimito, una vez que fue a visitar a los viejos. Aquella muchacha andaba todo el día metida en la casa, como asustá. No hablaba con nadie, ni conmigo. Geño decía que así era mejor, porque las mujeres de San Juan eran muy arresmilladas y se le confianzaban a cualquiera. Mira, nene, aquí hay jamón, queso, pan y ensalada. Nos hacemos dos sangüichitos y nos sentamos en la sala a ver televisión. Después, seguimos limpiando.

¿Qué pasó con Finín y con Crucita, Abuela? Pues, mijo, el señor las tendrá en la gloria. No, Abuela, que si tuvieron hijos. A esas no les dio con parir. Después de la muda de la familia al campo, se fueron a vivir juntas. Finín convenció a Crucita para que se hicieran socias en los negocios de ella. No les fue mal. En poco tiempo, juntaron para rentar un localcito y abrieron el bar. El Pocito Dulce se llamaba. Allá me escapaba yo cada vez que podía. Para esos tiempos, vivía con Geño y con su mujer. En el Pocito, Dulce fue que me enamoré del abuelo tuyo, un gallego que trabajaba de marino mercante. Él fue el que me desgració.

Crucita era seria, pero se le notaba en los ojos la dulzura. Salió a mamá. Ella se encargaba de los trabajos duros de la barra: hacer los pedidos de mercancía, llevar las cuentas, imponer respeto a la clientela. Mientras tanto, Finín amenizaba.

A Crucita era a quien más quería. No era como Fina, que heredó el genio de Papá. A esa le encantaba la trifulca, la fiesta. Desde que se fue a vivir por su cuenta, andaba de lo más sofisticada, con polvos Maja en el cuarto, zarcillos de oro y batas de muselina, para cubrirse el camisón de dormir. Había cogido el vicio de fumar, bebía más ron que un obrero y un día me la encontré en la Plaza con el pelo pintado de rojo. Esa noche le tocaba abrir el bar y yo me quedé a ayudarla. Cuando empezaron a llegar los clientes, uno se le quedó mirando asombrado y le ripostó:

—Adiós, Finín, ¿qué tú te hiciste en el pelo? Pareces una polaca.

Lo dijo con toda intención de molestarla, escogiendo el mote para recordarle lo de la paliza pública que recibió por culpa de andar riéndole las gracias al marino polaco aquel. Pero qué va, a Finín le encantó el apodo. Después, tan solo respondía si la llamaban así.

Nene, vente, vamos a terminar de lavar el baño. Mira pa' allá la hora que es... ¿Y Titi Cruz? ¿Crucita? Ay, mijo, no se lo digas a nadie, pero yo creo que era medio machorra. ¿De verdad, Abuela? Así mismo es. Hasta le conocí mujer. Sabrá Dios cómo fue que se juntaron, pero, una tarde, entré al cuarto donde dormía Crucita y la encontré de lo más acaramelá con la otra, mirándose a los ojos. Crucita le acariciaba la cara como si fuera a darle un beso. Cerré la puerta con cuidado y me escapé escaleras abajo en la puntita de los pies. Jamás se enteró que la había visto. ¿Y quién era aquella señora? La esposa de un puestero de la Plaza que se llamaba don Nicolás. Efigenia, sí, ese era su nombre. Ella era una trigueña guapísima, de mucha cadera, con los ojos grandes como almendras y una melena encrespada que se recogía en un moño a mitad de cabeza. Yo no la culpo que se hubiera enamorado de Crucita, porque el marido la tenía como pandereta de pentecostal. No hacía más que darle malos ratos. Cuando enviudó, Crucita le montó casa en la calle Las Delicias y se fue a vivir con ella. Duraron montón de tiempo juntas, hasta que a Crucita le dio aquel derrame cerebral, ¿te acuerdas? Sí, Abuela, tú me llevaste a verla al hospital. Efigenia cuidó a mi hermana hasta que Dios se la llevó. Se portó como una santa.

Crucita sí que era buena. Tenía un corazón que no le cabía en el pecho. Me ayudó mucho con tu madre, cuando empezó a dar candela. Yo no tengo qué reprocharle, aunque nunca le diera por enmatrimoniarse con un hombre, como Dios manda. Pero, para que hubiera sido una infeliz, como lo fui yo, mejor estaba con su mujer en su casa. A mí no me importa lo que diga la gente. Si para ser decente una no tiene que ser de ninguna manera. La decencia viene de todos los colores y de todos los sabores. Así mismito es.

Virgen de las Mercedes, déjame callarme la boca y ponerme a trabajar. Y tú no me pongas más conversa, que ya van a ser las cuatro de la tarde. Los señores llegan en cualquier momento y nosotros cepillando losetas todavía. A ver, nene, échale otro cubo de agua a esa esquina, que todavía está enjaboná.

XXVIII

—Don Homero, vamos a parar de ensayar, que no doy para más. Me voy a quedar ronca si seguimos en estas.

—¿Como a qué horas regreso mañana?

—No se preocupe. Yo le avisaré con tiempo. Déjeme hablar con Graubel. Usted sabe que él es quien manda aquí. Yo soy soldado de fila. Mañana va a estar en el hotel, ¿verdad?

—Sí, mañana entro a trabajar a las tres de la tarde.

—Pues no se ocupe que yo le mando recado al hotel. Hasta mañana, don Homero.

—Hasta mañana.

Sirena llevaba dos horas cantando. Dos horas, más la tarde entera, preparándose para el *show*. El día anterior se había pintado las uñas junto a la piscina, seleccionando el esmalte apropiado para complementar su vestuario. Había entrado a la casa y repasado cada esquina. Había preparado una sutil coreografía para bajar las escaleras, pararse junto al piano, cantar. Hoy, puntual, había ensayado con don Homero, el pianista. Aprovecharon para repasar los acompañamientos de una canción que Sirena añadió al repertorio. Pero tuvieron que parar. Ya le dolía la garganta, le dolían los pies. Además, estaba tensa. Se acercaba la noche del debut y todavía no sabía con cuál canción abriría el *show*. Tenía que descansar, pero no en su cuarto. Quería requedarse en la sala, dejar que el espacio se le metiera en el cuerpo, no sentirlo tan ajeno.

La verdad, Sirena se sentía un poco perdida entre tanto lujo. Las escaleras de mármol, el piso encerado, las mesitas de caoba, los espejos, todo combinaba con demasiada perfección. Y ella no quería desentonar con nada, ni con los invitados, ni con la decoración. Aquel trabajo era más difícil de lo que ella supuso en un principio. Tal parece que la esposa del magnate se lo iba a hacer aún más difícil, si Sirena le daba la oportunidad.

Ni recordar quiere la Sirena la cena de la noche anterior. De pensarlo, se le eriza la piel. Qué mujer tan antipática la Solange esa. Después de dos preguntitas ensayadas sobre las canciones que iba a cantar, la señora no volvió a dirigirle la palabra en toda la noche. Cada vez que podía, miraba a Sirena como si apestara a basura podrida. Luego, seguía hablando con Hugo sobre el menú de la fiesta, los manteles, el vino, la lista de invitados. El aire en aquel comedor se podía cortar con un cuchillo. Sirena pidió excusas y salió al balcón un momentito. Sentía que se ahogaba, que se le trincaba la garganta. Aquella mujer la hacía sentirse tan incómoda, tan fuera de lugar. Tan pronto llegó a su habitación, hizo gárgaras de agua tibia con sal y se puso un poco de vicks en el cuello. Le rezó una oración a la Santísima Virgen de la Caridad del Cobre y se acostó a dormir. Cuando se levantó la mañana siguiente, recordó haber soñado con su Abuela.

Sirena salió a buscar unas revistas de modas a su habitación y regresó a la sala. Allí las iba a leer, sentada en el sofá, muy calladita. Quizás eso la tranquilice, le aclare la mente. Ella se sabe toda una profesional. No la van a hacer dudar ahora de su *pedigree*. Le guste o no a la señora Solange, ella es Sirena Selena, la estrella más brillante del elenco de dragas del Danubio Azul y áreas limítrofes. Quisieran admitirlo o no, estos ricachones dominicanos estaban contratando a toda una profesional. Ya se los demostraría la noche del debut.

XXIX

Un leoncito soñando con su cabeza amarilla sobre las patitas del frente, ricitos de miel, carita de angelito dormido. Es un amor, no en balde la madre no sabía qué hacer con él. Y míralo dónde lo deja. Ni imaginarme quiero el sitio donde vive, esa señora velándole el sueño como yo ahora, pero con ansias de protegerlo, de guardar que no se lo trituren vivo. No es para menos. Cuando abre los ojos, hasta a mí me entra un sobresalto en el pecho. Esos ojos de almendra con nubes adentro, una tormentita en cada ojo, lluvia que se avecina, mojado. Cara de que busca algo que se le perdió y solo tú sabes dónde encontrarlo. Le revuelca a cualquiera las ganas, con esa pelucita que se le transparenta sobre la carne cuando le da la luz. Eso es lo que parece, un leoncito dormido. Míralo cómo duerme. ¿Qué estará soñando?

Los otros no son así, ni siquiera el Migueles, que es el más que se le parece. Y no es que sean feos, es que no tienen eso que Leocadio tiene. Eso que no tiene nombre, no. Por más que rebusco en la mente, no encuentro la palabra que nombre eso. Él no habla mucho con los demás, ni juega los juegos rudos de muchachones en crecimiento. Se queda tranquilito en el patio, mirando las flores, haciendo montoncitos de tierra donde siembra semillas que siempre se le dan. Hasta con las manos sucias, parece que estuviera jugando con oro. ¿Cómo le cambiará el semblante cuando vaya haciéndose hombre? Qué raro, Leocadio haciéndose hombre, no me lo puedo imaginar.

¿Qué estará soñando? Con su madre, seguramente. Su madre, que lo vino a visitar la semana pasada. No sería mala idea llevarlo a visitarla allá, a casa de la patrona. Pobre muchachito, con lo apegado que es a la madre. Sí, debería llevarlo a visitarla. Si no queda tan lejos. Hace tiempo que no me tomo mi tiempo para dar una vueltecita. Falta que me hace, con todo este ajetreo que me traen los muchachos. Leocadio y yo nos tomamos una tarde y allá vamos a parar, los dos solitos, él cogiéndome la mano y nombrándome las calles que conoce. Bonita tarde sería, un descansito de todos los líos y agites.

Pero, ¿con qué tiempo? Virgen santa. Estos niños no le dan a una ni un minuto para respirar. Se lo comen todo. Lo rompen todo. Ya no queda ropa de cama y a Chago le tengo que comprar una camisa, que ya encontró trabajo en el taller de ebanista y no puede ir con los trapos que tiene. Por lo menos, porque ese me traía en un patín. En los líos que se mete el tiguerito. Pero, tal parece que va asentando cabeza. El Migueles ayuda con lo que puede y gana bien en su trabajo del hotel. A la verdad que no sé muy bien de lo que se encarga. Le voy a preguntar, pero sin meterme mucho, que él no es ningún nene. Responsable que es el muchacho. Si no fuera por lo que trae y por lo que, de vez en cuando, manda Marcelo, hace rato estaríamos en olla. Dan sus dolores de cabeza, pero la verdad es que mis nenes son una bendición.

¿Cuándo fue que Migueles me pidió permiso para buscarle un trabajito a Leocadio en el hotel? Ojalá se lo den, pero que sea ligero. Hay que aprovechar, ahora que no hay escuela, porque tengo plan de apuntarlo en la normal tan pronto comiencen los cursos del año entrante.

Leocadio tiene promesa, tan calladito y atento que es, apuesto a que aprende todo lo que le enseñen, de una vez. Mientras tanto, que Migueles se lo lleve al hotel. No se va a quedar encerrado en la casa todo el santo día. Y que me lo vigile bien, si no, aquí se queda, aunque se me muera de aburrimiento.

Al paso, al paso. Déjame cerrarle la puerta para que no lo despierte el barullo de la calle. Ahora aprovecho y voy donde la señora de la esquina a cogerle el lavado. Ya se está acabando la compra del mes. Harina, arencas, plátanos. ¡Cómo se va el dinero, Divina Pastora! Ahora mismo cruzo la calle y procuro a la doñita, para aceptarle el encargo. Con eso y con lo que le paguen estos meses a Leo, nos la vandeamos. Porque Dios aprieta, pero no ahoga...

XXX

—Carajo, Hugo, ¿cómo se te ocurre traer un travesti a la casa?

—¡Y vuelve la burra al trigo! Solange, ya te expliqué mil veces que contraté a Sirena para que cantara unas canciones. ¿Cúal es el problema?

—¿Cómo que cuál es el problema? Que trajiste a un aberrado a la casa. Lo metiste aquí sin consultarme. Y déjame felicitarte por el detallito de la cena. Te quedó bellísimo. Obligarme a mí a compartir mesa con esa porquería.

—¿Pero quién te crees tú que eres, Solange? ¿Quién?

—Mira, Hugo, no me hagas hablar, que yo también puedo sacarte muchos trapos sucios al sol.

—Está bien. ¿Para qué llover sobre mojado? Pero recuerda que tú no eres la única que decide aquí quién entra y quién sale. Además, esta es una cena que hago para mis invitados, en mi casa, con mi dinero.

—¿Y todo el trabajo que estoy haciendo para ayudarte? Eso no cuenta para nada, ¿verdad?

—Ni intentes hacerme sentir culpable. No te va a funcionar.

—¿Qué hago para hacerte entrar en razón?

—No armar tanta bulla ni tanto melodrama. A fin de cuentas, ¿cuál es el maldito problema? Contraté a un artista para amenizar la cena. Después de unas cuantas canciones, el artista se va. Y ya. Se acabó el asunto.

—Sí, señor, lo que usted diga. Se acabó el asunto.

—Se acabó el asunto y la discusión.

—No, Hugo, esto no se acaba aquí.

—Mira, Solange, haz lo que te dé la gana. Sigue peleando sola si te da la gana. Yo me voy al bar del hotel.

—Ojalá te parta un rayo.

—Gracias, mi amor.

Traer un travesti a la casa. Así era siempre. Así siempre fue él con sus planes y ella a la zaga, siguiéndolos. Pero nada. Hablar con su marido era perder el tiempo. Hugo, como siempre, se salió con la suya. Pero a ella que no le viniera con cuentos. Bien recordaba los días del pelo rapado y la ropa sin forma. Los días de navegación por las camas, él pegado a su entrepierna, lamiéndola como un perro día y noche. Ella recuerda su cara de niño perdido entre sus piernas y la pena que daba verlo venirse. Casi ponía semblante de agonía. Luego, caía en un silencio triste y, después, fruncía el ceño para volver a empezar.

—Te amaré, Solange, como siempre quise amar a una mujer...

Cuando se casó con Hugo, ella no era aún una mujer, pero decidió convertirse en una para aquel hombre triste que la quería amar. Aquel señor la iba a sacar, de una vez y por todas, de la podredumbre de familia que la asfixiaba. Con algo le tenía que pagar el favor.

—Astrid, asegúrate de poner todo después en su lugar, una vez se acabe el ensayo —rugió desde el fondo del pasillo a una mucama a sus servicios.

—Sí, señora.

Pero se le torció la representación. Se convirtió en señora. El papel le sentaba a las mil maravillas, no había

176

por qué negarlo. La costumbre la había convertido en Solange Graubel, esposa del millonario empresario Hugo Graubel, madre de sus dos herederos, miembro accionista de la Biblioteca Nacional, patrona de las artes. Ella sí que era una dama. Ya había olvidado la imagen de aquella mujer que una vez quiso ser para Hugo, cosa rara con leche entre las piernas y un marido como un perro eñangotado: lamiendo, lamiendo; aquella ambigüedad de pelos y caderitas niñas y pezoncitos en flor. Sí, ya había olvidado su carne de risitas y suspiros, casi sin palabras; ella abierta al juego del millonario con quien la casó el padre a los dieciséis años. Ahora era otra mujer. Había engordado de caderas, se preñó, aprendió a hablar, a caminar, a diferenciar entre el tenedor de la ensalada y el de las carnes, a preparar *soirées* para accionistas, vestirse como una dama de alcurnia, muy decente. Dejó a Hugo atrás, perdido en sus ilusiones, incapaz de deshacerse de ella. Se le hizo socialmente indispensable.

Una, dos, tres vueltas dio al cerrojo de la puerta de sus habitaciones, lejos ya de todo y de todos. En su mansión, Solange era más señora que todas sus hermanas juntas y que su madre, que la guardó en un colegio de monjas, para después sacarla porque no había más dinero.

—Solange, tu padre se lo bebió todo, se lo jugó todo. Y la niña Solange se quedó sin saber cuál era el tenedor de la ensalada. Ella se dedicó a crecer lento, a guardar las apariencias con su madre, quien fue vendiendo, poco a poco, el mobiliario. Solange se moría del miedo ante su padre alcoholizado, que la presentaba a cobradores, a sus amigos accionistas, de lo más cordial. Solange sentía que la estaba vendiendo. Casi adivinaba la cara de los accionistas, quienes los miraban con asco, a ella, a su padre. Viraban la espalda, se inventaban cualquier excusa para irse o para sacar por la puerta de atrás a su padre borracho, y a ella, que crecía lento, de la vergüenza.

Pero ahora Solange tiene su mansión y allí se queda. Ella es ahora una señora de verdad. Ahora ella tiene casa y tenedores, lirios cala y herederos. Ha cambiado propiedades a su nombre, invertido en joyas que no usa. Ha pagado por adelantado cinco años de la matrícula completa de sus niños. Ha comprado acciones en farmacéuticas gringas y en *resorts* para italianos en la zona noreste del país. Ella sabe lo que hace. Sabe muy bien a dónde va. Va hacia la cima y de allí no la baja nadie. Para llegar, necesita de su estatus, y su estatus se lo da Hugo.

—Dame tu lechita, Solange. —Solange abre las piernas sin pestañear.

—Ya no tienes lechita, Solange.

—Se la he dado a mis hijos.

Hugo se levanta y se va (pobre diablo), derrotado. Aquella no será más la mujer que él buscaba. Solange lo sabe, sabe bien lo que hace.

—Vente, hija, voy a presentarte a un accionista.

—Por Dios, Papá...

—No seas descortés y obedece.

Ella hace como se le ordena y pasa la vergüenza, mientras ve el semblante de siervo de su padre tratando de convertirla en manjar de señores.

—Este, hija, es Hugo Graubel.

Hugo Graubel no le da la espalda. Es más joven que los otros. Tiene cara de niño asustado. Se sonríe al verla, la mira de reojo, tan chiquita ella y creciendo lento. Vuelve a sonreír. La invita al cine. El padre insiste en que ella vaya. Ella piensa que este es el que se la va a comer como a un pajarito. Pero todo lo contrario. La trata con decoro, la lleva al cine y, de regreso a la casa, por una, dos, seis, nueve,

178

semanas. Pide la mano de la niña Solange. Solange hace lo que se la ordena. Tiene un plan.

—¿Aceptas a este hombre como tu legítimo esposo, en tiempos de salud y enfermedad, riqueza y pobreza, hasta que la muerte los separe?

Solange planta un «sí» sabiendo lo que hace. Ni un centavo más que el necesario para que el padre pague a plazos su muerte sin deudas. Besa agradecida a ese extraño con quien se casó, de quien desconfía; ¿cuál será el juego de este tipo?, ¿cuándo le pondrá cara de asco? En última instancia, poco importa. Para lo único que lo necesita ahora es para ser una señora, saber de tenedores, tener su puesto asegurado por toda la eternidad.

XXXI

—Un arreglo de lirios cala cerca de las puertas dobles y del piano. En esta mesita, va la copa, frente al espejo.

Sirena estaba dando las últimas direcciones a las sirvientas de la casa. Casi no quedaba tiempo. Todo era cuestión de algunas horas y ya estaría, al fin, lista para su debut. Tenía todo preparado: el orden del repertorio, el vestuario, la coreografía, el pianista ensayado... todo listo. Solo faltaba ultimar unos cuantos acentos en la sala, para darle un toque especial. Entonces, podrá hacer el ensayo final, probar la canción con la que piensa abrir el espectáculo.

Por suerte, desde la cena de la noche anterior, no se había topado con la señora de la casa. La había visto de lejos, recibiendo cajas o llegando a la casa cargada de paquetes. No se acercó ni a saludarla. Había decidido sacarle el cuerpo, para evitar cualquier confrontación. Tal parece que la señora tomó la misma decisión.

Pero la suerte siempre acaba por terminarse. En el preciso momento en que Sirena estaba más atareada, Solange cruza la sala. Viene de la playa, de tener una discusión con su marido. Ve cómo le cambian la sala de su casa, cómo Sirena ordena a sus sirvientas cambiar la iluminación, mandar a poner un arreglo de flores sobre una mesa, virarle patas arriba toda su decoración. Solange interrumpe a Sirena.

—¿Lirios cala? —pregunta, molesta.

—Sí, lirios cala y una copa de *brandy* a medio llenar, para calentar la voz y, de paso, para crear ambiente —responde altiva la Sirena. A ella nadie la va a ningunear.

—¿Ambiente a qué?

—A lujo, a *glamour*.

—¿Es que la casa de por sí no es suficientemente lujosa?

—Señora Graubel, no se preocupe. Yo tan solo estoy de paso y, antes que usted note los cambios, dejaré la copa y los lirios cala en su lugar.

A secas y sin contestar, Solange, dio un golpe de talones y retomó su ruta hacia el dormitorio. Solange camina hasta la puerta de su habitación. Destraba la cerradura y espera a que se acerque la muchacha del servicio. No cabe duda. Ella es la señora Solange Graubel, dama célebre de la alta sociedad que sonríe y da un golpe seco de talones para alejarse de la puerta que entreabrió, luego de dar su orden. Esa puerta es de ella, y el servicio, también, y los niños que juegan en la playa y su destino completo es de ella y está en sus manos. Nadie se lo puede arrebatar.

Pero sufre, es una señora, pero sufre. Dama rica, pero sufre. Tiene pieles, desayuna todas las mañanas batida de frutas frescas con *croissants*, pero, lágrima encajada, cómo sufre, por algo que no tiene solución. Selena se piensa perfecta para el papel de Solange. Selena se bebe a Solange furiosa subiendo las escaleras, se bebe su cara, la agresión de sus tacones. Entona su voz, también el sentimiento entona, para entrar a tono con su papel. Sirena Selena dramatizará a la Solange, como se la imagina, su frustración será unida a la de ella. Recuerda lo mucho que se sufre en esta vida y carraspea. Va a necesitar todo su dolor para interpretar a la Señora. Así conmoverá a su auditorio de empresarios, a su público de esposas, en aquella mansión de lujo. Les va a recordar que, aún con toda la riqueza del mundo, hay cosas sin remedio, absolutamente sin remedio; que ningún *glamour*, dinero o piel puede compensar. Entona. Carraspea una vez más. Abre el portento de su pecho.

Caminé con los brazos abiertos sin hallar un cariño, una sola amistad .Y tú qué me has dado, tan solo mentiras, tan solo desprecios, miseria...

Miseria, te llevo en la vida hace mucho tiempo, como una tragedia escondida en el sufrimiento. Solange, porque tú sufres, llega el momento en que te cansas y ya no importan ni cortes de diseñadores, ni boleros, ni nada. Igualito tienes que soportar tanta migajas de besos, tanta limosna de todo, que es lo que te han dado como a un ser malvado, como a un criminal. Ni peinándote con moños de señora, ni comiendo *croissants* por las mañanas, te acercas a lo que quisieras ser. Igualita a mí. Pues no creas. Yo ni cantando soy quien quisiera ser, pero me acerco a una cumbre de perfección, a una dama triste, muy triste, pero hermosa. Solange, mírame cómo sufro para tus invitados.

Miseria me llena de espanto porque no me quieres. Miseria que es odio y espanto porque sé quién eres. ¡Oh sí, Solange, lo sé! Tú eres una busconcita como yo, una chamaquita vestida de mujer, que se cree en la cima. Y sufres, eres rica, pero sufres, esos recuerdos enquistados en el alma que no puedes sacudir. Se te cuelan en los sueños, en las batidas con *croissant* de tus mañanas. ¡Qué inestable es la cima, ah, Solange, qué mucho depende del que te puso allí por puro capricho!

Sirena Selena, la dama triste, la recia señorona llena de *glamour* y de odio, bajó los últimos peldaños de la escalera de mármol rosado en espiral. Regia, riquísima, se sabe la estrella. Pero no olvida. Es la estrella que sufre por lo irremediable. Lenta y melosa, la fibra de su voz sufre y espera. Quién sabe hasta cuándo seguirá esperando a que cambie su suerte o venga la muerte como bendición.

Sirena sostuvo la última nota todo lo que pudo a mitad de escalera. El pianista se quedó absorto, sin poderle poner coda de arpegios al bolero. Los del servicio que ayudaban a mover muebles y a poner arreglos de flores no pudieron moverse. Se les había revolcado un odio viejo por dentro, unas ganas terribles de llorar por lo irremediable. Alguna de las muchachas de la limpieza comenzó a aplaudir, con las manos llorosas. Todos aplaudieron. El pianista se quedó estupefacto con las manos sobre el teclado.

Sirena Selena tomó un respiro y, después, siguió organizando su espectáculo. Ella era la estrella contratada. Le pagaban por cegar a los invitados. Y, esta vez, sí quería cegarlos. Esta era su oportunidad de cegarse hasta a él mismo y creerse una señora bajando una escalera de mármol en espiral desde sus lujosos aposentos. Abajo sería la anfitriona de una fiesta de sociedad, que ella amenizaría con su melodiosa voz, igual que una estrella de Hollywood bienviniendo a sus invitados más selectos. Sí que los va a deslumbrar, porque el brillo en los ojos de los otros la tiene que cegar a ella misma, al menos por el transcurso entero de una noche, aunque sea solamente esa noche y nada más.

Sirena Selena se dirige al tope de las escaleras, otra vez. Mientras asciende, oye órdenes:

—Astrid.

—¿Señora?

—Saca a los niños de la playa, que se pueden resfriar.

—Sí, señora.

Selena reconoció de inmediato en ese «señora» a Solange de ventrílocua, que la quería poner en su lugar. Dejarle saber quién era quién, que no se confundiera, aclararle a todos que ella, Solange Graubel, no era ninguna tonta. Para ella, Sirena Selena no era ninguna estrella invitada, sino un miserable con aires de diva. Ese «señora» de la mucama era en realidad un «no te equivoques», que se escapaba oblicuo de la boca de Solange. «Aquí tú eres diversión, payaso, utilería para botar a la basura una vez acabe la fiesta que organizo yo, yo, para el accionista principal de mi marido».

Ya en la cima, Sirena gira sobre sus talones (bajo pestillo, Solange gira también). Se aclara la garganta y sonríe en sesgo malicioso (y, en sus habitaciones, Solange esboza sonrisita de satisfacción). Abre la boca sin soltar un solo sonido (Solange se lleva, cual reflejo, la mano al pecho). Y canta.

Solange oyó al monstruo. La voz potente de aquel animal se escurría por debajo de la puerta. Empieza a temer. ¿Y si a su marido no le interesara guardar imagen ahora? ¿Y si aquel animal lo embruja más allá de la fuerza de su voluntad? Sabe que, después que secó su lechita, Hugo ha salido a la calle a buscar con quién proseguir su juego a plazos fijos. Pero siempre lo hizo por lo oscuro, detrás del malecón, en otro pueblo. No frente a sus ojos.

Ese monstruo, ese maldito monstruo, ni por un instante puede acercarse a Hugo. De solo pensarlo, el alma de Solange se le resbala del pecho. Ella se la agarra con las manos. Necesita a Hugo para mantenerse en su sitial.

Y si no es mío, nunca de las dos...

La Sirena es un ángel del demonio. Su voz sigue colándose por debajo de la puerta. Solange no quiere, pero escucha. Oye cómo canta el engendro, oye cómo abre las comisuras de la boca, oye distintamente cómo sale, nota a nota, aquella voz. Pelea, se tapa los oídos, se agarra el pecho; no quiere embelesarse con su voz. Se le cierran los ojos y ve cómo pasa su lengua por el labio para humedecerlo, la Sirena; cómo traga saliva para limpiarse la garganta, la Sirena, como coge aire para llenarse el pecho una vez más. Trata de no embelesarse, pero ya es tarde. La voz de la Sirena la coge en sus brazos ardientes con besos de muerte y la lleva hasta el mismísimo abismo de la soledad. Este monstruo es peligroso. No es de este mundo su voz.

Vuelve hacia las puertas cerradas de su aposento a echarle un doble seguro a la puerta. Un escándalo ahora los mataría. Ella seguiría rica, accionista, pero señora, no. Un escándalo ahora, después de tanto trabajo, sería la muerte de su prestigio. Otra vez la convertiría en el engendro que fue; en la niña lechocita convertida en presa para ofertas, transformada en jefa de fantasía, de vuelta a la tierra como una simple víctima, acompañante de una aberración. Mejor quedarse al margen del asunto. Mejor no querer ni enterarse. Si Hugo se mete en aguas profundas con el monstruo de la escalera, mejor irse preparando para lo peor. Que el escándalo lo hunda a él, no a ella. Que el escándalo la coja en el avión, de camino hacia Miami. Irse de la maldita isla a allá, donde con dinero, joyas y acciones se compra estatus a la medida. Allá nadie la conoce, nadie sabe del padre y de la madre, ni del marido extraño buscando lechitas, y a nadie le importa. Sí, se irá de la Isla y, mientras tanto, se mantendrá a raya, se hará la loca, por supuesto, y esperará los aires de ida, si al pendejo de su marido le da con caer, caer, en las fauces de aquella mujer de fantasía.

XXXII

Hugo mira cómo sale la voz de Sirena desde su propio pecho. Está afuera, junto a la playa del Hotel Talanquera, con cerveza en mano. Fue testigo. Aquella voz había salido de su propio pecho. La sentía resonar contra sus costillas y enredársele en los pulmones, confundiéndole cada rumor del corazón. Tragó fuerte. No pudo evitar embelesarse y tuvo que cerrar los ojos. Vio la lengua de Selena mojando sus labios, la saliva de Selena aliviando su garganta, el pecho de Selena abriéndose al aire. Vio a la Selena bajando la escalera en espiral de mármol rosado, vestida por completo de su rabia y su dolor, igual a como él va vestido por dentro del suyo y de su amplísima soledad. Tomó un trago de cerveza para espantar el embeleso. Pero el embeleso seguía allí, como un espejo roto. Contó las horas, los minutos hasta la función del sábado.

Hugo Graubel apartó la vista del reloj y caminó hacia la casa. Ya se habría acabado el ensayo con el pianista y habría que pagarle por las horas. Solange estaría arriba en su cuarto, escogiendo su ajuar para la noche. Selena estaría libre, sola. Aprieta el paso; aprieta los puños. Se acerca. Sale la Selena hacia el balcón, con rimmel y *gloss* en los labios, pero a medio hacer en su ruta hacia la ilusión. Hugo aplaude de lejos.

—Sirena, usted canta como los ángeles. La estuve oyendo desde lejos.

—¿Me oyó desde lejos? Pues también habrá oído al pianista que, de vez en cuando, se perdía en el acompañamiento. Tuve que alargar el ensayo una hora más. No le molesta, ¿o sí, anfitrión? —Y lo toma del brazo, perfecta en su coqueteo.

—Por favor, Sirena, ¿cómo me voy a molestar? Yo me ocupo del pianista.

Y Sirena lo toma más fuerte del brazo. Ya verá la Solange esa con quién se está metiendo. Ahora es el momento de su venganza.

Sirena mira a Hugo lentamente a los ojos. Resbala la mirada hasta su boca. Entreabre la suya. Saca la punta de la lengua varios instantes y, luego, sonríe.

—Le aseguro, señor anfitrión, que mañana quedará usted plenamente satisfecho.

—Eso me asegura usted.

—Para algo me paga.

«¿Y si no hubiera un solo centavo de por medio, ni lujo, ni una escalera de mármol, Sirena?» Pregunta que se queda enquistada en media garganta del señor Hugo Graubel, quien se va, sonrisa en boca, mirada exhausta de aguantar boleros silenciosos de otros ojos, se aleja hacia la sala de sus residencias en Juan Dolio. Igual de enquistadas quedan las ganas de cogerle la cara en ambas manos al insolente niño aquel, apretarle duro las mejillas, para que duela y plantarle un beso profundo en plena boca. Dejarlo ensalivado en advertencia, pero no. Aún no. Faltan cinco horas y treinta minutos para el beso. Entonces, sí que el señor anfitrión dejará su papel y se abandonará a la deriva y al placer de la boca de Sirena.

—Otra cosa, señor anfitrión, creo que la noche del estreno convendría tener un cuarto en el Hotel, para poder dedicarme de lleno a mis preparativos. Son muchos los aspectos a cuidar para que la presentación quede perfecta. Y después del *show*, voy a necesitar un lugar donde retirarme a descansar, lejos del barullo que se forma después de las presentaciones. Linda me voy a ver encerrándome en el cuartito de la piscina, en medio de todos los invitados. Hay que mantener la magia, usted me entiende... Ahora sí le acepto la oferta de quedarme en el hotel. Además, quién sabe para lo que pueda necesitar un cuarto propio después del *show*...

La Sirena, pícara, sonríe mientras se aleja hacia la casa. Hugo Graubel la sigue con la mirada. Ya el pacto está cerrado.

—Ahora mismo llamo al hotel para hacer la reservación —le contesta desde lejos.

XXXIII

¡Se acabó la Guerra fría, mis niñas! Ya no tendremos que viajar a Nueva York a competir con dragas rubias que mastican desde infantes el difícil. No tendremos que sudar la gota gorda intentando convencer al auditorio de que nosotras no somos todas una encarnación de Carmen Miranda. Me mudo a Moscú... Ya alucino con el abrigo de pieles de zorro y un mitón de armiño haciéndole juego. Como la Greta Garbo en *Catalina la Grande* ¡Qué divina voy a quedar! Por allá, seguro me convertiré en la sensación del momento. Con este colorcito que me dieron Dios, el sol y la mezcolanza que llevamos entre cuero y carne todas las boricuas. Ya lo dice el refrán, aquí el que no tiene dinga, tiene mandinga. Eso lo sabe todo el mundo. Hasta las acomplejadas. Pero yo no soy así. Miren con qué orgullo cargo esta nariz, estos bembes y estas caderitas de melao melamba. Mis amores, segurito me quedo con el canto. Sospecho que, por allá, una caribeña debe ser un escándalo. Exótica, sensual, una joya de coleccionista. Como la Josephine Baker, cuando se mudó a París y se mandó a hacer aquella faldita de guineos manzanos que le quedaba tan regia. A mí, el zar que me quiera coleccionar, que venga a hablar conmigo, con intérprete, eso sí, porque yo lo único que sé decir en ruso es vodka, Gorbachev y Perestroika...

Ustedes se imaginan si, en vez de los Estados Unidos, hubiese sido Rusia quien nos colonizara. Villa Caimito se

llamaría el Kremlin, Crash sería Prost, Boccaccio's sería...
qué se yo, Pushkin. Como ese montón de barras que están
abriendo ahora en Miami y en Nueva York, el Red Square,
el Warsaw Ballroom. Pero las de nosotras serían rusas en
propiedad y no una copia floja a lo Epcot Center. Y no me
discutan que nuestras barras tendrían más caché, bautizadas
con esos nombres europeos, divinas.

Por eso le quiero dedicar mi *show* de esta noche a ese
fabuloso país que pronto será mi hogar. Allí donde, en un
futuro no muy lejano, reinarán el libre comercio y el dege-
nere desenfrenado, a Rusia. A ver, chicas, levanten sus copas que vamos a brindar. Propongo un brindis en honor a
la ex Amenaza Roja, a ese bello país donde reinan la nieve,
las pieles y las cúpulas coloridas...

Wait, wait, wait, hold on a minute. ¿Nena, y tu copa?
¿Por qué no tienes copa? Estamos en medio de un
momento solemne y la loca sin copa. Ustedes ven, querido
público. Por eso es que jamás seremos bien recibidas en
Rusia. Tenemos que presentar un frente unido, lleno de
armonía, comunión, buenos modales. Cuqui, papito, dile
al *bartender* que le mande una copa a la loca esta, aunque
sea de plástico, llena de Kola Champagne, que el alcohol
no se lo vamos a dar de gratis. Eso, mi amor, gracias. ¿Ya
estás lista para el brindis, mamita? ¿Sí? Más te vale.

Ok, volvamos a lo que nos concernía antes de ser tan
abruptamente interrumpidas. Alcen sus copas. Brindemos
por Rusia, por nuestras hermanitas de la locura allende
los mares, ansiosas porque se acabe de levantar la cortina
de hierro. Brindemos para que puedan importar las tan
necesarias cremas depiladoras y tacas en tallas grandes.
Brindemos porque las rusas sean comprensivas y nos
entiendan como lo que somos, lo mejor de dos mundos,
y que, cuando aterrice la Brigada de Dragas en Defensa

del *Glamour*, capítulo de Puerto Rico, nos acepten como sus mentoras y guías espirituales. Porque *coaching* van a necesitar, las pobrecitas. Tantos años privadas de todo, sin películas de Hollywood, sin *Vogue*, sin *Elle* traducidas al ruso, para que entiendan, sin diseñadores, ni modelos famosas. Nos van a necesitar, así que brindemos por ellas. Y brindemos, por último, por Gorbachev, por su calva y el mapita rojo que carga en la cabeza. Sin él, mis sueños de ser la viva encarnación de una zarina jamás podrían convertirse en realidad ¡Por Gorbachev y su Perestroika, salud!

Cuqui, esto no era champán. Sabe a Seven-Up sin burbujitas. Nene, ¡qué decadencia! Por eso es que yo me voy para Rusia. Esta barra está a punto de que la cierren los del Departamento de Salud y la Oficina de Asuntos del Consumidor. Las veces que han intentado. Pero nosotras les hemos dado la batalla. Tenemos espías en todas partes, que nos mantienen al tanto de sus operaciones. Como las rusas. Por eso es que yo me identifico tanto con ellas, por lo mucho que han luchado por superarse, todos los años de tragar gato por liebre, que eso no es fácil, mis hermanas. Ser loca, rusa y comunista debe ser lo último. Pensándolo bien, ser draga y boricua tampoco es cosa del otro mundo.

Por eso es que yo he fundado la Brigada de Dragas en Defensa del *Glamour*, la BDDG. A nosotras, la gente luchadora, nos encantan las organizaciones políticas. Si quieren ser miembras exclusivas de la BDDG, desde ya, les aviso que vayan instruyéndose sobre Rusia, su geografía, topografía, recursos naturales... No vayan a hacerme pasar vergüenzas. Con tanta loca bruta que hay en este país.

¿Protestan? Si es verdad. Este país está repleto de locas brutas. ¿Quieren que se lo pruebe? Miren lo que me pasó los otros días: yo ya había terminado mi *show*, que quedó de a morirse. Me cambié de ropa, bajé a la barra a compartir con los admiradores, los amigos, la concurrencia... Al lado mío, había un grupito de jevos, como de unos treinta o veintipico largos. Dos de ese grupo se pusieron a hablar de política. Que si el neoliberalismo, que si la sociedad de consumo... Yo paré oreja, porque una nunca sabe lo que puede aprender. En eso, se les arrimó un chico de lo más jovencito, vestido muy a la moda con sus mahoncitos anchos, su camisita ajustada, media sproket, sus botas de suela de corcho y dos aritos en cada oreja. Nunca lo había visto en la disco. A mí me extrañó, porque yo sí que conozco a todas las chicas del ambiente. «Carne fresca», pensé, así que me arrimé al grupo, a ver si captaba la atención del recién llegado.

Pero el bombón aquel ni caso me hizo. Estaba medio inquieto, con un agite entre cuero y alma que no lo dejaba tranquilo. Lo más seguro es que llegaba del baño, de retocarse la nota. No paraba de moverse, como esperando a que alguno de los intelectuales aquellos lo sacara a bailar. De momento, decidió cambiar de estrategia y participar de la conversación, a ver si así conectaba mejor con alguno de sus amiguitos. Se paró de refilón, cambió de aire, arqueó una ceja. Escuchaba. En ese mismo momento, los otros tipos discutían la Perestroika. ¿Y a que ustedes no saben lo que les preguntó la loquita aquella? ¿A que ustedes no se imaginan lo que les preguntó? El jebito abrió la boca y dijo: «¿Perestroika? ¿Y quién es esa loca con ese nombre tan divino...?».

¿Tengo o no tengo razón? Ven que hay que instruirse, que no se puede andar por este mundo de visita. Así que a leer periódicos, a oír noticias y a hacer maletas, que nos mudamos todas para Rusia. ¡Se acabó la Guerra fría, mis amores! El mundo es nuestro de Oriente a Occidente...

Una pruebita, una pruebita. A ver, niñas... señalen. ¿Para dónde queda el Oriente? ¡Padre amado, qué locas más brutas! No, moronas, ese es el Sur.

XXXIV

Efectivamente, allí estaba el auto de la compañía, tal como lo prometió Contreras. Con chofer y todo, un sedán de lujo, negro, de interiores espaciosos tapizados en cuero gris y con aire acondicionado, para espantar el calor. Y allí estaba Contreras, todo sonrisas, un poquito nervioso, eso sí. ¿Estaría ella demasiado hecha, sus costuras demasiado evidentes? Qué va, si se miró bien al espejo antes de salir. Martha Divine se aseguró de parecer toda una señora para la cena. Vestía un modelito Nina Ricci color gris perla, que había comprado en un almacén de descuentos en Nueva York, durante su último viaje. Acentuaba el ajuar con un bolso negro, unos tacos cerrados de taco cuadrado, gafas oscuras, pulserita de oro trenzado. Hasta un moño a flor de nuca se hizo, para no desentonar. Si Contreras está nervioso, no debe ser por ella. Pero, por si las moscas, Miss Martha Divine sacó el *vanity* para cotejarse el maquillaje, en lo que Contreras caminaba hacia ella desde el estacionamiento en redondeles donde aguardaba el carro del hotel.

—Señor Contreras, muy puntual, se lo agradezco en el alma, porque con este calor, iba a quedar yo de muy mal talante frente a sus compañeros de negocios.

—Saludos, doña Martha. Y bueno, ya usted ve, listo para agasajarla.

—¿Los otros invitados?

—Esperándonos en La Strada, un restaurante que me

atreví a escoger como lugar de reunión. Tiene un ambiente muy acogedor. ¿Le gusta la comida italiana?

—Me fascina.

Contreras hizo una nota mental. No se le podía olvidar preguntarle a Martha por Sirena.

—¿Y Sirena, no viene con nosotros?

—Se encuentra indispuesta. Algo que comió no le cayó bien —mintió Martha.

—¿Comida del hotel?

—No, no, de por la calle. Ayer nos fuimos a dar una vuelta por la zona colonial y quiso tomarse una batida de frutas en una cafetería. Yo le dije que tuviera cuidado, que esperara un poco hasta llegar al hotel. Una se pasa la vida aconsejándola, pero usted sabe como es la juventud. No aprende por cabeza ajena.

Contreras conduce a Martha hasta el auto. Le abre la puerta a Miss Divine, quien se acomoda muy comedida en su parcelita de asiento. Ella le sonríe levemente al conductor, que viste uniforme de dos piezas y maneja con guantes blancos. Jamás había estado ella en situación semejante. Va a tener que medir muy bien sus modales, no se le vaya a zafar algo que la ponga en evidencia.

—Le va a encantar La Strada, doña Martha. Discúlpeme el doña, es la costumbre.

—No se preocupe, le agradezco la atención. ¿Me decía?

—Que el Strada es un lugar exquisito, le va a encantar.

—Hábleme un poco más de los invitados.

—Verá. El ingeniero Peláez es principal accionista del Hotel del Quinto Centenario, que abrió este año para conmemorar la fecha. Muy amigo del señor presidente.

Creo que invitó a su administrador a la cena de esta tarde. Augusto Montes de Oca, buen administrador.

—¿Y Vivaldi?

—Vivaldi es el dueño de La Strada. Tiene otro restaurante en el Hotel Talanquera, —«cuidado», se dijo Contreras, «no hables de más».— que queda a las afueras de la capital.

—¿Hay hoteles fuera de la zona turística de Santo Domingo?

—A cuarenta y cinco minutos en auto. Como no tenemos playa en la capital...

—Sí, ya me fijé.

—Muchos turistas prefieren vacacionar en otros lugares. La mayoría de nuestros complejos vacacionales quedan fuera de Santo Domingo.

—Haberlo sabido antes... Contreras, quizás pueda usted conectarme con alguno de esos hoteles, para venderles el *show*, después que termine compromisos con el suyo, claro está.

—Puede llamarme Antonio, si lo prefiere.

—Antonio, ya comenzaba a pensar que a usted no le habían puesto primer nombre en la pila bautismal.

—Fíjese, Martha, yo le quiero pedir disculpas por el retraso que le he hecho pasar. No es mi intención complicarle sus planes, pero la decisión de contratar a Sirena no depende tan solo de mí.

—Entiendo, Antonio. Pero alguna contestación me tiene que dar.

—Lo más tardar el lunes le tengo respuesta segura. Ya me comuniqué con la Oficina de Presupuesto Gerencial, que son los que tienen las negociaciones trabadas. Pero no hablemos más del caso. Aquí a la derecha, Gastón.

Estaciónese cerca de la entrada. Venga, Martha. Los invitados deben estar esperándonos ya.

Martha piensa, mientras el chofer estacionaba el carro de la compañía: «Este restaurante es de cuatro estrellas. Al Vivaldi lo tengo que vigilar de cerca, que parece buen partido. Y que no se me olvide lo que le dije a Contreras sobre Selena. No puedo cambiar la versión así porque sí».

Adentro, el restaurante estaba iluminado a medias. El *maître*, ataviado en traje de paño negro y camisa blanca, los recibió cortésmente en el vestíbulo de La Strada. Martha Divine se sintió como en medio de una película extranjera. Ella era Sofía Loren, que caminaba por el pasillo central de un restaurante de lujo. Marcelo Mastroianni interpretaría el papel estelar de su galán de turno, un hombre muy influyente que, del primer vistazo, cae muerto de amor por ella. Martha presentía que, en cualquier momento, su galán aparecería en escena.

La decoración era impecable. Sobre cada mesa, rutilaba un candelabro sencillo de una vela adornado con un arreglo de flores secas. Los manteles y servilletas eran de hilo blanco; las mesas, de caoba torneada. El salón comedor tenía un medio punto en balaustres de madera, cuyo tinte combinaba con los paneles que recubrían las paredes hasta la mitad. Varias mesas estaban ocupadas. Se veía que La Strada era buen negocio.

Martha caminó despacio sobre las alfombras color vino. Se sentía impregnada por una elegancia que envolvía todo, las paredes del restaurante, los mozos, la musiquita tenue que amenizaba a los comensales. La Strada era de ensueño. «Lo que se pierde la Sirena por andar callejeando por ahí.»

Y, de pronto, entre los candelabros y las mesas y los manteles de hilo, hace su aparición Marcelo Mastroianni. Efectivamente, ahí estaba, fumando un cigarrillo, esperándola copa en mano, en una mesa. Contreras y ella se aproximan. Marcelo los saluda con la mano. Se levanta de su silla, gesto que es leído por sus acompañantes como «señal» para, también, ellos levantarse a saludar a los recién llegados.

—Buenas tardes, muy buenas tardes, caballeros.

—Don Antonio Contreras, felices los ojos que lo ven. Bienvenido a La Strada —responde Marcelo Mastroianni. Parece que esta noche le tocará interpretar papel de anfitrión.

—Vivaldi, Vargas, caballeros, les quiero presentar a...

—Martha Fiol Adamés.

—No le conocía esos apellidos, doña Martha.

—Es que usted solo conocía mi nombre artístico. Pero ya que pasamos a un segundo plano, me siento en confianza de dejarles saber alguno de mis secretos.

—¿Son muchos los secretos que guarda, doña Martha? —le pregunta uno de los invitados, zalamero.

—Muchísimos —responde Martha, ignorando por completo a su interlocutor. Dirige su respuesta al Marcelo Mastroianni de su película, mientras le sostiene la mirada, un segundo nada más.

El personaje que le toca interpretar a Marcelo es el del dueño del restaurante; Lucchino Vivaldi, quien le ofrece asiento a Miss Martha Fiol, justo al lado suyo. Mientras tanto, Contreras, Peláez, Vargas y Montes de Oca se acomodan como pueden a los lados de la mesa para seis. Vivaldi ayuda a solucionar el problema de los asientos, pero, de vez en cuando, regala una sonrisa a Martha. Esta observa todo con aire distraído. Sonríe para sus adentros. Ya empieza a tramar lentas seducciones en su libreto.

En realidad, no había mucho que distrajera a Martha de su empresa seductiva hacia Vivaldi. Peláez, el accionista del Quinto Centenario, era un señor barrigoncito que guardaba cierto parecido con su antiguo esposo hondureño. Montes de Oca, Vargas y Contreras parecían todos cortados por un mismo patrón. Trigueñitos, de bigote, con entradas y el cuello aprisionado por corbatas que los hacían lucir incómodos, a punto de que se les reventaran las aortas si pasaban un malrato. Vivaldi destacaba sobre el resto. No es que fuera un ejemplar de belleza. Pero transpiraba cierta distinción. Se le notaba el mundo de millaje en cada gesto. Él y solo él era el protagonista de la película *La Strada*, escenario perfecto para que Martha Divine sacara a relucir sus dotes de dama elegante y seductora. Toda la ambientación le sentaba al dedillo. La luz a medio tono del restaurante resaltaba el brillo de sus ojazos negros. El tenue rutilar de los candelabros acrecentaba el lustre de su moño *midnight auburn*. La temperatura del lugar la iba a mantener lozana el resto de la velada. Hasta el conjunto que lucía combinaba perfectamente con ambiente y anfitrión.

La trama que se devanaba también era perfecta. Las miradas sesgadas del galán se lo comprobaban. Vivaldi empezaba a preguntarle sobre Puerto Rico, la situación económica, los motivos de su viaje. Luego, él mismo se interrumpió:

—Permítame ordenarle el mejor vino de la casa... Rivas, dos botellas de Chateau Margot...

Martha se lucía adornando la realidad con su lenguaje de empresaria. Les explicó a sus acompañantes que ella era propietaria de un piano bar (barra y puterío) en las afueras del Condado (donde comienzan a aparecer los hospitalillos para adictos), compartiendo áreas con las mejores discotecas del país. Últimamente, ha querido expandir sus negocios a los de producción de espectáculos. Vino a la República Dominicana, después de acordar una cita con el señor Contreras, a quien llamó por instancias de un conocido de ambos. Según el libreto que Martha había, cuidadosamente, tramado, este es el momento propicio para tomar su bolso de piel, abrir el broche y sacar de allí una foto de estudio que le hizo tomar a la Sirena para propósitos de negocios. Lentamente, pone sus manicuradas manos sobre el bolso. Abre el broche. Saca la foto. Se la pasa a Vargas, a Montes de Oca, a Vivaldi, que la mira algo interesado. Pero el galán, pronto, vuelve a fijar su mirada en Miss Martha, como si para él nadie más existiera. «Bonito detalle —piensa la empresaria—. Vivaldi sí que sabe halagar a sus invitadas».

Los otros no pueden dejar de mirar el pedazo de papel. Sus ojos se embelesan ante la foto, que revela a una Sirena de cuerpo entero, con melena suelta, un tanto revolcada por el viento artificial del estudio. Allí aparece perfectamente maquillada, ataviada en un modelo de pedrería negro, a lo Lucy Favery, con la mirada perdida. Pero su cara, el viento que juguetea con su pelo y la caída de sus brazos evocan otra cosa. No es esta la fotografía de una simple cabaretera, sino la pura imagen de una doncella en espera. Mascarón de barco, diosa de mitología, virgen caída, eso parecía la Sirena. Con los labios entreabiertos, el semblante provocadoramente ausente, muestra su perfil inocente y posa para el deseo y el interruptor que la reproduzca a cada ojo aguzado. Contreras advierte a la concurrencia:

—Y eso que aún no la han oído cantar. —Atiza la curiosidad y la admiración que despierta la belleza inusitada de la artista. Las caras de los concurrentes transparentan el primer indicio de una sospecha. Y de una consumada seducción...

Miss Martha Fiol, cortésmente, recupera su fotografía. Abre el broche de su bolso, la guarda. Mira, sonreída, a sus quién sabe si futuros clientes.

—Ustedes no se imaginan el mucho trabajo que dio convertirlo —y acentúa en la «o»— en diva. Educarle la voz fue lo más fácil. Llegó a mis manos con talento de sobra. Lo difícil fue lo otro, la coreografía, el vestuario, desarrollarle un sentido de elegancia. Difícil materia para enseñar, muchachos, dificilísima. Pero lo logré y que Contreras les cuente mis resultados. —Así terminó su intervención sobre el asunto. No hablaría más. Los dejaría esperando, para que vayan imaginando el tipo de *show* que ella produce.

Entonces, llegó el momento de la cena. El camarero trajo los menús. Había tanto de donde elegir. De aperitivo, prosciutto di Parma con melone para la señora, pomodori alla gorgonzolla, pancetta y zuccini ripieni. Minestra di verdura, zuppa di pesce y dos órdenes de crema di funghi para los caballeros. Spaghetti al succo di carne, linguinni a la diavola y gnocchi. Primo piatto, un osso buco, una cotoletta di manso alla fiorentina, vitello tonnato, y trota farsita para tres. Luego, pidieron insalata y fromaggio. A Miss Martha Fiol no le cabía ya ni un suspiro. Pero, cuando trajeron el carrito con los postres, claudicó. Aquello era puro delirio. Zabaglione, zuppa inglese, torta di fragole, creme caramel. Escogió el bizcocho de fresas. Ordenó café. Aspiró profundo y con disimulo se soltó el botón de la falda, simulando un pequeño picor en la espalda. No pudo evitar pensar, entonces, en Sirena. Ella se lo había advertido muchas veces. Arrimarse a Miss Martha Fiol era la manera más segura para llegar al éxito. «El que no oye consejos, no llega a viejo», se dijo, y empuñó el tenedor, lista para echarse un pedazo de aquel manjar a la boca.

A lo largo de la conversación de sobremesa, Peláez y Montes de Oca se mostraron interesadísimos en la artista que representaba. Vargas le pidió que lo llamara directamente a sus oficinas. No podían asegurarle nada de antemano, pero saldrían de nuevo a cenar, para poder hablar con soltura de estos asuntos. Discutirían cada detalle, calendario, honorarios, hospedaje... Pero Martha no les creyó ni una palabra. Miraban la foto con un interés distinto al de hombres de negocio. Y ya la experiencia de Contreras le advertía que, en esta isla, para contratar a un travesti había que negociar largo y tendido. «Pero, negra, una nunca sabe...», se dijo la Martha, y tomó las tarjetas de presentación, por si las moscas...

Lucchino Vivaldi ofreció digestivos. Los invitados miraron el reloj, algunos para darse un último permiso. Vargas y Montes de Oca tenían que retirarse. Pero Peláez y Contreras acompañarían a Miss Martha y a Vivaldi a un sambucca. Mientras sorbían sus copas de cristal cortado, a Vivaldi se le ocurrió una brillantísima idea, según él. Con su más seductora sonrisa, interrumpió la conversación de sobremesa para proponer:

—¿Por qué no continuamos la velada en el Hotel Colón? Es un lugar muy interesante, Martha. Me gustaría que usted lo viera.

XXXV

Apart from the fact that it doesn't have a pool, this is a very nice hotel. Perfect for our kind of tourism, and our kind of entertainment, you know what I mean? It is so difficult for us to travel abroad, specially to the Caribbean. I don't want to criticize, you know?, with all the problems that these islands have to face. It is understandable that they are not as evolved as us in these matters. I mean, we had Stonewall, we had Act-up, we have a history of political presence in our countries. For instance, in Canada, with all our liberal tradition and social programs, the overtly out of the closet scene in Toronto and Montreal. Nowadays, it is easy for us to be what we are. Well, easy enough, if you are not one of those chip-in-the-shoulder Aids activists, a full time drag queen, or a street boy. If you're sort of «normal», that is.

Yeah, yeah, the eternal question: «What is normal, anyway?» Nevertheless, you have to agree with me that we don't have it as tough as in here! You cannot compare our problems to the atrocities a gay man has to face in these countries. I mean, where do they go? How do they meet? It's all hanky-panky in the dark, like in the 50's in Canada. Of course, you are not going to find discos and bars that are easily identifiable. And, you don't have time for breaking the secret codes, anyway. You are here on vacation. For a week or two. You don't have time to play hide-and-seek with the local queens. No, honey, I did not come here to play the spy nor to give free psychiatric counseling to my Caribbean sisters in distress. Done that, been there, without having to pay airfare. That is no way to spend a vacation. As if you don't have enough emotional complications waiting at home. I came here to have my moment in the sun! And to play with the boys...

And then again, traveling to Europe has gotten so expensive lately. Ibiza? You cannot go to Ibiza nowadays. Who wants to go there? It's so overrated, like a First World gay convention. You don't meet any of the locals. It's just not a surprise anymore. Now, Australia, everybody tells me that's the place to go, but not for a week. Maybe for a month or so, to get your money's worth. The ticket alone can cost more than two thousand dollars. And I'm not talking Canadian dollars. That trip is not as easy for us. In Canada, the economy is good, but you pay so much more in taxes. You see, I'm from Canada, as well as most of these fairies. I live in Toronto. That place is almost in the freaking Arctic Circle. The winters are eternal. You can ski and do some cross-country. But sometimes you wish to be half naked, running around the beach, filled to the brim with pretty boys.

And where else can you get that at a fair price? The Caribbean! The beaches, the sun, the laid-back atmosphere... The only problem is the infrastructure. It's a drag when the electricity fails. You cannot take a bath, the air conditioning stops. And most of these little hotels do not have their own electric plant. Except for this one. Stan, the owner, I met him the other night. He is from Sweden or some other country in the Netherlands... I wonder how he ended up here. But he is a real businessman. Puts ads for the Hotel Colón in all the right publications. The place is very neat, very well kept, and the boys he finds! Let me tell you, they are unbelievable! Pretty chocolate skin, incredible bodies, even though they haven't lifted a barbell in their entire lives. And there is no problem with their infrastructure, I can assure you! Sorry for being so zealous. I'm a size queen, you know.

Some of them play hard to get. Specially the new ones. You have to shower them with gifts to convince them to got upstairs with you. They come straight out from the countryside, young, inexperienced, whathaveyou. Most of them don't even know that they are gay yet. They go to bed with you, enjoy the whole thing, but as soon as it is over, they revert back to that Latin Lover Macho role they grew up with. It's kind of sexy watching them do that. So cute. Anyway, as soon as they figure out that they make more money spending a night with you, than working at the hotel for a whole month, the roles change. They chase you like flies do honey. Most need the money a lot. And I'm happy to oblige. It must be so tough to be gay in this country.

But it's true, it doesn't have a pool. Thank God Stan worked out that deal with the Nicolás de Ovando! That's the hotel you are staying at, isn't it? It's still an inconvenience, having to walk two blocks just to take a dip in the pool. So hot here in the city. But, next time you and your lover come to the Dominican Republic, stay at the Colón. Nobody bothers you here, nor looks at you funny. And most of all, there are no ugly tourist families in vacation, with the screaming kids and the hairy beer belly dad, watching them from the poolside. Just a laid-back, sexy, party atmosphere. This is my second time here and I haven't regretted it.

XXXVI

Leocadio despertó de su siesta. Miró la litera de al lado. Estaba vacía. Migueles ya había salido a trabajar. O, quizás, no había llegado aún. Tiene unos horarios tan extraños. A veces, le toca el turno nocturno. Eso le había explicado a su amigo. Porque Leocadio y él eran amigos, desde el principio; desde que Leocadio llegó a la casa de doña Adelina y se sentó a llorar en las escaleras. La pobre doña Adelina gastó muchos cuartos en prepararle un locrio y unas habichuelas con auyama para alegrarlo. Pero a Leocadio no se le espantaba la impresión de encontrarse sin su mamá en aquella casa tan grande y con tantos extraños.

Una vez acabado el festín, que casi no probó, Leocadio regresó a su rincón en la escalera, a mirar hacia la calle. Quería retener en la memoria la imagen de su mamá alejándose de espaldas, volviendo la mirada de vez en cuando para asegurarle que lo vendría a ver la semana entrante. No quería olvidar ni un solo detalle del vestido, de su caminar. La tarde que lo dejó en casa de doña Adelina, llevaba puesta una blusa amarilla de florecitas rojas con botones al frente, una falda larga hasta los tobillos y unas zapatillas de salir de charol blanco, de taco bajo. Se había hecho un peinado, amarrándose su pelo crespo con una hebilla de presión, en la parte de atrás de la cabeza. Olía a agua de Florida y a talco. Leocadio repasó en su mente cada uno de los detalles. Se los aprendería de memoria y esperaría. Ya llegaría el momento para echárselos en cara a su madre, uno a uno, cuando estuviera grande. Para que se fijara que, tal vez, ella se olvidó de él, pero él jamás de ella. Un buen día, cuando ya fuera un hombre, tomaría el motoconcho solo e iría a la casa de la patrona. Allí, pediría ver a su madre, que estaría vieja y quebrantada de tanto trabajo. Se le presentaría en la sala de la casa. Ella lo abrazaría y lloraría y, cuando menos se lo esperara, él le diría:

—¿Te acuerdas del día que me llevaste a casa de doña Adelina? Tú tenías esto puesto y aquello, y caminabas así y así.

Le sacaría cada detalle de su memoria. La haría abochornarse. Se vengaría de ella, por haberlo dejado solo.

Leocadio sintió que la puerta de la casa se abría a espaldas de él. No quiso a mirar quién era. Quería que lo dejaran tranquilo, solo en su rincón de la escalera. De seguro, sería doña Adelina, con más arrumacos, tratando de consolarlo.

Pero no, era Migueles. Lo supo cuando tuvo que voltearse, porque un cuerpo angosto y más alto que el de doña Adelina le hacía sombra. Migueles se le sentó al lado. Era uno de los mayores de la casa. Ya trabajaba. Tenía un bigotito que le empezaba a salir en su cara cobriza, color caoba. Le ofreció un cigarrillo. Encendió el de él. Después de un largo silencio durante el cual ambos contemplaron la noche, le dijo:

—Es duro encontrarse solo, ¿verdad? Pero así es que uno se hace hombre. Encarando la vida solo. Y usted ya es hombre, aunque no tenga edad, porque le tocó valerse por sí mismo. Tan pronto haga dinero, recupera a su madre y se hace cargo de ella. Entonces, ninguna patrona los podrá separar. Nadie los podrá separar, porque usted será el hombre de la casa. No desespere, hermanito, que es cuestión de tiempo. —Era verdad que parecían hermanos, los dos sentados en la escalera, cigarrillos en mano, mirando la noche pasar.

Leocadio quiso conversar con Migueles. Le contó de dónde venía, que le encantaría trabajar de jardinero.

—Eso no deja dinero, bacán. Tiene que emplearse en un negocio más lucrativo, como yo, que trabajo en los hoteles. Con la propina que me dejan los clientes, nada más me puedo dar vida de lujo. Beber, fumar, andar con mujeres... Pero yo no soy pendejo; no voy a botar los cheles camellando por ahí. Estoy ahorrando para irme de Santo Domingo. Aquí ya no se puede vivir. Eso es lo que usted tiene que hacer. Buscarse un buen trabajo que le deje dinero, ahorrar y echarse a encontrar suerte.

Leocadio tosía aspirando el humo del tabaco y Migueles lo miraba con una mezcla de burla y buena fe.

—¿Usted no fuma? Pues apague eso, no se me vaya a asfixiar. No lo haga nada más para impresionarme. Los hombres no tenemos que impresionar a nadie. A las mujeres, y va en coche. Y eso se hace con dinero, no con cigarrillos, ni con bebelata, ni con griterías. Con cien pesos en el bolsillo y dentro de tremendo carrazo.

A Leocadio nunca lo habían tratado como a un hombre. Él siempre fue el niño de Mamá, que lo sobreprotegía por aquello que pasó una vez, y luego, otra, en casa de la patrona o en el barrio donde alquilaban un cuartito. Su mamá le aconsejaba que se protegiera, que él era diferente, frágil, vulnerable, y Leocadio le creyó. Andaba por la calle con miedo, tratando de no provocar a nadie en el vecindario. Nunca tuvo éxito. Siempre aparecía uno que lo sonsacaba a alguna esquina lejana, que lo quería tocar. Esa noche en la

213

escalera, era la primera vez que se percataba de que él muy bien podía convertirse en un hombre hecho y derecho, con responsabilidades en la vida, como cuidar a su mamá.

—A las mujeres hay que protegerlas —oyó decir a Migueles—. Y más a la madre, que es sagrada.

Desde entonces, se hizo amigo del Migueles. Él lo trataba con respeto y lo aconsejaba como a un hermano menor.

A Leocadio le encantaba esperarlo en la habitación que compartían para oír sus historias del trabajo. A veces, llegaba un poco tomado, con olor a tabaco y a ron en el aliento. Se sentaban en la cama de él, que era más grande, a conversar. Bajaban la voz, para no despertar a nadie o para que nadie se enterara de los secretos que Migueles compartía tan solo con Leocadio. Con él tan solo. Migueles se lo había advertido, no quería que nadie más supiera los pormenores de su trabajo en el hotel. Ni doña Adelina, aunque sabía que ella no lo regañaría por eso.

—Todo trabajo es honrado, siempre y cuando no le haga daño a nadie —la habían oído ellos decir en más de una ocasión.

Pero él era un hombre ya, y un hombre guarda sus secretos. No anda por ahí diciéndole a todo el mundo lo que piensa ni lo que hace. Los hombres son reservados y no les gusta el chisme. Y Migueles insistía en que él era un hombre hecho y derecho.

Pero le gustaba conversar con Leocadio.

—Con alguien tiene uno que desahogarse —le había dicho durante la tercera o cuarta conversación.

Confió en él porque lo vio callado, solitario. No era como los otros muchachos de la casa, siempre armando alborotos y relajos. Quería evitarse problemas, sobre todo, evitar tener que pelear a los puños para que lo respetaran.

Porque a los puños tendría que irse si le montaban chacota por su trabajo, que es muy cabal y que, muchas veces, ha sacado de apuros a doña Adelina. Él colabora con parte de su cheque para los gastos de la casa, lo que sobra lo manda a su pueblo. Pero se queda con todas las propinas de los clientes, que son muchas. Las tiene ahorradas en una bolsa de papel de estraza escondida entre las tablas del balcón del segundo piso, eso no lo sabe nadie. Leocadio nada más.

—Tan pronto junte lo del pasaje, me enyolo para Puerto Rico. Allí sí que hay cuartos, bacán. Tengo un primo que se fue para allá hace cuatro años. Ya tiene residencia y su propio negocio de instalar lozas. Empezó trabajando para un puertorriqueño, pero esos boricuas son unos flojos. No les gusta doblar el lomo. Me contó las pasadas Navidades que el jefe era un boricua que cobraba carísimo a los abogados y doctores que lo contrataban. Se buscaba a tres o cuatro dominicanos, los hacía trabajar de sol a sol, les pagaba una miseria y se iba en su carrote a visitar amigas y a empinar el codo. En eso se pasaba todo el santo día. Y él y los otros sudando la gota gorda en aquellas casonas del grande de un palacio. El tíguere llegaba cuando el trabajo estaba hecho. Se mojaba su poquito, hacía el aguaje de haber sudado y, cuando regresaba el patrón, le pasaba la cuenta. Como los boricuas ya no saben lo que vale un trabajo, los dueños de casa se dejaban estafar, mansitos. Viendo la situación, mi primo ahorró, se compró las máquinas y los productos, una guagua, mandó a imprimir unas tarjetitas y le hizo la competencia al jefe de él, cobrando más barato por el mismo trabajo. ¿Y quién iba a decir que no? Ya compró carro del año, un Cutlass Supreme de lujo, y tiene un terrenito en el pueblo donde vive. Mucho progreso que hay en esa isla. Lo que pasa es que los boricuas no lo saben aprovechar.

—¿Y por qué, Migueles? —le preguntaba Leocadio, embobado por el cuento.

—Porque están acostumbrados a ser gringos. ¿Tú no sabes que Puerto Rico es parte de los Estados Unidos? Allá no hay la corrupción ni la pobreza que hay aquí. Lo que sí hay es mucho crimen y un purruchón de droga. La mayoría de los puertorriqueños son drogadictos. Por eso no trabajan. La culpa la tienen las comodidades, el tiempo sin hacer nada, porque a la gente la mantiene el Gobierno para que no se subleve. Pero eso nos conviene a nosotros, que llegamos todavía mojados y, al ratito, ya encontramos trabajo. Además, me cuenta mi primo, nunca falta una boricua que se case con uno por dinero, para arreglar los papeles de la residencia.

—¿Pero y que no había pobreza allá? ¿Por qué las mujeres se casan por dinero, entonces?

—Por la droga, Leocadio, que cuesta cara.

—¿Las mujeres de allá también usan droga?

—En Puerto Rico, *everybody* usa droga. Ya lo verás por tus propios ojos cuando vengas a trabajar conmigo.

De esas cosas hablaban, a veces, hasta la madrugada. La mayoría del tiempo, Leocadio escuchaba atento y preguntaba el mar de detalles. Era tanto lo que Migueles sabía. Muchas veces, intercalaba frasecitas en inglés, en alemán o en italiano a mitad de conversación. Las había aprendido en su trabajo, atendiendo clientes. Cuando regresaba del trabajo, se los describía: la marca de ropa que usaban, los tragos que les servía en la barra, cómo lo trataban.

Leocadio pensaba que era un privilegio el de Migueles, tratar a tanta gente diferente y que le pagaran por eso. Él nunca había conversado con nadie que no fuera dominicano. Quizás habló con algún haitiano, pero esos no cuentan. ¡Qué van a contar, si a veces ni en el barrio donde él vivía les querían rentar habitación! Los haitianos hieden. Viven como perros realengos. No son como los otros extranjeros, elegantes y con muchos cuartos en los bolsillos. Y Migueles los conocía. Hablaba con ellos; americanos, italianos, gente que venía de países lejanos y ricos. Debía de ser algo fascinante. Pero Migueles montaba cara cada vez que Leocadio ponía el tema con entusiasmo.

—No te creas, Leocadio, esos turistas, a veces, son el mismo diablo —le decía—. Sonsacan a uno facilito, con tanto dinero que tienen.

Irónicamente, eso era lo único que mortificaba a Migueles de su trabajo, atender clientes. Por culpa de alguno de ellos, a veces, llegaba enojado a la casa. Esas noches, no quería hablar con Leocadio. Se viraba de espaldas en la cama, gruñía un «Deje esa vaina para otro día, mamón, y no jeringues más, que estoy cansado». Al rato, roncaba, dejándolo con ganas de saber qué había pasado en el hotel. Pero, otras veces, llegaba contento y hablador. Entonces, le mostraba los regalos que los clientes le hacían: camisas de marca, cinturones de cuero fino, pulseritas de oro. Un día, Migueles le regaló a Leocadio una pulsera de hombre en oro puro que ya tenía repetida, porque «estos turistas son más locos, compran todo lo que ven». Se la había regalado un italiano que vivía en Nueva York y andaba de paseo por la capital.

—El hombre me cayó bien, no sé por qué —le contó—. Cuando terminé mi turno, me invitó a unos tragos en la misma barra del hotel. Yo agarré una borrachera tremenda, bacán. No sabía ni la hora que era. Me tuve que quedar en su habitación. Eso fue antier, ¿recuerdas que no llegué? Al otro día, lo cogí libre. Pero hoy, cuando regresé al trabajo, allí estaba el italiano. Se me presentó con esta cajita, di que for *all your troubles*. Al principio, yo no la quería. Se la devolví, pero él insistió y le acepté el regalo, para que no me quitara más tiempo del trabajo ni me agarrara el patrón en ese trajín. Cuando abrí la caja, adentro estaba la pulserita. Y cincuenta dólares dobladitos, encajados en el elástico del estuche. Parecían papel de regalo. A mí, por poco, se me caen los ojos. Cerré el estuche, me lo metí en el bolsillo y seguí trabajando. Me dio gracia lo de la pulsera, porque otro cliente me había regalado una igual el mes anterior. Aquel era alemán. Se portó muy bien conmigo, hasta alquiló un carro para que nos fuéramos a dar vueltas por la playa cuando saliera del trabajo. Me llevó a un restorán de lujo y no se propasó conmigo ni nada. A veces, lo que quieren es pasar el rato por ahí, tener compañía... Los europeos son mejores que los gringos. Saben respetar a los hombres y no se ponen con eso de querer besar a uno, ni cogerle la mano en público. Hacen lo suyo, si acaso, y ya. Pero al fin y a la postre, todos ellos se parecen. Les encantan los dominicanos. Vienen para acá solo a eso. Hasta regalan las mismas boberías.

—Toma Leocadio, te regalo la pulserita. Un día salimos de paseo por el malecón. Tú con la tuya y yo con la mía. A ti las prendas te deben quedar bien. Tienes pinta de bichán. Además, ¿para qué quiero yo dos pulseras? Ni que fuera maricón.

Cuando Migueles le propuso buscarle un trabajito en el Hotel, Leocadio no lo podía creer. De la emoción, intentó correr escaleras abajo, para pedirle a doña Adelina que lo llevara a contárselo a su mamá. Migueles lo detuvo, le aconsejó que tuviera calma. Primero, había que convencer a doña Adelina y pedirle permiso a ella, propiamente.

—Con lo mucho que te consiente, a lo mejor se apena si no le pides su parecer. Quizás ni te deje trabajar, del resentimiento. Así son las mujeres, celosas. Hasta las madres. Cuando creen que uno se les va a ir, cuidan de más. Déjame encargarme del asunto. Ya verás cómo todo sale a pedir de boca.

Paso seguido, Migueles le explicó su plan a Leocadio. Primero, había que ir a donde doña Adelina con el cuento largo de que quizás le podría encontrar un trabajito a tiempo parcial a Leocadio. Después, tenía que asegurarle que el trabajo era ligero, de turno diurno, en lo que Leocadio comenzaba a estudiar. Para remachar, le diría que, de esa manera, Leocadio podría hacerse de un oficio, que nunca viene mal.

—De seguro, eso la convence. Tú sabes como a doña Adelina le molesta la vagancia.

Como él era pichón aún, Migueles tan solo podría conseguirle un trabajo en la cocina, lavando trastes, o cambiando las sábanas de los cuartos. Pero a él no le importaba. La cuestión era estar cerca de ese mundo, tan nuevo, tan mágico. Al fin, podría pertenecer al secreto clan de los que se mueven cerca de los turistas. Aprendería a hablar sus idiomas, recibiría de ellos regalos y miradas de agradecimiento. Y dinero, mucho dinero. Quién sabe, quizás alguno de ellos lo ayude a solucionar su situación. Quizás, con el dinero que gane en el hotel, podría reunirse con su madre, ponerle una casa para que descanse, comprarle un terrenito en el campo o hasta irse con ella y con Migueles a Puerto Rico, a abrir negocio propio. Además, una vez ganara su sustento, se haría hombre en propiedad. Como Migueles. Y para eso, hacía falta mucho dinero.

XXXVII

Untada de cielo y sudor,

Sirena

baja desde la cima de su sueño,

peldaño

a

peldaño.

Deja su cola junto al mar

allá de orillas

pie envuelto en gasas de tenue luz; pie, tacas gruesas
de trabilla, plateada la envoltura del inicio de sus tiempos.
Uñas esmaltadas Coral-malva perla. Una a una, las uñas
esmaltadas del pie primero, el pie de Adán en tacas, el pie
de la génesis y el sueño.

Pie. Hielo seco trepa por aquella perfección de carne.
Humo seco. Pie. Suspiros del auditorio. En las lenguas de
los invitados, sale asombroso pie en saliva, en palabra seca
que rodea los tobillos. Las piernas depiladas, delgadísimas,

de sílfide salida del fondo de las aguas. Las tenues rodillitas sin marca de infancia que delate. Suaves, tersas como si nunca ellas... como si en la vida una línea escarlata las hubiese geografiado, solo hincándose a rezar de tanta tersura. Hielo seco que se enreda por sus piernas...

la Selena

baja

un

escalón,

otro

y otro

hasta que el aire le falta a los testigos, el aire seco enredado en su finísma cintura, fina de apretar de un solo brazo, de un solo zarpazo, y la Sirena echando llamas por los ojos, llamas secas de fuego azul, lanzando llamas por la frágil cinturita de gacela arrinconada y seco ya su salto en esas tacas. Su cintura ondulando como un mar lanzallamas de frente y de espaldas, de espaldas, su cintura ya desnuda, huracanes, cataclismos... y la bruma del mar se le trepa, callada hasta su pechito de paloma, su pechito tan angosto con dos protuberancias huecas allí, senitos en almíbar, frutilla de cera, la imitación más suave de un durazno, con todo y pelucita quinceañera.

Llama al dedo, llama al hielo seco que es la bruma que navega hacia el escote de su traje blanco de lentejuelas pegadas, nada estertóreo, blanco de virgenzuela en barra, perdida, de niñita caída pero sin mácula, de portento de pureza en bandejita, y tan solo sus muñecas gordas y su angostura famélica de bailarina de centro comunal la delatan. Selena,

abierta cual la luna de los pobres

y, por tanto, más cerrada que un abismo

ella es, ah sí, la puerta de todos los deseos.

A media escalera, se detiene. Los testigos recuerdan haber oído un piano en la lontananza de su paso. Recuerdan el piano y el tiempo perdido desde que aquella puso el pie primero llamarada blanca, en su bandeja de mármol, tan en su salsa-hielo seco y recuerdo doloroso. Recuerdan unas notas de entrada a un bolero como una cascada de piedritas filosas frenando sin poder, recuerdan una mano que les agarró el vientre y más abajo, unos dedos —¿cuáles?— apretándolos. Y el ahogo del asombro empuja aquel recuerdo hacia atrás, al sitio mismo del respiro y de la carne encendida humeando hielo seco. A media escalera, la Sirena para,

en seco.

Todos recuerdan, entonces, al piano, pero fijos los ojos en su cara, hecha a la perfección. Casi el trazo adivinado de la mano, embalsamada en tintes del color exacto, casi la bruma del polvo pegándose a la piel, posándose en cada poro cual danzante, los toques de rubor sobre cada mejilla, difuminados solo en su sospecha, los pinceles, ágiles, delineando a trazos finos aquella boca redonda de mariposa carnívora, labios enteramente para el beso y la balada. Rosa-malva perlado en tonos de coral, entreabiertos como almeja sonora. Los colores que afinan la nariz, delgadísima nariz sin poro abierto, brújula de sirena. Y los ojos negros, negrísimos de pedrería en vitral de tienda por departamentos, con la misma soledad del *rhinestone*. Perdidos en lo profundo, no miran sino al espejismo de su propia mirada. Frente ancha de pensamiento escapado, bellamente coloreada en malva por la esquinas. De marco, unos bucles negros caen sobre los hombros, algunos. Otros se repliegan en lo alto, atreviéndose a mostrar un cuello rumoroso y terso como toda ella. Ni una gota de estridencia… ni una gota. Ni una gota en su expresión de muñeca espantada por su propia belleza,

por su réplica.

Los testigos recuerdan haber oído el mar enredado en aquel piano de visión. Las mujeres se llevan ansiosas las manos al pecho y reviven deseos que una vez tuvieron a la orilla del mar. Un deseo que algunas ahuyentaron hace tiempo, que otras cumplieron por lo oscuro, allí mismo en las playas del Hotel Talanquera, lejos de sus maridos, de sus propios ojos, lejos para que no las confundieran con aquellas carnes repletas de sal que se relamían a gusto la ensombrecida ausencia de alguien que les dio gozo y les metió rumor de aguas en las sínsoras del tiento. Los hombres no podían dejar de agarrarse el vientre, les dolía la presencia de aquella Sirena, de aquel ángel que traslucía bajo sus ropajes fuego y hielo seco, fuego y hielo seco. Y era el hijo hermoso, la núbil sobrinita que un día se les sentó en las faldas y los hizo retumbar, los hizo correr hasta la barra más triste, los hizo reventar de monedas estridentes velloneras, los hizo implorar que aquella quemazón maleva les dejara en paz la carne. Recuerdan cómo escaparon, años corriendo cimarrones por las calles y la casa de citas de la calle Duarte. ¿Y todo para qué? Para caer en esta trampa de Sirena.

Doble el disfraz de su deseo
(y susurran por lo bajo: «Te amaré...»)

Ya abre la boca. Ya entreabierta, se traga todo el aire del recinto. Ya los lirios cala se ensombrecen y, casi marchitos, desfallecen ante el pecho hambriento de la Selena. Ya su luna se acerca al balcón, abierta. Va a ocurrir el Apocalipsis. La Sirena, parada en seco a mitad de escalera, canta *Invasión de ternura, tus pasos y encendiéronse sueños pasados. Presiento en esos pasos la inquietud de buscar otros pasos que marchen con el mismo compás...*

Pero todo detenido, todo. El público anclado en su incertidumbre, en su doble perdición por el tiempo. No sonaba ni un solo corazón, ni una sola gota de sudor contra la piel. No se multiplicaba ni una célula mientras Sirena cantaba. El tiempo obedecía a su voz, su voz era la única prueba de que la vida transcurría. Su garganta marcaba finísima

tuyo...

y entonces,

(pie) *qué sutil magia tienen tus pasos* (pie) *me dejaron un halo en su rastro* (pie) *aún yo siento en mi rostro tus manos* (pie) *y siento en las mías* (pie).

El aire, el aire se escapaba. La esposa de un banquero se sintió elevada por lo etéreo, agarró a su marido del brazo;

quiso murmurar que no la dejara salir así, volando por sobre las cabezas de todos aquellos invitados tan ilustres, por sobre la cabellera negra de aquel travesti adolescente... la pura encarnación de lo imposible.

(pie)

(pie)

Pero no pudo musitar nada. El tiempo colgaba del pecho de Sirena buscando la nota para el final de su balada. Y ya entreabierta, ya loca de su propia encarnación se da entera

mis labios...

Quedaba un cuarto de escalera, recuerdos destripados encharcando toda la sala de recepción de la casa de Juan Dolio. Quedaba el público exhausto tratando de abocarse al salvavidas de un aplauso estruendoso, estruendoso para dispersar aquella ilusión. La Sirena bajó los ojos sin sonreír. Se inclinó un poco hacia adelante, con los brazos cruzados contra el pecho. Acabó de bajar la escalera en diagonal, hacia la mesa de los lirios cala. Tomó uno, tomó la copa de cristal cortado llena de *brandy*, que había dejado junto al florero. Copa en mano, se dirigió hasta el piano. En él se recostó como de un buque justo antes de la zozobra.

> *Es mi corazón*
> *una nave en el turbulento mar*
> *desafiando la fuerte tempestad*
> *de eso que llaman amor...*

XXXVIII

Hugo detiene el cigarrillo en la mano. Casi lo quema. No importa. ¿Cómo le va a importar si su dedo se consume en ceniza como una hoja de tabaco? Él seguirá sosteniendo el cigarrillo en mano, como un puñal. Aquella se le antoja su única arma, su señal de humo. «Aquí estoy, Sirena», grita por medio del cigarrillo. Pero Sirena no lo oye. Ella canta perdida en su propia voz.

«Ya me oirá», piensa Hugo, mientras siente que aquella voz sale de lo más profundo de su pecho. Pero, curiosamente, el runruneo que le agita el corazón no le sirve de puente para llegar a la Selena. Es vía hacia otros rumbos, rumbos propios que dejan a la Sirena varada entre las rocas de un naufragio, mientras quien se hunde es él, suavemente, deliciosamente, pensando acaso que le falta el aire, que no se puede respirar, pero que ya es tarde para la desesperación, para la supervivencia. Aquella voz arrasó parejo. No queda nada que hacer, sino entregarlo todo.

Hugo quiere entregarse, que, al fin, acabe todo. Desea no haber invitado a nadie. Sus invitados forman una barrera que lo separa de su éxtasis. Da vergüenza sentirse así, tan vulnerable en medio de tanta gente. Incomodan los testigos, cada uno casi desfalleciendo, con las manos sosteniéndose los pechos, los vientres. Sus poses lo distraen. No lo dejan cerrar los ojos en paz, quedarse sin aire, tocar fondo; al fin, enfrentarse con aquello que rutila a lo lejos. Hugo sostiene el cigarrillo de su consumación, se quema los dedos, deja caer la ceniza al piso. Sostiene el filtro quemado y no le importa, ya le enseñará la herida de su ardor a la Sirena. Necesita, como el resto, un descanso, explotar en mil aplausos para espantar aquella cosa espesa de la carne. Hugo sostiene su cigarrillo y reza por el fin de toda voz.

Pero se ahoga, se muere de ardor allí mismo y es la muerte el terror esperado, el cuerpo distendido entre un sonido y un ardor a quemarropa, el dedo en llaga y la voz de su penuria cerca. Hugo se pasa la lengua por los labios y siente, otra vez, el sabor, el olor a insecticida de un cuarto lejano, el dejo de ron después de una cita con la carne intocable. Se deja ir, cierra los ojos y se deja ir, abre los dedos y cae el cigarrillo lento hacia el piso de mármol de la elegante residencia de Juan Dolio. Ya no lucha, se entrega.

Dos canciones después, explota el aplauso. Explotan los pechos de los concurrentes, explota la burbuja de ilusión que habilitó la Selena, que la hizo ver perfecta ante todo aquel que tuviera ojos para su pasión. Allí las manos enrojecidas, seguían aleteando hasta llegar a la superficie de su espanto, de aquellos boleros exterminadores en voz de la Sirena. La gente pidió un receso de media hora, media vida, para, entonces, ver el final del portento. Fueron donde Hugo a mirarlo de cerca, a querer hacerle preguntas que no salían de la boca, que se quedaban a medio trayecto en la garganta. Iban a donde la Sirena a tocarla, pero, al extender la mano, allí también quedaba la caricia a medio aire, sin terminar, convencida de que a aquella criatura era mejor ni rozarla, no asumir el privilegio del tacto, un privilegio convertido, a la larga, en condena. Le hablaban, la felicitaba el auditorio con sus manos extendidas, los más atrevidos posaban algún dedo sobre el traje, la miraban embelesados, para tratar de descubrir el gozne delator.

Sirena giraba sobre sus talones, convencida de su éxito rotundo. Por pura chulería, regalaba miradas de diva al público y, de soslayo, a su anfitrión, que aún sostenía sus manos en pura actitud de aplauso interrumpido. Ella sonreía un tanto nostálgica, un tanto maliciosa.

—Eres fabulosa —oía decir—. Dios mío, pero ¿cómo te encontró el Hugo Graubel?

—A orillas de un palmar —contestó Sirena y, pestañeando, miró de nuevo a su anfitrión que suspiraba de alivio y premura a la vez

de alivio y premura...

Hugo recuperó el aire mientras, con la vista baja, contemplaba su dedo quemado. Estaba rojo, la piel reseca y corrugada por la quemadura del filtro. Primera huella de su aproximación. Aquella piel dolida era una señal del destino. Le confirmaba, de una extraña manera, que entre todos aquellos invitados que deseaban poseerla, solo él, Hugo Graubel, el tercero, la tendría cerca. Solo él tendría el privilegio de tocarla, aterrado, para, después, acabarse de morir, plena mano en pleno aire, como un perfecto suicida.

XXXIX

Mientras tanto, Solange corre escaleras arriba, lágrima a punto de salir, pero no. Ella no llora. Tiene motivos de sobra, pero no llora. Corre escaleras arriba. No lo puede creer. En la recepción de su casa, deja a sus invitados deslumbrados por esa farsante. Y yo, yo que me maté para ofrecerles lo mejor: el vino importado, el más exquisito caviar... a mí me tiran las migajas... ni un solo, Solange, eres una artista del buen gusto, *thank you for all your troubles*, Solange, gracias, amor mío, por ayudarme a consolidar mis negocios. Que se queden allá abajo y que se pudran admirándole el destello a esa diva de pacotilla. Que ni le dirijan la palabra. No lo puede creer. Solange sostiene una lágrima a punto de salir, pero no llora. Su despecho vale más que un desahogo.

Ya arriba, en su cuarto, se arranca de un tirón las pantallas, las tira en su tocador. Se quita el collar que la sofoca. Collar de perro debería ponerme, una perra soy para todos, más pintada en la pared que una decoración. Sus ojos llorosos van a parar al *negligé* que dejara aquella misma tarde recostado sobre la cama. Qué ilusa fui, qué tonta, pensar en recibir recompensa de Hugo por los trabajos que pasé. Soy una pendeja y una idiota... Al fondo más recóndito de la gaveta, lo tiraría y, se lo jura, de allí no volvería a salir jamás.

Cálmate, Solange, cálmate, no hagas el ridículo. ¿Qué van a pensar los invitados si no te ven en la fiesta; el servicio, si va a cotejar algún detalle contigo y no te encuentra? Solange, respira profundo y sé calma. Qué va, ese papelón no lo hará ella. No les dará el gusto de verla humillada, ni a Imelda Nacidit, ni a Angélica de Menéndez, ni a ninguna de las otras arpías que aguardan allá abajo, vigilando cada aspecto de la velada. Sabe que, minuto que ella pasa encerrada en el cuarto, minuto que ellas aprovechan para despellejarla viva. ¡Qué cosas estarán chismeando ya! De seguro, ya andan criticándola por el vino, por el traje, por el travesti que cantó en su sala, por lo que sea. Y eso sí que no. No les dará la oportunidad, ni aun cuando no hayan notado su ausencia, embobadas por el engendro que acababa de cantar frente a su piano de cola.

Y Hugo, maldito Hugo, «maldita sea la hora en que lo conocí, maldito el momento en que me descuidé y le permití meter al monstruo ese a mi casa, pero me las va a pagar, no sé cómo, pero Hugo me las paga todas juntas...». ¿Cómo se atreve a hacerme pasar esta vergüenza…? Ese es el menos que me verá llorar. Solange se acerca al espejo a secarse las lágrimas que ya le corren mejillas abajo. Camina hacia el baño de su habitación. Busca unas gotas para los ojos y se las pone. Tendrá que retocarse el maquillaje. Evita sin éxito pensar en lo que acababa de ocurrir en su sala. Intenta sin éxito borrar la imagen de Sirena Selena bajando las escaleras, sumergiéndose en la espesura del bolero que brotaba de su boca lentamente. No quiere recordar, pero recuerda cómo aquella voz le acarició el alma, la embelesó a ella también, transportándola a un lugar sin tiempo, donde solo sus sueños existían. Tiene que admitirlo. La voz de la Sirena le agitó el pulso, le suspendió el respiro. De repente, se encontró ella también maravillada. Cada tono parecía un túnel que se abría frente a ella, la convidaba a viajar, a alejarse de las miradas, las muecas, los comentarios, la reputación y a entregarse al peso de sus propios deseos. Por más que intentaba, no podía dejar de preguntarse de dónde había salido aquella voz, de qué rincón oscuro, de qué válvula maléfica y ponzoñosa, aquella cosa hipnótica que no dejaba ver a la farsante como lo que era, una buscona, una arrastrada. ¿Qué poder tenía aquella voz para transformar a un infeliz en una ninfa? Aquella voz colgaba del aire más espesa que un sortilegio. Nada se podía contra ella. ¿Cómo le habrá nacido del pecho? ¿Quién carajos le enseñó a cantar así?

Como si se estuviera muriendo, desangrándose por la garganta, desnudando el alma cuando no, cuando en realidad les estaba mintiendo a todos. Les robaba la calma y esas otras cosas seguras con que sus invitados habían llegado a la fiesta. A la fiesta de Solange, la que ella preparó con entusiasmo, vigilando cada ínfimo detalle, ella sabe cómo se escribe ínfimo, ella sabe qué marca de salmón escoger, a dónde ordenar el mejor arreglo de flores, cómo regatear con el dueño de la lavandería para que laven al vapor y saquen filo a mis manteles de hilo importados de Irlanda. Pero la embaucadora en su vestíbulo, qué sabe de eso, qué sabe del trabajo que da aprenderse de memoria todas las menudencias que revelan la clase, el gusto, el pedigrí. Ella no tiene que ocuparse. Ella tiene su voz.

Pero Solange ¿qué tiene? Un marido. Y eso ayuda, pero no asegura. Da entrada, pero no otorga la llave mediante la cual Solange misma puede abrir las puertas de la aceptación. ¿Cuántas veces tuvo que elucubrar trampas para ganarse simpatías entre las damas de alcurnia? ¿A cuántas veladas tuvo que arrastrar los pies sin ganas, para estudiar la sutil coreografía de gestos, saludos y costumbres de sobremesa? El dinero del marido es ingrediente importante, pero lo que en verdad revela la clase es la minuciosa, estudiada y constante puesta en escena de la elegancia. Esa era su única garantía. Su elegancia la salva de preguntas insidiosas sobre el estado actual de su familia, sobre su formación profesional. Y ahora viene esta arrimada a echarle todo su trabajo al piso. Con ayuda de Hugo. No lo puede creer. Ese idiota, ese infeliz, ¿cómo permite una cosa como esta?

Sentada en su tocador, Solange empolva su brocha de maquillaje en polvos traslúcidos, aplica lápiz labial, rímel a sus pestañas. Busca infructuosamente las pantallas que se quitó. No las encuentra. Se aplica dos gotas más de Joy de Patou, mientras decide, al fin, ponerse otros aretes; los Bulgari. Coteja su cara en el espejo. La verdad que los Bulgari combinan mejor con el traje que viste. De paso, se zafa del collar Hidalgo que la estaba ahorcando y exhibe la coartada de su ausencia.

Suspira profundo y camina hacia la escalera (pie) toda echa sonrisas (pie), pero, por dentro, un maremoto de hiel la carcome.

De vuelta en el salón, decide unirse al grupo de empresarios americanos, a ver si les ha agradado el espectáculo. Ellos están encantados. Solange tiene que hacer amagos para mantener su sonrisa y darle crédito a Hugo, que es un poco excéntrico (pie) y se precia de traer todo lo nuevo al País. Les cuenta que Hugo la convenció, argumentándole que en Nueva York y en Miami se hacen este tipo de espectáculos en las casas, para agasajar cenas de negocios. Mientras los empresarios le contestan, Solange (pie) busca con la mirada a su marido. No lo ve. Toda sonrisas, saluda con un beso al aire a una pareja de invitados que llegó poco antes de la presentación. No querían interrumpir, por eso habían dilatado sus saludos. Pero le aseguraron a Solange que habían oído todo, a esa cantante fabulosa, Solange, a la verdad que parece de otro mundo. Solange sigue buscando a su marido, mientras camina de un lado para el otro de su recibidor. Al fin, lo ve con cara de estúpido, acercándose a un grupo de invitados arremolinados en torno a la Selena. Observa cómo interrumpe, toma del brazo a la cantante, la acompaña al bar, mientras a ella la deja en medio de su zozobra sin saber hacia dónde enfilar sus pasos.

XL

Acabada la cena, los invitados se retiran, poco a poco, de la residencia Graubel en Juan Dolio. Sirena hace rato que está en su habitación de hotel, descansando. Dejó a los anfitriones inmersos en sus ritos de amenización y despedida. Ella debe mantenerse separada, no romper el sortilegio de su ilusión. Ni siquiera cenó en la mesa con los otros invitados. Se retiró a su habitación y allí comió algo que ordenó al servicio. Luego, se escapó un momento a caminar por la orilla del mar para tomar el sereno de la noche. Debía dar su caminata, según su plan.

Como sospechó, Hugo fue a encontrarla en los jardines del hotel. Caminó hasta donde ella, parada, contemplaba el mar. Hugo sacó del bolsillo una cigarrera dorada. Destellos de la cigarrera rutilaron a la luz de los farolitos del jardín. La cara de Selena se vio iluminada por el encendedor que Hugo, poco a poco, acercó a sus mejillas. Hugo enciende y aspira el cigarrillo. Selena lo mira, callada.

—¿En qué piensas?

—En qué canción le iría bien a un momento como este.

—¿Y si yo te pidiera que pensaras en mí?

—Pues pienso en la canción de una cantante que piensa en su hombre que le pide que piense en él.

Hugo presiente que la contestación de Sirena requiere un cambio de estrategia.

—Estuviste fabulosa con los invitados. No perdiste ni un momento el pie.

—Nunca lo pierdo.

—¿Ni ahora, cuando estoy así de cerca y con el pecho a punto de explotar?

La Sirena se queda muda, según su ensayo.

—Dicen que el que calla otorga.

—Eso dicen.

Y Hugo no la deja terminar. La toma en sus brazos y la besa de lengua, lengua grande y rumorosa y con sabor a tabaco entrándole casi hasta la garganta. La besa y Selena se deja besar, recibe el molusco tibio del anfitrión en la boca. Selena deja que lo siga besando, pensando en el bolero que debe pegar en un momento como este: el anfitrión y ella bajo la luna, paseando por los jardines de una residencia lujosa al lado del mar. Debe haber un bolero que cantar en un momento como este. Los boleros se hicieron para momentos como este. Hugo la estrecha, lo estrecha contra sí y le va metiendo los dedos por el escote del traje, le va acercando la piel al pezoncillo de sirena perdida. Hugo se atraganta con su hambre y, ahogado, le repite unas palabras...

—Te amaré, Selena, como siempre quise amar a una mujer, como siempre quise amar a una mujer...

Las palabras de Hugo no permiten que Sirena recuerde el bolero exacto. Están demasiado cerca. Se le enroscan en la boca, en la mente. Sirena sigue buscando. Hugo siente el pulso encabritado. Va perdiéndose en su propio ronroneo fantasmal que lo transporta a quién sabe dónde. Con los labios, le chupa al quinceañero la boca, le quiere hacer sorber sus palabras. Sirena sigue pensando en el bolero y en que, una vez lo encuentre, completará el cuadro de lo bellos que se deben ver los dos a la luz de la luna.

Hugo se lleva a la Sirena a un lugar más escondido. Hugo le baja la cremallera del vestido a la Sirena. Hugo desliza una mano por la espalda, la deja resbalar, sedosa, sediciosa. Hugo encuentra el comienzo de una faja. Sirena sigue transportada en su misión. Hugo le va quitando el traje, lo deja que caiga sobre la grama de los jardines. Sirena queda allí transfigurada, su piel, la piel de niño nostálgico, los huesos de su pecho pequeñísimo, los huesos de sus costillitas, los de su ingle algo brotados, los huesos de su cuello y de su cara señalando hacia la boca bolerosa de la que sigue tratando de encontrar una sentencia. Y la Sirena, absorta y ya con el ceño fruncido, sigue en busca de su bolero. Pero no lo encuentra. Sin saber por qué, no lo encuentra.

De la cintura para abajo, emerge una gran faja, un artificio de telas tapando el sitio de donde Hugo sospecha salen todos los misterios de Sirena. Inserta un dedo, otro, dos más, empujando hacia abajo aquello que lo aleja de lo que hace mujer a la Selena. Deja caer la faja a sus pies. Pero, después, aparece un largo esparadrapo enrollado a la cintura de la ninfa. Con todo el amor del que es capaz, Hugo Graubel empieza a desenrollarlo, vuelta a vuelta, paso a paso, desentendido de todo lo que pueda existir además de sus manos diligentes, del cuerpo minúsculo y huesudo de su novia embelesada. Vuelta a vuelta, el único sonido que se oye sale precisamente de esa región sumergida bajo telas que va creciendo bajo su tacto.

Dan vueltas y más vueltas sus dedos diligentes, ya volando. Un calor le sube por los brazos, por el pecho entero que sube y baja encabritado, previniendo lo que se vislumbra total. De repente, todo calla y un profundo silencio es el testigo de lo que Hugo vio, solo él y el silencio. La Sirenita quinceañera quedó desnuda bajo las manos de su anfitrión, unas medias de nilón perlado a media pierna, el pie enmarcado en tacos plateados, su único hábito tirado en la grama, enroscándosele a los pies como una espuma de mar. Los bucles perfumados, la cara perfectamente hecha en tonos malva-coral, el cuerpecito menudo, la tez bronceada y cremosa, el pechito, los hombritos, las caderitas y, en medio de aquella menudencia, una verga suculenta, ancha como un reptil de agua, ancha y espesa, en el mismo medio de toda aquella fragilidad.

XLI

Cuatro veces en semana, Leocadio iba a trabajar al Hotel Colón. Se presentaba a las diez de la mañana y salía a las tres de la tarde, excepto viernes y sábado, que trabajaba hasta las seis. Llegaba cansado a la casa, después de fajarse por tomar un motoconcho que lo dejara en la esquina de su barrio.

El trabajo era fácil. Todo era cuestión de estar atento para que no se resbalaran de las manos los platos enjabonados que debía enjuagar y calcular la presión necesaria al halar las sábanas de los colchones para no desgarrar los elásticos. Lo peor eran las horas haciendo lo mismo, seguidas por dos o tres momentos al día en que no había absolutamente nada que hacer. Exactamente en esos momentos era que se escapaba de su cuartito de mantenimiento o de los salones de fregadero y deambulaba por el hotel.

Ese mundo le fascinaba. Leocadio se aventuraba por todos los recovecos de la trastienda, por los almacenes donde se guardaban las provisiones, por los cuartos donde se almacenaban las pilas de sábanas blancas, acabaditas de planchar, los cajones de detergente y los utensilios de limpieza. También, le encantaba caminar todos los pasillos, y hasta entrar en los cuartos que sabía desocupados, a abrir y cerrar los gabinetes del baño, las gavetas de los tocadores, aspirar ese delicado aroma a hotel limpio y listo para recibir al cliente. Era diferente ese aroma. Olía a burbujas, a un tipo de planta distante envuelta en plástico. Olía a viento fresco de río. Cuando tenía tiempo libre, Leocadio subía a los miradores del techo, a donde, a veces, se escapaban los meseros a fumar y, desde allí, miraba la zona colonial de la capital.

La gente se veía pequeñita caminando por la calle. Leocadio veía sus cabecitas de turistas con sombrero o las cabecitas locales intentando resguardarse del sol del mediodía, cargando sobres y carteras, cajas de alimentos o papeles por las calles angostas por donde pasaba un carro zumbando. Desde los techos del Hotel Colón, se distinguían la Casa de Francia y las fachadas de las tiendas del otro lado de la calle. Desde allí, Leocadio tuvo, por primera vez, la oportunidad de echarle un vistazo grande a la ciudad. Ya no eran los barrios, la casa de doña Adelina y las callejuelas de su vecindario vistas a ras del suelo. Ahora podía ver la ciudad, respirando viva, completa, desde esos techos, y bajar, luego, hasta sus intestinos llenos de detergente y sábanas blancas, allá en los cuartos de limpieza del Hotel Colón.

Sin embargo, había un área prohibida para Leocadio: la barra del hotel. Esa área estaba fuera de límites para todos los muchachos que trabajaban moviendo cajas, cortando vegetales o limpiando cuartos de huéspedes. El mundo de la barra era exclusivo para los meseros. Ese clan selecto estaba compuesto por hombres jóvenes como Migueles, fuertes y anchos, como Migueles, que ya tenían calle y mundo, sabían fumar, emborracharse, comprarse su propia ropa y hasta conducir. Para ellos solamente estaba destinado el segundo piso. Bien se lo había advertido Stan, el dueño, que bajó hasta la cocina el día que lo contrataron.

—Tú no asomas ni la cara al borde de la escalera del bar. ¿Me entendiste?

Leocadio asintió, mudo, un poco impresionado al ver a ese hombre tan alto y blanco hablarle fuerte.

Migueles lo salvó.

—No se preocupe, don Stan, yo me encargo de que él siga todas las instrucciones al punto. Leocadio es buen trabajador y, persona de confianza. No se va a arrepentir.

Leocadio vio cómo Stan miraba a Migueles: como si lo estuviese estudiando bajo un microscopio, y cómo Migueles le sostenía la mirada, con aplomo. Aunque Stan era altísimo, Migueles pareció crecer varios metros durante esos momentos.

—Bueno —respondió Stan y se alejó escaleras arriba. El cuerpo del jefe se convirtió en una sombra que tropezaba con las esquinas, con las paredes, de tan alto que era. Parecía una araña gigante. Y Migueles era un luchador intergaláctico que peleaba con monstruos para salvar a su hermanito.

Aún así, Leocadio no podía frenar su curiosidad por el bar. Allá veía que se dirigían todos los pasos de los huéspedes, sobre todo, los viernes y los sábados, cuando salía más tarde de su turno. No se atrevía a romper su compromiso con Migueles ni con el jefe. Pero tampoco se contentaba con quedarse en el *lobby* y, desde abajo, oír la música y las risas; los murmullos de conversación entretenida que, a veces, resbalaban hasta el recibidor. El bar se le fue convirtiendo en una obsesión. Leocadio sospechaba que allá existía un mundo especial. No sabía cómo ni por qué, pero algo muy dentro de él le decía que arriba había algo suyo, algo que debía aprenderse de memoria. Jamás cosa alguna le había despertado el ansia de esa forma. Él siempre se había preciado de ser un niño obediente, callado, formal. Pero su obediencia terminaba donde empezaban las escaleras de aquel bar.

XLII

Este era el lugar, definitivamente. ¿Cómo no se le había ocurrido antes? Ella bien sabe que todo país tiene su mafia, sus lugares escondidos, que aparentan ser una cosa, pero son otra. ¿Por qué pensó que esta isla sería diferente de la propia? ¿Por qué no investigó más, por qué no preguntó si existían lugares como este, como el Hotel Colón?

Desde que llegó, leyó de rabo a cabo la jugada. El hotel, por fuera, parecía una modesta posada, encantadora por otros atributos a los del lujo. Estaba situado en la zona colonial, cerca del Alcázar del Almirante. La estructura del edificio lucía bien cuidada, pero su restauración no era como las del Viejo San Juan, que le inyecta nueva vida a la argamasa, a los ladrillos, a la madera que usan para reponer vigas de techo y dinteles de puerta. Este edificio daba claras señas de ser antiguo, no por lo decrépito, sino por lo sombrío.

Adentro, había un *lobby* como el de cualquier otro hotel pequeño. Una lámpara de hierro forjado con bombillas en forma de llama se mecía levemente a causa de una brisa repentina. Las paredes pintadas de blanco hueso y la madera oscura enmarcaban unas escaleras que, supuestamente, conducían a un segundo piso donde estaban las habitaciones. Eso parecía desde la planta baja. Una vez se subían las escaleras, cambiaba el panorama. El segundo piso, en realidad, era la barra del hotel. Las salidas hacia los balcones estaban tapiadas. No entraba mucha luz, ni siquiera por entre las rendijas de los tablones que encerraban los arcos hacia el mar, porque, sobre ellos, colgaban unas cortinas de pana color vino, con borlas doradas que le daban al lugar un aire a teatro desahuciado. En la pared de entrada, al tope de la escalera, había un mural paisajista, donde asomaba un atardecer caribeño, con sus palmas, su ramillete de cocos verdes tirados al pie de un tronco marrón y su mar azul cobalto con espumita blanca que relucía cuando le daba la luz, por la escarcha con que la habían rociado encima antes de que se secara la pintura de aceite con que la habían dibujado. Cada esquina de la barra quedaba enmarcada por un enorme tiesto de barro con una palmita sembrada, que parecía de verdad.

La barra estaba hecha de madera. Era alargada y sin esquinas, como para prever accidentes, en caso de que a algún cliente borracho se le olvide el peligro de los ángulos y quede encajado en uno, amoretándose su colorada piel o astillándose alguna costilla. Un gran espejo cubría la pared de fondo, donde, también, estaba dispuesto el mostrador de bebidas, muy bien surtido. Un marco de pencas de palma trenzadas adornaba el espejo. El techo de la barra estaba forrado de guirnaldas de lucecitas blancas, simulando un cielo estrellado.

Sobre la barra, estaban los ceniceros con el logo del hotel y unos arreglos de entremeses que servían trocitos de piña, jamón y quipes en miniatura. Una alfombra del mismo color vino que las cortinas cubría el piso de pared a pared, con excepción de una porción rectangular bastante amplia, donde estaba la pista de baile. En la esquina de la pista, se veía sobresalir una pequeña tarima alumbrada de lucecitas. El resto del piso estaba ocupado por mesitas con sus sillas, algunas, llenas de gente; otras, vacías. Dos o tres parejas bailaban al ritmo de un *remix* de Donna Summers. El sitio en realidad era modesto y medio aguacatón, pero se veía limpio, bien atendido, algo así como decente.

Martha, Contreras, Peláez y Vivaldi se sentaron en una mesita cercana al bar. Vivaldi auscultó a Miss Martha, le observó atentamente el semblante, para convencerse de que la había traído al lugar indicado. Martha puso aire de despreocupación, pero, por dentro, se aprendía de memoria la lección. Cada país tiene su mafia, sus recovecos secretos, era cuestión de desentrañarlos. Sospechó por qué Contreras le daba tantas largas al asunto de la contratación de la Sirena. La verdad era que las cosas para las locas no estaban tan adelantadas como en Puerto Rico. Allá, hombres vestidos salen hasta por la televisión. Johnny Rey, ¿acaso no tiene su propio programa? Pantojas, ¿llena la casa en cada teatro que se presenta o no? Para los homosexuales machorros tal vez no, pero a las locas siempre les dan su alpiste, por el elemento cómico, la risa, la burla, quién sabe. Aunque sea para burlarse, se lo dan. Sin embargo, en este país la cosa pinta diferente, como en Puerto Rico hace décadas atrás. Suerte que la Martha tenía su millaje. Su edad, su vida de casada con el marido hondureño, le habían desarrollado ese sexto sentido necesario para leer códigos del mundo secreto. Pero, ¿por qué pensó hasta ahora que no iba a necesitar de esas habilidades en esta isla?

Y pensar que ella, una zorra vieja, confió en que Contreras podría contratarle un *show* legal en el mundo de los vivos. Si es un pelafustán este Contreras, obviamente trabajando bajo las órdenes de otro. Ya se lo avisaría a Billy cuando llegara. «Ese dominicano con quien me conectaste te llenó el ojo, mamita. Es soldado raso, con alardes de capitán». Ni loco se atrevería a proponer un *show* travesti para el sacrosanto hotel que administra. Eso podía dar señal de plumas en su espacio de trabajo. Pero, a la verdad, no lo culpaba. Si había que andarse escondiendo tanto para bailarse a un macho en esta ciudad, dar pistas de maricón en el trabajo debería de ser terrible.

Además, era indiscutible que Contreras tenía algunas influencias. Costear los gastos de estadía, poner en agenda el *show* de demostración, para lograr al menos eso, algún poder debía manejar el individuo. Y para colmo, se había tomado la molestia de organizar esta cena para ella, presentarle a otros hombres de negocios, que lo más seguro eran homosexuales de nación, de los tapaditos. Con razón, alguno le recordaba a su antiguo marido. Ellos la iniciarían en el turbulento trayecto hacia el inframundo gay de Santo Domingo. Casi la enternece el detalle. Pero, bueno, menos no podía hacer el Contreras, después de haberla dejado esperando tanto tiempo en el hotel, comiéndose la madre de ansiedad y, para colmo, sin saber dónde andaba Sirena.

«¿Dónde andará esa callejera, malagradecida, boba? Ojalá no le haya pasado nada. Se merece que le desee mal», piensa Martha, pero la verdad, le preocupa no saber de ella. Lleva tres días sin saber nada de ella. Tres días con sus noches y ni una llamada. No se lo ha admitido a nadie, ni a ella misma, pero ninguna de esas noches ha dormido bien. Miss Martha Divine sufre desvelos en su cuarto de hotel, oye pasos, se despierta sobresaltada, vuelve a la cama con el sueño intranquilo. Miente, intentando convencerse de que es la espera por el contrato de Contreras lo que la tiene así. Pero, en el fondo, sabe que es por la Sirena. ¿Dónde andará? ¿Quién la habrá sonsacado? Lo peor es que no puede reportarla a la policía. Los del hotel no pueden enterarse tampoco. Así que lo único que resta es sentarse a esperar. ¡Cristo Redentor no lo quiera, pero si la encuentran muerta, que para donde ella no miren! Se le caerán los ojos llorando, el corazón parará de latir, pero ella no irá a reclamar el cadáver ni por un millón de pesos. «Aquí se queda enterradita al lado de Hostos. Yo no digo ni esta boca es mía, porque puedo salir despellejada».

Pero ahora estaba en el Hotel Colón. Como esta barra debía de existir alguna más, otros hoteles con su buen sistema de sonido y su tarimita. Con menos, ella ha montado producciones de fantasía. Ha criado clientela asidua, admiradores de debutantes exclusivas, toda una reputación. Si ella tuviera un hotel como este, ya sería millonaria. Con el potencial de desarrollo que tiene el lugar...

Mientras Miss Martha Divine hacía cálculos empresariales en su cabeza, hizo acto de presencia Stan, el dueño del hotel. Aquel hombre parecía un vikingo, de tan grande. Fácilmente, alcanzaba los seis pies y sus cuantas pulgadas. Tenía el pelo casi blanco y la piel colorada, daba pinta de extraterrestre. Pero llegó con botella en mano y mesero con bandeja de copas detrás. Obviamente, venía en son de paz.

Tan pronto se acercó, Vivaldi lo saludó de abrazo y besos en ambas mejillas. Stan saludó a los demás como a viejas concurrencias. No se había equivocado Miss Martha, todos eran locas de nación. Era obvio que este era su elemento y se sentían en confianza de, al fin, soltar máscaras, al fin mostrar verdadera apariencia. El Marcelo Mastroianni de Martha, siempre tan atento, le presentó a Stan:

—A esta sí que no la conoces, es una nueva amiga que viene a visitarnos desde Puerto Rico, cuídate de Miss Martha. Es mujer peligrosa y negociante de armas tomadas...

Stan, después de servirle unas copas de vino blanco de su propia mano, la invitó a bailar.

El vikingo hablaba un español caribeño perfecto. Se comía las «s» finales, intercambiaba las «l» por las «r» y salpicaba todo de una buena dosis de «qué vaina», «para que tú veas, mi amor», «la ida por la venida», y frases por el estilo. Pero el español le salía uniforme, como hablado por reportero de Univisión, y los giros idiomáticos no señalaban procedencia definitiva. Muy misterioso todo aquello. Pero de algo estaba segura Miss Martha: aquel vikingo, gringo no era. Ya le preguntaría su procedencia cuando llegara el momento, porque mientras bailaban, ella lo que quería era ganar terreno. En la disco, Blondie cantaba su «Heart of Glass».

Bailaron ella y Stan, Stan y Contreras, ella y Lucchino (a quien ella empezó a llamar Marcelo, nada más por coquetear), Lucchino y Stan. Ya eran como las cuatro de la mañana y los turistas hacía rato habían enliado bártulos solos o acompañados, y se retiraban a sus habitaciones. Miss Martha ya se sentía en entera confianza, coqueteaba abiertamente con Vivaldi, quien la correspondía. No cesaba de pelar diente, de entornar ojos, parecía una geisha cada vez que Vivaldi la miraba. La seducción de su galán nada tenía que ver con planes empresariales ni con estrategias de mercadeo. Era el antiguo juego de la seducción de la carne, en su valor de uso, no de cambio. Se sorprendió a sí misma relamiéndose y pensando en Vivaldi en calzoncillos, Vivaldi robándole un beso en el elevador, Vivaldi cayéndole en peso sobre su carne. Ese era un placer que hacía tiempo Miss Martha no se permitía. «¡Qué carajos, si estoy de vacaciones! Además, ¿cuántas veces en la vida una se tropieza con un Marcelo Mastroianni en la isla vecina? Total, si ahora tengo la habitación para mí solita, a menos que aparezca la Sirena».

Pero, antes, Miss Martha debía sacarse de encima las ebulliciones de otra sangre que no la dejaría tranquila hasta que la apaciguara. Su maldita sangre de empresaria. Era la primera vez, en años, que su deseo intervenía con un plan de negocios. «¿Por qué?», se preguntó Martha. Quizás si el trigueñazo de Vivaldi no fuera tan seductor, si ella no estuviera entrada en años, si no se sintiera tan vulnerable con la Sirena perdida, quizás (se atreve a elucubrar) empleara su tiempo tratando de seducir al vikingo Stan. Pasaría por alto su pelo albino, su piel de cerdito al sol, su quijada ancha y sus ojos de salamandra hundida para halagarlo y mordisquearle el ego.

Pero se veía a leguas que Stan era presa de otra carnada. El vikingo se portaba como un niño estrenando juguete nuevo con la Martha. No perdía oportunidad de pasarle los dedos por los vuelos del traje, echarle piropos a su cartera o a sus accesorios y maquillaje. Le encantaba bailar con ella, aunque parecía un sapo electrocutándose cada vez que salía a la pista. «¿Qué será lo que busca el neardental este?», Martha se preguntaba, confundida. Activó su sexto sentido. Sumó, restó y multiplicó. No fue difícil dar con el resultado. Definitivamente, Stan era presa fácil, pero no por lo que ella supuso al principio. Aquella loca albina, dueña y señora del Hotel Colón, veía en Martha retratado su deseo. No cabía duda de que si la valquiria la arrincona, empezaría a preguntarle por catálogos de calzado en tallas grandes y lugares donde comprar un ajuar para sí. Era evidente que Stan era una draga reprimida; se moría por vestirse. Por eso le brillaban los ojos al contemplar a Miss Martha Divine. «¡Qué cosa, Padre amado, lo que es la seducción! Mira por donde viene a salir el tiro de mi culata», pensó Martha y, sonriente, tramó su próxima movida.

—Stan, tienes unas facciones divinas...

—¿Qué?

—Que tienes unas facciones divinas... Deberías acentuarlas con un poco de maquillaje, un poquito nada más.

—Espera, voy a pedir que bajen un poco la música. —Y le hizo unas señas al *bartender* que, de inmediato, bajó el volumen de las bocinas de la discoteca—.¿Qué me decías?

—Que tienes unas facciones hermosas, me recuerdas a la Marlene.

—¿A Marlene Dietriech? No me embromes... Esa es mi musa número uno.

—Pues tú harías una Marlene de lujo.

—¡Qué va a ser, Martha!

—Sí, niña. Con esa piel y esos pómulos, esa altura imponente. ¿No te imaginas en tacos? Un escándalo, Stan.

—No te voy a negar que, a veces, me entra una curiosidad por maquillarme y ponerme una pelucota, mi amor, hasta mitad de espalda. ¿Te imaginas?

—Claro que me imagino.

—Me vería tan ridículo, con esta jeta de pescador de ballenas que cargo encima.

—¡Qué va, cielo! Deberías conocer a alguna de mis artistas. Lizzy Star, por ejemplo, que es una caballa de lo alta que es, y musculosa y abusadora, como tú. Pero hace una Barbara Streisand de a morirse.

—¿Cómo que tus artistas?

—¿No te contó Vivaldi? Yo soy promotora de *shows* travestis.

—¡No jodas!

—Pero amor, ¿de qué otra manera un travesti se gana

el pan sobre la faz de esta tierra? No va a ser dando clases de natación. Yo no sé aquí o en el país del cual tú vengas, pero en la Isla del Encanto nosotras comemos armando *shows* en barras o armándolos en la calle, y ya yo estoy muy vieja para lo segundo. Ya ves, Stan, soy una chica de experiencia en estos lides, así que confía cuando te digo que serías una *drag queen* de escándalo.

—¿De verdad, Martha?

—Te lo juro por la salud de mis hijos. Deberías vestirte un día de estos. Pero eso hay que hacerlo con cuidado, por manos profesionales. ¿Por qué no le pides a alguna amiga de confianza que te ayude?

—No tengo amigas que se presten para eso.

—¡Ay, Divina Pastora! ¿Un dueño de un bar gay que no frecuenta travestis? ¿Y por qué?

—Es que esto es un bar para turistas. Las locales no vienen mucho por aquí.

—Es decir, que aquí tú no ofreces *show* de dragas, cariño.

—No.

—¿Ni uno solo?

—Nada, Martha, y no es porque no quiera.

—Ay, nene, esto no puede ser. ¡Tú sabes el billetal que estás dejando perder! ¡Un *show* de dragas en esta barra es imperioso, un *must*!

—Eso mismo pienso yo.

—Pues, Stan, t*oday is your lucky day*. Yo te voy a ayudar en esta empresa.

Y Miss Martha Fiol, ni corta ni perezosa, cruzó la pista. Regresó a la mesa, abrió cartera, sacó libretita de apuntes, su agenda, su bolígrafo dorado. Se tomó un instante para corroborar si Lucchino Vivaldi aún seguía en su papel de bombón mediterráneo, dorándole la píldora de su deseo. Ya le caería encima como torrente tropical. Pero antes, había que resolver el asuntito con su nueva amiga y futura *partner* de negocios. Muy atenta, Miss Martha Fiol caminó de nuevo hacia donde Stan la esperaba. Con su mejor sonrisa enmarcándole los labios, abrió su agenda con aplomo y le preguntó a su interlocutor vikingo:

—Y dime, corazón, ¿cuándo hacemos una cita?

XLIII

Sirena camina a orillas de la playa frente al hotel. Tiene puesto un vestido blanco que Hugo le había comprado en la boutique del Talanquera y unas sandalias de cuero, de taco bajo. Se pasea lenta al atardecer. Juega con una pulsera de perlas. Medita...

¿Por qué no logró recordar aquel bolero la primera noche en que Hugo la besó? ¿Por qué no pudo, como siempre había podido, perderse en un ronroneo de canciones, alejarse de aquello que le pasaba a su cuerpo, mientras ella se perdía en otra parte? Sirena se sentía incómoda. Aunque la noche siguiente recuperó su aptitud de cantar mientras lo besaban, no se sentía con el aplomo de antes. Ahora no podía evitar que la conmovieran las caricias de Hugo. A veces, hasta le daban ganas de llorar. Ese Cliente le había trastocado las pautas de su acostumbrado plan, y a ella cada vez se le hacía más difícil mantenerse envuelta en la ilusión de amor y entrega que, hasta entonces, la había protegido. Algo en Hugo la hacía vulnerable a la realidad.

Habían pasado dos días desde el *show* y Sirena no encontraba cómo regresar a la capital. Primero, se dijo que era por cansancio. Luego, que por su sangre de empresaria. Hugo le prometió buscarle otro contrato para que amenizara el piano bar del Talanquera. Mientras tanto, costearía todos sus gastos de hotel. Promete ayudarla en su carrera, colmarla de besos, saciar cada una de sus hambres, amarla como siempre había querido amar a una mujer... Sirena quiere convencerse de que aún controla la situación. Se dice, mientras camina a la orilla del mar: «A este rico, yo le puedo sacar el dinero que quiera. Suficiente para pagarme mi carrera yo solita sin necesidad de representantes de mentira. Él tiene influencias y contactos. Y me los regala, con tal de que lo deje tocarme una vez más. Tanto por tan poca cosa... Sé que quiere que me enamore de él. Pero, qué me voy a enamorar de él, si no lo conozco. Amo el lujo que lo rodea, su bolsillo siempre lleno de billetes, amo el olor de esos billetes y la ruta que me enseñan, yo sentadita en el asiento conductor y los billetes llevándome a las mismísimas cimas del Paraíso». Pero ella no es boba, sabe que algo extraño está ocurriendo. Que, a veces, de noche, se desvela recordando cosas que había empujado hasta el fondo de su inconsciencia. En medio de su desvelo, se había abrazado a Hugo. «Puro reflejo», intenta pensar la Sirena. Pero, dentro de ese abrazo, se ha sentido protegida, y, casi sin proponérselo, ha conciliado de nuevo el sueño.

Anoche tuvo pesadillas. No recuerda sino retazos. La cara de su Valentina, azulosa y medio hinchada, la obliga a prometer que nunca más se dejará clavar por ningún hombre. Entonces, aparecen sus propias manos dando zarpazos desesperados, y la cara de aquel tipo que ha intentado olvidar desde hace tiempo, pero que todavía recuerda a la perfección. Allí están de nuevo el bigote, los labios finos, los ojos rojos de pupilas dilatadas y resueltas a rajarlo de rabo a cabo, metérsele dentro, al fin, hasta borrarlo de la faz de la tierra. Sirena se oye gemir, pero no puede despertarse, hasta que el tipo le oprime la garganta con un antebrazo y, con el otro, despliega algo que brilla ante sus ojos. Sobresaltada, despierta. Allí está Hugo durmiendo en plena paz, brindándole su abrazo.

La Sirena medita junto al mar. Piensa en lo que hubiera hecho Martha en un momento como este, pero tampoco en eso encuentra su sosiego. De bruces, se topa con su culpa. Le habla a su mánager en su imaginación, se justifica: «Tú hubieras hecho lo mismo, Martha Divine, exactamente lo mismo que yo. Ante una oportunidad como esta, ¿qué querías que hiciera? ¿Que regresara a Santo Domingo inmediatamente después, que te llamara para intentar explicarte por qué había desaparecido? Ibas a formar tremenda garata. Me ibas a insultar y a recordarme lo mucho que te has sacrificado por mí. ¡Yo nunca te pedí ese sacrificio! Además, tú bien sabes que por mí las únicas que se han sacrificado ya están muertas. Tú invertiste, que es otra cosa. Se te nota la ambición en los ojos, las ganas de exprimirme para sacar dinero con que financiar tus últimos días de matrona retirada. Sabes bien que, en mi lugar, hubieras hecho lo mismo. Hubieras estado orgullosa de mí, si la que perdiera fuera otra. Aplaudirías la hazaña, me servirías vino en una copa, reirías conmigo diciéndome: "¡Qué niña más arpía, ángel celestial! Tan chiquita y tan capaz de sacarle los ojos hasta a su propia madre! ¡Así es que se hace, nena, sangre de empresaria corriéndote por las venas!"».

Sirena trató de sentir rabia. Quizás si peleaba contra Martha se aliviaría de esa pena que la inunda. Pero ella no era boba. Sospechaba de la existencia de algo que la empujaba hacia lo más profundo. Cuando aquella fuerza le ganara, ni los boleros de la Abuela, ni la rabia más feroz la iban a salvar de su borrasca. Entonces, ¿qué iba a hacer ella con ese cuerpecito que ya se acostumbraba al lujo, a la protección de mil caricias enamoradas? ¿Cómo se iba a escapar de un destino idéntico al de Valentina o al de Martha Divine? Años estuvieron sus antecesoras pegadas a tablas que prometían salvarles la vida, aliviarles el alma. Valentina confió en el Chino y en la droga que este le suplía.

¿Y cómo terminó? Muerta. Miss Divine se entregó al comerciante aquel que se convirtió en amante a destiempo. ¿Y qué le dejó? Una pulsera de perlas de fantasía. Porque ni el apartamento que le puso fue suyo. Si no hubiese sido arpía, ni siquiera le hubiese sacado lo suficiente como para abrir el chinchorro que abrió en la calle inundada de cloacas donde se encuentra El Danubio Azul.

No, eso no podía ser. Ella no podía permitirse depender de este anfitrión. No debía confiar de la mano que tira sobras a perros callejeros. Sin embargo, mirando la puesta del sol, Sirena reconoce que es fácil caer en la trampa en que cayeron sus protectoras. Es tan fácil dejarse arrumar por las palabras, deslumbrar por la adoración. Abrirse para Hugo, con su reloj Cartier tirado sobre la mesita de noche, y sus medias de marca rodando por el suelo, su chequera a simple vista. Es tan fácil tomarle el regalo de su confianza de las manos, el regalo de su amor que una sabe que es de embuste, pero qué importa, de rebote te llegan las caricias, los lujos, el cuido, de rebote y sin esperar nada a cambio. Hugo le ofreció pagarle la estadía en el Hotel. No le importaba que lo vieran por ahí con ella, aunque siempre insiste en que se vista de mujer. Ella, encantada, se viste con los regalos que le trae. Los compra en la *boutique* del hotel, trajes de hilo, zapatos Pablo Rubio. Ayer le regaló una pulsera de perlas de una sola vuelta, pero genuinas. Ya tiene más que lo que le regaló su marido a Miss Martha Divine.

Perdida en su pensar, Sirena caminaba contemplando el atardecer. Mata el tiempo en lo que Hugo la viene a visitar. Esa noche, de seguro irán a cenar, para después, subir a la habitación. Él la querrá besar, le repetirá su promesa y a ella le darán ganas de llorar. Algo se tiene que inventar para retrasar ese momento. De alguna forma se tiene que proteger de esa promesa de amor.

XLIV

El anfitrión se limpia con un pañuelo de hilo el líquido que le corre barbilla abajo y que le ha manchado el cuello de su camisa. Recoge esos jugos y los guarda en su bolsillo de atrás. Sirena lo mira desde arriba y, por un momento, el anfitrión cree verle su semblante. El anfitrión se levanta de sus rodillas, asume su altura y mira la cara de Selena, que ya lo contempla como después de haber terminado una canción. Otra vez se le esfuma la carita de nene asustado a la Sirena, otra vez asume su personaje. Hugo se desilusiona.

—¿Por qué no bajamos al bar del hotel?

Abajo los esperaban don Homero y el administrador del Hotel Talanquera. Hugo le pidió al pianista que mantuviera en secreto las dotes especiales de su protegida y rogó a Sirena que les cantara una canción. Cuando el administrador (adeudado político de la familia Graubel) oyó la voz de la cantante, quedó como quedan todos, a los pies de la Selena. Sin más, cedió a la oferta. Que cantara la Sirena todo lo que quisiera, que cantara y dejara a la gente olvidarse de todo, cogiendo pon en aquella voz hasta las ventas de su más lejano recuerdo.

—¿Por qué carajos no se regresa esa bestia a su maldito país?

—Selena consiguió un contrato para cantar por un fin de semana en el hotel.

—Sí, ya te lo creo. El contrato se lo conseguiste tú.

—No empieces, Solange, no empieces con la misma vaina....

Solange esconde su rabia y su vergüenza. Desde hacía dos días, no hacía otra cosa que pasearse como fiera por los pisos de la casona, aterrorizando al servicio. De tarde, salía a velar a sus niños bañarse en el mar y a tomarles fotos. En realidad lo que buscaba era atrapar a Hugo, agarrarlo con las manos en la masa. Entonces, sí tendría pruebas para hundirlo. No sabía cómo, pero lo hundiría. Ella no iba a ser la única derrotada.

Porque sí, aun con la rabia cerrándole la garganta, Solange tenía que admitirlo: el monstruo aquel había ganado la batalla. Lo más seguro, Hugo y «la cantante» ya habían intimado. Pero eso no era lo peor. Lo más que la cabreaba era que su marido siga viéndola a sus espaldas, que no le importe que se enteren todos, los trabajadores del hotel, la gente del servicio, los maleteros y los artistas del *lounge*. Ella sabía que, aunque nadie dijera una sola palabra, todos podían notar que la Sirena no era exactamente una mujer, como no lo fue ella cuando se casó con el magnate. Su piel dejaba ver esos rasgos adolescentes, una incipiente manzana de Adán en la garganta, los pies, las manos demasiado grandes para su estatura... El único que se engañaba era Hugo. El único... Todos los demás debían de saber. Y se burlaban de ella a sus espaldas y de sus hijos y del nombre de la familia.

Pero nada, por más que estiraba el cuello, Solange no lograba pescar a su marido. Ahora se entera de que Hugo le había conseguido un contrato a la Sirena en el hotel. Empezó a empacar como una loca, se volvía a la capital.

—Astrid, empaca la ropa de los niños.

Agitó al servicio como en una hecatombe y Hugo ni cuenta se dio, sentado en la *chaise lounge* del patio, del correicorre que formaba su mujer, abandonándolo rabiosa en su escarnio. Ni le preguntó cuando la vio casi empujando su prole en el carro con chofer. Ni la detuvo para preguntarle por qué se iba o para dónde. Ni se levantó a responder a las despedidas de sus hijos que, desde el carro, lo saludaban con la mano. Una vez la vio desaparecer por el camino de salida, Hugo tomó el teléfono y llamó a su contable.

—Manuel, necesito que me hagas un trámite, por precaución. Transfiere a mi cuenta corporativa la mitad del balance de la personal. Me estoy oliendo problemas con la esposa. Es por si le da con divorciarse. Tú sabes lo melo-dramáticas que, a veces, se ponen las mujeres.

XLV

—Sí, con el mostrador del hotel por favor... Hola, mostrador, voy a desocupar mi habitación. La 1105. Todos los gastos están prepagados por la administración del hotel. Eso me dijo Contreras. ¿No hay problema? Perfecto. Además, voy a necesitar un maletero y ordenar un taxi para que me lleve al aeropuerto... Digamos que en media hora. Muchísimas gracias, muy amable, que pase buenas tardes.

Ya. No quedaba más por hacer. Contreras, muy apenado, le había confirmado por teléfono lo que Martha ya sospechaba. La administración del hotel puso mil peros y lo del *show* de la Sirena no iba a poder ser. Pero a ella no la iban a arrinconar. Ya tenía plan alterno.

Lo del negocio con Stan iba a las mil maravillas. Aquella mañana, había ido al centro, al Hotel Colón. Por previsión, llevó su neceser de maquillajes. Notó que le faltaban algunas cosas, unas sombras, un rímel. «Esto es culpa de la desgraciada de Sirena. ¿Qué más me habrá robado, la cabrona?», pensó. Pero no tenía tiempo para enojarse. Tenía cita con Stan.

Se encontró con Stan a media mañana para tomar un café en sus oficinas. Martha jugó bien sus cartas y, de entrada, no mencionó ni una sola palabra de negocios. Miró a Stan y, muy zalamera, le soltó un «Mi amor, traje mi kit de maquillaje y te voy a poner regia ahora mismo. Vamos a un baño con buena iluminación. Cuando termine contigo, no te vas a reconocer».

Tardaron más de dos horas en una producción sencilla de maquillaje y peinado. Base clara, delineador, sombras grises y verdes, un lápiz labial *raspberry rosé* y un *fall* platinado que Martha llevó enrolladito al fondo de su cartera. Ambas se rieron como niñas. A la verdad que Stan hacía una mujer bellísima. De hombre parecía una aberración. Es que era rubio, rubio platinado. Y un hombre maduro y rubio es lo más feo del mundo. Martha siempre lo pensó: una cabellera rubia, una tez rosada, unos ojos claros son propios de modelos de pasarela. La rubicundez es propicia tan solo en el terreno del *glamour*. Por eso es que Martha escogió ser rubia. Su melena pintada, su palidez a fuerza de cremas aclarantes, pamelas y encierro eran una apuesta ganada al medioambiente. Martha las veía como una medalla de distinción entre tanto cuerpo mulato, trigueño y prieto que campea por sus respetos en estas costas caribeñas. Cualquiera puede ser un prieto bello, pero una rubia despampanante en medio de las islas... eso es otra historia.

Stan podía ser esa rubia en realidad. Cuando se vio con pantallas, rímel y con sus labios encarnecidos adquirió una levedad de gestos que la transformó completamente. Su altura se hizo grácil, sus movimientos ya no eran tan torpes. Martha pensó: «Lo que yo me sospechaba, esta sueca es una draga natural».

Stan respiró profundo, se llevó una mano al pecho. Se contempló largamente en el espejo. Entornó los ojos hacia Martha, para mirarla, coqueta y sensual, alegre y complacida de su nueva imagen. Entonces, Miss Martha Fiol vio su momento. Decidió aprovecharlo.

—Mira, Stan, así de regia como te ves ahora, así de despampanantes son muchas de las muchachas que trabajan en mi establecimiento. Yo podría subcontratarte a dos o tres, para ver cómo les va por acá. No sería por temporadas largas, quizás por dos meses a lo sumo.

—Me interesa este negocio, me interesa... Lo único que me preocupa es la clientela. Muchos de los que se hospedan en el hotel son turistas. Si ellas hacen el *show* tan solo en español, va a haber problemas.

—¿Y quién dijo que mis muchachas no son bilingües? *Honey*, tú sabes que Puerto Rico es otra cosa. Casi somos estados de la Unión Americana... Para mí trabaja una muchacha, Lizzy Star, que vivió muchos años en Nueva York. Lo mismo Balushka, que nació en Miami, aunque se crió en Levitown. Esas dragas son increíbles. Lo mismo te hacen un *show* en inglés que en español.

—¿Y cuánto me cobrarían?

—En Puerto Rico, se paga a doscientos dólares el *show*. Claro, eso depende de la producción, si es con bailarines y coreografía, efecto de luces o si es doblando nada más. Se hace un *show* cada fin de semana. Yo le cobro un porciento a la artista, claro está, por mi trabajo de representación. Ellas corren con los gastos de ajuar. Tú, con sueldo, sonido, luces y promoción.

—¿Promoción? Será para que la policía me cierre el local.

—Se me olvidaba que no estamos en Puerto Rico. Mejor para ti. Unas cuantas fotos en el *bulletin board* del hotel y ya. Los locales que se enteren por el rumor. Y se van a enterar. Tenlo por seguro.

—¿Qué hacemos con el asunto del visado?

—Qué visado ni visado, Stan. Tú contratas a mis muchachas y ellas llegan con su pasaporte americano. Se quedan un mes, hacen cuatro *shows*, cobran su dinero y se regresan al país. Tú no les vas a ofrecer sistema de retiro ni plan médico, ¿verdad? Y ellas no van a rendir planilla de contribuciones. Así que, ¿para qué meterse en esos líos?

—Ya sé. Si se quedan en el hotel, pueden venir con visa de turista. Así no tienen que declarar domicilio. ¿Cómo es que se llaman las muchachas bilingües que trabajan para ti?

—Lizzy y Balushka.

—Pues vamos a empezar con ellas dos.

Se dieron las manos para sellar el trato. Ahora, ajorada, Martha tenía que regresar a la isla, convencer a las dos locas a comprometerse a pasar un mes en la isla del lado, mandarles a sacar fotos profesionales y arreglar los pormenores de la producción. El dinero era bueno. El cuarenta por ciento era para ella, que no le vinieran con ñoñerías. Bastantes malos ratos que pasó para poderles conseguir ese guisito. Lo peor fue haber perdido a la Sirena.

Nada que hacer. Miss Martha Divine se resignó a no saber dónde andaba su ahijada, en qué cuneta, destripada, o en qué restaurante, tomando vino caro y abanicándose frente a una piscina. Ella no iba a revolcar ese avispero. Quizás con esto terminaba de pagar lo que le hizo a su marido. Ojalá estuviera bien. Eso sí, que ni se le ocurra aparecerse por el Danubio Azul, porque, entonces, sí que no respondía. Capaz era de darle una paliza por el malrato y los desvelos que le causó. Pero Sirena no era ninguna boba. Sabía que no la vería más.

Al menos, no regresaba con las manos vacías. Llegaba con un trato cerrado, una nueva *partner* de negocios. No era lo que esperaba; el Hotel Colón jamás podía competir en lujo y abundancia con los otros hoteles de la zona turística de Santo Domingo. Qué se le iba a hacer. Quizás tarde un poco más en retirarse y en juntar lo de su operación. Pero, de seguro, lo lograría. Se lo auguraba su sangre de empresaria.

Sonó el timbre y Martha le abrió la puerta al maletero que venía a recoger el equipaje. Bajó con él hasta el recibidor y paró un momento en el mostrador para entregar su llave. Caminó hasta el paseo de enfrente. Antes de montarse en el taxi, dio una última mirada a los predios del hotel, con el ceño fruncido.

—Espéreme un momentito, señor conductor.

Martha regresó al mostrador, pidió un sobre a la muchacha de recepción y rebuscó un rato en la cartera. Pidió un bolígrafo (no encontraba el suyo) y garabateó unas cuantas líneas en un papel. Entonces, sacó unos papeles con logo de aviones en su portada y los metió en el sobre, con la nota que escribía. Retomando su aire de señora, Miss Martha Divine le dijo a la recepcionista:

—Señorita. Si por casualidad alguien procura por mí en el hotel y se identifica con el nombre que dejé escrito en el sobre, hágame el favor de entregarle esto. Se lo voy a agradecer.

XLVI

En casa de doña Adelina, se estableció una nueva costumbre. Los demás muchachos se arremolinaban durante la cena a preguntarle a Leocadio cómo le había ido en el día. Comentando los sucesos del hotel, Leocadio entendió mejor lo que había hablado con Migueles la noche aquella que se sentaron a fumar en las escaleras de la casa. Esas vainas de hacerse hombre y encarar la vida solo. Se daba cuenta de que, poco a poco, se ganaba el respeto de los demás. Su nuevo estatus de hombre asalariado le había ganado la amistad de otros pupilos y, ahora, hasta podía permitirse pequeños lujos, como los de ir al cine o salir a comprar helados y pasear por el malecón con sus nuevos amigos. Tener dinero en los bolsillos hace que la gente te trate diferente.

A veces, pasaban días en que Leocadio no veía a Migueles, aunque ahora trabajaban en el mismo lugar. Como pertenecían a clanes diferentes, Leocadio tenía que permanecer casi todo el tiempo en la trastienda, mientras Migueles entraba y salía de los lugares más públicos del hotel. Migueles entraba a trabajar después del mediodía, y salía de noche, ya cuando Leocadio había regresado a la casa y se acostaba a dormir. Aun viéndolo menos, Leocadio seguía sintiendo por su amigo una camaradería especial. Le asombraba su aplomo; le entraban unas cosquillitas en la barriga, a veces, cuando lo veía con su uniforme de mesero dar órdenes precisas sobre lo que se debía llevar a las mesas. Aunque llegara muerto de cansancio de la calle, Leocadio trataba de esperar a Migueles despierto, como antes, y de prestarle oreja a lo que contaba del hotel y de los clientes. Así alimentaba, como podía, ese vínculo especial que lo acercaba a su mentor.

Había días en que Migueles buscaba la forma de encontrarse con Leocadio durante la jornada de trabajo. Juntos subían a la azotea del hotel y, desde allí, contemplaban la ciudad. Descansaban un rato contemplando sus árboles, sus placitas escondidas. Migueles se fumaba un cigarrillo y compartía con su hermanito los malos ratos, las veces que el administrador, que ya lo tenía hinchado, le corregía la manera de servir una mesa no percatarse de la limpieza de los cubiertos. Otras, celebraba con Leocadio la cantidad de propina y regalos que se había ganado durante la semana. Leocadio le insistía en que le describiera una y otra vez el bar.

—¿No te basta con el susto que pasaste cuando Stan te agarró curioseando?

—Cuéntame, Migueles, no seas así...

—Pero, León, si esa es una barra como otra cualquiera.

—¡Qué va a ser! De lejos se nota que es distinta.

—A ver, ¿cómo sabes tú eso, si no has subido ni una vez? Te habrás asomado. Si te coge el jefe, Leocadio, vas a coger tremendo boche y me vas a volver a meter en líos. Mira que yo le prometí...

—No he echado ni una ojeadita. Pero se nota distinta por la música. En esa barra no tocan bachatas ni merengues ni nada de eso. Pura música americana es lo que se oye desde abajo.

—Bueno, eso sí.

—Por eso debe ser diferente. Dime, Migueles, ¿cómo es? ¿Cómo son las luces, el ambiente?

—Ya te dije, hermanito, que es como todas las barras. Además, yo no soy bueno en eso de describir las cosas con sus adornos. Te digo algo, mejor esperamos a que la costa esté libre y un día de estos te subo a la barra sin que nadie se dé cuenta. Ahí ves por tus propios ojos, para que se te quite la curiosidad.

Intentó calmarse con la promesa de Migueles. Pero Leocadio sospechaba que, si no insistía, pasarían meses antes de poder ver el bar. Muchas fueron las tardes de los viernes que se requedaba en el recibidor, junto a las escaleras, alelado por el bullicio, la música y el entra y sale de turistas. Siempre avispaba el ojo, por si venía el jefe, o el administrador. No quería perder su trabajo ni hacerle pasar malos ratos a Migueles, pero tenía que ver ese bar. Cada vez que podía, le recordaba a su amigo «lo de la barra». Migueles, hastiado, se quejaba diciéndole a Leocadio:

—Qué acelere, si llego a saber que esto iba a ser así, no te prometo nada.

Se reían los dos después del regaño, cuando Leocadio lo miraba tímido y resuelto y le sonsacaba una sonrisa con sus ojotes grises. Aun así, Migueles se mantenía firme en su reticencia.

—Hermano, no siga jodiendo con lo del bar. Ya le dije que lo subiría escondido, pero es cuando tenga tiempo, no cuando a usted le dé la gana.

No había nada que hacer. Tendría que esperar. O aventurarse él solo.

Hasta se enfurruñó con Migueles. Se le quitaron las ganas de oírle los cuentos. Y Migueles calló. Ni siquiera le preguntó a Leocadio lo que le pasaba. Lo observaba por largo rato, mientras Leocadio le esquivaba la mirada y sentía cómo se le iba poniendo caliente la cara. No podía mirar a Migueles. Sabía que si levantaba los ojos, se le iban a aguar. Un buen día, su amigo lo interrumpió cuando iba al cuarto de lavado.

—Vente, vámonos —le dijo.

—¿A dónde? —le preguntó Leocadio, sin obtener respuesta, porque ya Migueles abría la puerta de la escalera de servicio que daba al bar.

Todo estaba oscuro cuando ambos llegaron. Leocadio estiró las manos, buscando a Migueles, porque no lo veía. De momento, oyó el pequeño clic del interruptor y vio cómo se encendían las bombillas de colores de la barra, las lucecitas blancas de los techos, los reflectores de la pista de baile con su bola de cristales de fantasía. Todas las paredes estaban recubiertas de murales, de vidrios que reflejaban la imagen de Leocadio, la de Migueles, apuesto en su uniforme de mesero. Leocadio paseó sus zapatos por la alfombra de los pisos, siguió el trazo de la barra con la punta de los dedos, se escabulló debajo de la puertita y jugó al cantinero con Migueles que, de paso, le pidió que le sirviera una copita de Brugal. Se la tomó de cantazo y miró a todos lados para asegurarse de que nadie lo había visto. Leocadio rió.

—¿De qué tanto te cuidas? Aquí el único que puede irle con chismes al administrador soy yo. O un fantasma fiestero que se haya quedado aquí encerrado pagando sus penas.

—Un fantasma fiestero y medio pájaro que se murió turisteando en el Colón.

—Después de bailar un merengue-disco.

—Con Stan, que lo mató del susto, diciéndole que era dominicano.

—Oye, Migueles, ¿de verdad que aquí bailan los hombres juntos y nadie los mira mal?

—¿Quién los va a mirar mal, si todos andan en lo mismo?

—¿Y cómo es esa vaina?

—¿Qué vaina?

—Bailar.

—Pues así... —Migueles tomó a Leocadio de la mano, le pasó el otro brazo por la cintura y lo pegó contra él mientras sonreía.

Al principio, Leocadio se sintió incómodo en los brazos de su amigo. Pero sabía que, si Migueles lo notaba, terminaría su visita al bar. Para ocultar su turbación, Leocadio puso cara de señorita tímida, batió pestañas y bailó con Migueles en aquella pista llena de brillo y de lucecitas que prendían y apagaban. Después, se distrajo un poco, mirando los reflejos de las luces sobre los cristales de las paredes. El piso entero estaba cubierto por reflejos de luciérnagas bailarinas que los envolvían a los dos. Migueles seguía bailando un ritmo íntimo. Leocadio trataba de tragárselo todo con los ojos. El sistema de sonido permanecía apagado, pero él juraba que oía música sonar. Música bailable extranjera, de esa que, a veces, llegaba a oírse abajo en el recibidor. Migueles guiaba los pasos y Leocadio puso atención en aprenderse el son que dirigía el baile. Miró a su amigo con los ojos brillosos de alegría.

—Así que uno dirige y otro sigue.

—Así mismito es.

—El grande al chiquito.

—No siempre. A veces, el más grande no es el más hombre de la pareja.

—¿Cómo que no es el más hombre?

—El hombre es el que dirige, el que decide. El otro es la mujer.

Leocadio calló por un rato. Siguió mirando las luces, pero se le notaba el semblante concentrado en las palabras que Migueles acababa de decir.

XLVII

Selena se roba la luz como una ladrona. Sirena le roba los ojos a quienes la adoran. Ella quiere todo lo que todos tienen. Merece la cima. Merece una vida mejor que la que tiene. Así lo declara en las noches en que está cantando. Así lo declara su voz, que a todos va embriagando. Cada vez que canta, su voz es un hambre, un tumor de hambre, una perdición.

Y ella no puede explicarse por qué el público paga por verla sufriendo; ahora que pierde el aplomo de lo que antes era un simulacro perfecto. Al fondo está Hugo, en su lujo envuelto, mirándola a ella, que muere de pena frente a su anfitrión.

¿Será que solo a través de gente como Sirena Selena es que puede el público sentir sin tapujos lo que es la pena? Da miedo morirse frente a tanto testigo, en verdad da miedo vivir tan cerca de lo que es dolor...

Se acaba la función de la noche. Hugo espera paciente a que los admiradores de Selena le hablen, la feliciten y se le acerquen a ver si fue cierto lo que vieron. Algunos descubren lo que Hugo sabe. Es un muchachito quien les cantó esa noche, un muchachito haciendo que es mujer. Otros no pueden ver nada y la felicitan para, luego, irse a dormir tranquilos a sus casas, a sus vidas de siempre. Sirena llega ondulando hasta donde Hugo la espera, recostado del bar.

—Vamos a comer algo por ahí —le propone.

—Esta noche no. Hice un pedido especial para que lo llevaran a tu cuarto.

—*Okey*. —Sirena guarda un silencio que puede significar tantas cosas...

Suben hasta la suite del Talanquera y se sientan a comer langostas Termidor. Sirena nunca había comido langostas. Estaba contenta chupando las patitas, rompiendo las palancas y sorbiendo la mantequilla derretida que le embarraba las manos. Hugo la miraba sin quererle hablar, porque sospechaba que su voz rompería el encanto y la iba a transformar de nuevo en personaje.

Terminan de comer. Se toman un coñac y hablan. Hugo espera a que se haga un silencio. Esa es la señal para empezar el otro rito. Hugo se arrodilla de nuevo frente a la Sirena. Sirena siente en su pecho un sobresalto. Empieza a canturrear.

—No cantes hoy. Siénteme tan solo.

La ninfa calla. Boca afuera deja de cantar, pero por dentro, intenta tararear una tonada de amor. «Dios bendito —piensa en medio de su melodía—, que no me falle el libreto. Virgen santa —ruega asustada—, que este hombre siga por donde va». Pero presiente que Hugo está a punto de otra cosa. Ya lo tiene metido en su boca y lo besa con tanta voluptuosidad. Le acaricia las nalgas y le aguanta la pelvis para manejar el ritmo. Lo levanta del sofá y lo besa muy suave en sus dos pechitos. Ya le muerde las orejas, ya lo abraza apasionado. Ya lo tira en la cama, lo desnuda completo y se acuesta a su lado. Hugo dirige la mano de Sirena hasta su pantalón para que lo sienta. Con el gesto pretende que ella se dé cuenta de cómo lo tiene.

—Mira cómo me tienes, sirenito...

Le dice sirenito. Lo llama en masculino como nunca y la turba en su canción. Le hace abrir los ojos a Sirena, olvidarse de su acto.

—Ay, mi sirenito, mira, mira...

Ahora es Hugo quien está dispuesto a recibirlo con todos sus anhelos expuestos. Su carne brinca desde el pantalón como un tiburón fuera del agua. Sirena intuye devoración. Lo toca. Hugo está perdido en el éxtasis del tacto. Ni oye cuando la Sirena, recobrada, abre su garganta. Cree que es más rumor de mar. La respiración se le agita mientras Sirena, tranquila, sigue cantando y lo acaricia con su mano ensalivada de uñas falsas. Por detrás también lo toca con el dedo mojado, le hunde el dedo hasta rasparle por dentro. A Hugo le gusta ese dolor. Se deja tocar, se dejaría matar por el chamaquito aquel, a ver si así le prueba su compromiso, a ver si así lo convence de que algún día lo deje entrar hasta el rincón donde está escondido, muerto de miedo.

Te voy a amar, Selena, como siempre quise amar...

Se le corta el aire. Cae de bruces sobre la almohada. Otra vez su sirenito lo raspa. Hugo se lo imagina enardecido y mirándolo con ternura. Intuye que mueve los labios y piensa que su sirenito le dice que lo quiere tal vez, que jamás se ha sentido tan cerca de alguien. Trata de decirle que lo siente como otra versión suya, como si cada cual esperara al otro a la orilla de un espejo muy antiguo.

«Decirme sirenito a mí, decirme sirenito», se repite la Sirena, mientras raspa con la uña la carne más rosada de su anfitrión. Lo mira retorcerse de bruces en la almohada y, por un momento, se enternece. El obediente dolor de Hugo ofreciéndole su derrota como pacto apacigua su rabia. Sirena contempla su espalda ancha, los brazos laxos que tantas veces lo han acurrucado. Quisiera decirle a esos brazos tantas cosas... Pero para hablar tendría que deshacerse de quien es ella en realidad, de quien tanto trabajo le ha costado ser. ¿Y si se vuelca hacia afuera y no regresa? ¿Quién sería ella entonces?

Hugo nota cuando le cae un poco de saliva tibia entre las nalgas y, luego, sonríe al sentirse arropado por la presión de un cuerpo menudito que se le trepa encima y le coloca la punta de su misterio en la boca de atrás. Hugo se retuerce, el calor del roce lo adormila y ya no sabe nada más que aguantarse a las sábanas de aquella cama, mientras su sirenito lo cabalga despacio; después, más rápido y más. Hugo se deja transportar por un susurro de carne, por una corriente de frío, como si estuviera al fondo de algo muy azul y muy profundo. Afuera aúlla el mar.

Al día siguiente, Hugo Graubel despierta, descansado. En la cama busca con el tacto el cuerpo de Sirena. No lo encuentra. Quizás esté en el baño. Se levanta. Va a cotejar la hora. Tampoco encuentra su reloj Cartier. Busca su pantalón, su cartera en el bolsillo. Tampoco la encuentra. Va al armario. De las perchas, cuelgan los ganchos vacíos, las cajas con los zapatos que le compró a Sirena están abiertas y vacías también. Hugo se viste como puede y baja al recibidor del hotel. Pide hablar con el hotelero. Le pregunta por Sirena.

—Esta mañana la vi tomar un taxi y decirle al chofer que la llevara a la capital. Llevaba un bolso grande y un neceser. Se fue diciendo que usted saldaba la cuenta. Aquí dejó las llaves de la habitación.

—¿No dejó nada para mí, ni una nota?

—Que yo sepa, nada, señor Graubel.

—¿Nada?

—No, señor, nada.

XLVIII

El más grande, la más chiquita. Uno hombre, el otro mujer, aunque puede ser el más chico, que no necesariamente sea un hombre el más fuerte ni más grande que el otro, sino el que dirige, el que decide, el que manda. Hay muchas maneras de mandar, muchas formas de ser hombre o de ser mujer, una decide. A veces, se puede ser ambas sin tener que dejar de ser lo uno ni lo otro. Dinero, el carrazo, los chavos para irse lejos, para entrar en las barras más bonitas, más llenas de luces. Eso le toca al hombre. Si baila y otro dirige, entonces, se es la mujer. Y si ella decide a dónde va, entonces, es el hombre, pero si se queda entre los brazos de Migueles, que dirige, es una mujer. ¿Y si fuera ella quien lo convence de bailar, quien lo atrae con su cara caliente y sus trampas? Entonces, ¿quién es el hombre, la mujer? ¿Si fuera yo quien lo llevara para adelante y para atrás, quien supiera dónde queda el swiche de la luz y lo encendiera para que aparezcan pajaritos de luces vibrando contra las paredes? ¿Y si un turista toma a Migueles por la cintura y lo dirige a él, y lo invita a pasear en su carrazo hasta las playas y él es quien tiene los billetes? ¿Quién es el hombre? Migueles habla con aplomo y se le enfrenta a los jefes, consigue los trabajos. Es el hombre. El más grande o el más chiquito, el más fuerte, el más bravo, el más listo. ¿Y si el más listo no es el más forzudo, y si quien dirige no es el que tiene los cheles, sino quien los consigue siendo el más listo? ¿Y si yo aquí y esta musiquita, y los brazos de Migueles, que son un tronco fuerte y tierno? ¿Si esta cosquillita es fuerte, es grande, es lista y es forzuda? Cosquillita de hombre debe ser, baile de hombre entre uno grande y otro chiquito, pero que va a ser listo y fuerte. Migueles es hombre y es así. A veces, él sigue y obedece, a veces, no. Cuando sube las escaleras, por ejemplo. Cuando viene a bailar, no de mesero, a bailar, a sentarse a las mesas con los turistas y bailar con ellos.

Si ellos quieren ser los que dirigen, que lo hagan. Si ellos quieren ser los que acurrucan contra el pecho, que acurruquen. Pero que no jueguen con uno, que no engatusen hasta las esquinas a uno azaroso, asustado, la madre llamando Leocadio y uno viéndole esa fiera en la mirada. Aquí no, aquí se baila y las lucecitas distraen y asustan a la fiera. Y yo en los brazos y en las lucecitas, brillo, soy el listo, no el cobarde, el grande, no el chiquito, el que tiene dinero. Y Migueles es mi hermano que me enseña a bailar, y me trata como a un hombre, pero baila conmigo, aunque yo sea chiquito y delicado. Me respeta y baila conmigo. Yo soy de respeto y, cuando crezca, me vestiré de más respeto y vendré a bailar aquí, adonde no hay fieras.

¿Qué fue aquello que ella vio? ¿Aquel celaje que vio cuando bajaba a toda prisa las escaleras del Hotel Colón? De camino al aeropuerto, Martha recuerda que le pareció ver a dos niños bailando en la barra del hotel, en completo silencio. Giraba uno en lo brazos del otro, y eran dos muchachos hermosos. El más grande tenía la piel de un color chocolate espeso. Sin embargo, fue el más jovencito quien le atrapó la memoria. Era amarillo como un gato, con los ojos grises y un dejo a hecatombe encima que le paraba los pelos a cualquiera. ¡Qué fuerte era ese muchachito! ¡Ni él mismo sabe cuán fuerte es! El otro que se prepare, que el chiquito se lo va a comer de un bocado. Eso, si son noviecitos. Y si no lo son, que se preparen, que lo van a ser. Ella sabe de esas cosas, las huele en el aire. No es por nada que ha estado tanto tiempo en este mundo. Reconoce el temple donde sea. Eso que las espiritistas llaman *aura*. Pero no son colores retumbando alrededor de una persona. Es el peso de los pasos, las miradas, la densidad con que se viene al mundo. Lo supo ver tan pronto le presentaron a Sirena. Lo ve en ese muchacho tan chiquito que gira entre los brazos de un camarero.

Ay, Señor santo, la Sirena. Que era así, de los que van por la calle y no pueden, aunque quieran, ser invisibles. Siempre hay quienes intentan metérselos completos a la boca y se quedan con las ganas interrumpidas, con el hambre a medio saciar, sin poder, porque no tienen con qué digerir todo ese portento de criatura. Ella lo sabe, la Martha Divine lo sabe. Por eso, presiente que la Sirena anda por ahí, riéndose del mundo. Porque así es la vida, *baby*. Una ríe mientras canta que se muere, se endroga mientras ve perfectamente, se confunde mientras ríe a carcajadas, porque así es la vida en este caldo de islas sancochadas por el hambre y por las ganas de vivir de acuerdo con otra realidad. Por algo ha vivido lo que vivió y se corrió los riesgos corridos. Por algo ella comercia con lo que comercia y sabe disimular la vida. Sabe que a cuero suelto no hay quien resista. Sin sombra y sin *glamour*, lo único que queda es esperar los cuatro tiros a la vuelta de la esquina, o beberse solita el hígado propio esperando una caricia. No, mi amor, sin bases y sin tacas, sin trucos y sin traición, la vida no es vida para quien la vive con ese peso en las tripas. Y al que no le guste, que se mude a otro planeta. Esto es así... Por eso no culpa a la Sirena. ¡Qué la va a culpar! No la ayuda más, le parte la cara en cuatro si la ve, porque está en su derecho. Pero no la culpa.

Lo que sí es que ahora no tiene tiempo para tales pensamientos. Ahora tiene que volver, recoger, agenciar, preparar, enviar, promover. Regresa con planes más amplios y más posibles. A ver si, al fin, puede recogerse al buen vivir y soltar los topos del truco que es deambular por estas islas. ¡Qué barbaridad! Pero aquello que vio, lo vio. El celaje de un gato salvaje bailándole entre los brazos a un pobre ser que ni se sospecha la primera víctima del día. Ella lo vio clarito; para algo le ha tocado vivir como Miss Martha Divine sobre la faz de la Tierra. Le encantaría volver a ver al chamaquito cuando regrese a la República con su *entourage*. Tiene algo ese nenito, tiene algo. Igualito a lo que tenía la Sirena. Quién sabe. La vida da muchas vueltas. Aún le quedan bríos en los implantes. Quizás pueda volver a empezar.

L

Buenas noches, mi querido público. ¿Cómo se encuentran hoy? Espero que mejor que yo. Ay sí, Padre amado. Desde el fondo de mi corazoncito, les deseo que la vida los haya tratado mejor de lo que a mí me trató anoche. Estoy hecha un desastre. No, en serio. Ustedes me ven aquí, tan divina, con este cuerpo escultural, pero déjenme confesarles algo: la faja me está matando. Es que bebí mucho anoche. Por más que voy al baño, tengo como que la barriga hinchada. Una vive tan apretujá y tan tensa en estos días. Que si las tacas tienen un raspazo, que si en la farmacia se acabó el tinte de pintar zapatos, que si el *disc-jockey*, «accidentalmente», borró la pista que tenías ensayada y ahora hay que salir corriendo a montar otra canción de Cher, que si tu marido te quiere dejar de nuevo y no te dan los chavos para pagar sola el apartamento... Esta vida moderna le saca el monstruo a cualquiera.

Créanme lo que les digo, querido público. Aunque no se me note el estrago en esta faz tersa y virginal, estoy lo que se dice hecha polvo. Es que anoche me desbaraté. Olí, fumé, tragué, chupé. Ya ni me acuerdo qué más hice. Y todo por despecho. Cuquito, papi, sírveme otro *whisky* en lo que le cuento a mi adorado público lo que me pasó anoche. Que sea doble, mi amor. Y no me sirvas de la porquería esa que les das a los clientes que entran con pase de bebida. Yo mismita te he visto echarle alcohol etílico a las botellas falsas para que rinda el contenido. No, a mí me sirves un traguito del Chivas Regal de fantasía que tienes ahí guardado. Sí, mijo, del que Amelia y Dulce guardan para los VIP que nos visitan esta noche. Gracias, mi amor. Bueno, distinguidísimo público, a su salud. ¡Ay, qué alivio!

Como les iba contando, anoche me arrastré por las cunetas de la vida. No lo pude evitar. Es que el marido me dejó. ¡Me dejó de nuevo! Y la culpa la tienen ustedes. Yo que me maté ensayando un numerito que les tengo preparado para amenizarles la noche. Pues por estar ensayando, llegué tarde a casa, no tenía la comida lista y él cogió eso de excusa. Pero yo lo veía venir. Desde hace tiempo, lo mangaba buscando cómo armarme una garata para irse de la casa. Lo que él no sabe es que estoy enteradísima de que tiene una amante nueva, una de esas nenas jovencitas que todavía no saben cómo acomodarse bien el colgarejo para que la faja no les pinche el pipí. Sí, porque es un pipicito lo que tienen. Todavía no les funciona bien y ya andan trepadas en los tacos de la mamá, haciéndose las desvalidas por la calle. A mí que no me vengan con cuentos, que de eso yo sí sé.

Deja que la coja que le voy a tajear la cara a la arrastrada esa, rompematrimonios, sucia, sobradita. Le voy a arrancar la peluca de un tirón y se la voy a meter en una licuadora, con todo y cabeza. Para que aprenda que los matrimonios se respetan, aunque sean entre locas. Este mundo está lleno de traición. A la verdad que yo no me lo explico, cómo la gente hace esas cosas... Y a mi marido, que se cuide que a él también le toca su catimba. Yo rápido me quito los tacos y le zumbo un puño en la boca del estómago, que va a tener que pedirle aire prestado a la madre que lo vuelva a parir. De hecho, uno de esos puños se llevó anoche de regalito de despedida. Yo soy toda una dama, la viva estampa de la elegancia y el *glamour*, hasta que me cucan el demonio que llevo adentro. Todas cargamos con un demonio adentro, ¿no es cierto, chicas? El mío corta caras y da puños.

La culpa la tienen ustedes. Sí, ustedes y este trabajo de artista con que, honradamente, me gano las pepas que me adelgazan y las pestañas postizas que me embellecen. Fueron los preparativos, la búsqueda de vestuarios y los ensayos los que me quitaban el tiempo que yo debía dedicarle a mi marido. Sí, papito, ¿qué tú dices?, ¿de qué se ríen? ¡Que yo no ensayo! Amelia, Dulce, mira lo que dice esta gentuza. Que para el *show* que les ofrezco aquí en la disco lo único que tengo que hacer es pararme frente al *spotlight* y abrir la boca. Pues déjenme decirles, chorro de malagradecidas, que yo me mato para montar cada producción. Los detalles que hay que vigilar, la música, las luces, las improvisaciones... Qué poco conocen ustedes lo que es el trabajo artístico, los sacrificios que conlleva. Una tiene que estar dispuesta hasta a perder el marido.

Además, para su información déjenme aclararles que todo en esta vida requiere ensayo. ¡Todo! Hasta para encontrar trabajo virando *hamburgers* en un *fast food* una tiene que ensayar. ¡Y para conseguir marido! Ay niñas, las semanas de dedicación al espejo practicando sonrisas, pestañeos y risitas de admiración para que un marchante se decida a la conquista. Más ensayo requiere convencerlos de que fueron ellos los que tuvieron el control de la situación. Todo en esta vida requiere ensayo. Cojan oreja para que, luego, no caigan de pendejas...

Créanme, muchachas, el secreto del éxito estriba en el ensayo y la disposición positiva. Les voy a dar una leccioncita de visualización de las que aprendí con el casete de «*Positive Thinking*» que me compré esta tarde para poder superar la pérdida de mi marido. *Repeat after me*: «Querer es poder. El que persevera alcanza. Para atrás, ni para coger impulso». Aunque, pensándolo bien, a veces, una reculeadita no viene del todo mal. Pero bueno, ustedes entienden lo que les digo. Hay que mantenerse positivas. Aunque una se sienta como un trapo usado por que la vida le pudre el pecho como una llaga mala. Aunque los policías las corran a la salida de la disco por mariconas y el marido se les vaya con otra. Aunque vivan en un cuartito lleno de cucarachas y la polilla les coma los trajes que con tantas privaciones se han cosido, para gozarse un instante de lujo en esta barra de mala muerte. Aunque una, de tanto cantazo, ya no sepa reconocer el amor. Ustedes sigan esperando su buena estrella. Ella está allá arriba, brillando en el firmamento, augurándoles un futuro de lujo y felicidad. Por eso les quiero cantar este numerito positivo y juguetón, para que nos de ánimos de alcanzar nuestra estrella. La mía casi la veo a la punta de mis manos. Siento que la alcanzo. Les juro que hay días en que creo que con la punta de los dedos la puedo tocar.